CHAOS

Lara Kasri

Cherry Publishing

Inscrivez-vous à notre Newsletter, et recevez gratuitement le premier tome de Sculpt Me, la saga phénomène de Koko Nhan :

https://mailchi.mp/cherry-publishing/newsletter

PROLOGUE

S'il y a une entrée, il y a forcément une sortie. Pas vrai ?

James prit une profonde inspiration, mais l'air qui s'engouffra dans ses poumons empestait l'essence et le soufre. En resserrant sa prise autour de la crosse du Glock, il s'aperçut qu'il tremblait. Le sang lui martelait les tempes et, la bouche pâteuse, il ferma les paupières en ordonnant à son cœur de se calmer. *S'il y a une entrée, il y a forcément une sortie*, ne cessait-il de se répéter. *S'il y a une entrée...*

Silence presque religieux dans la ruelle exiguë. Sa respiration haletante résonnait. Beaucoup trop fort.

Il n'entendit le martèlement des pas qu'au moment où il distingua les trois silhouettes qui se dessinaient sur le bitume craquelé. James se jeta contre le mur le plus proche et les briques glacées et humides s'enfoncèrent dans sa colonne vertébrale.

Pas un bruit. Surtout, pas un bruit. Ou cette nuit serait sa dernière.

Presque instinctivement, il raffermit sa prise autour de son arme de service. Son uniforme imbibé de pluie collait désagréablement à son dos et le froid des briques semblait perforer sa peau tel un milliard d'aiguilles. Enveloppé dans l'ombre du coin de rue dans lequel il avait trouvé refuge, il hésita : s'il continuait son chemin, ils le verraient. S'il revenait sur ses pas, l'autre partie du groupe qui le pourchassait l'attraperait.

Garde ton calme, mon vieux. Tout va bien se passer.

— Où est-il passé ? Où est passé le flic ? Trouvez-le ! Arrêtez de me fixer comme des guignols et mettez la main sur ce poulet. Il a vu nos visages ! Il a vu le QG !

La voix était proche – beaucoup plus qu'il ne l'aurait souhaité. Le cœur de James manqua un battement, puis deux. Sur sa poitrine, le badge qu'il arborait d'ordinaire fièrement lui brûlait la peau.

Reprends-toi ! s'exhorta-t-il silencieusement. *Tu ne vas pas mourir. Pas maintenant. Pas ce soir.* Il fallait qu'il se sorte de cette situation périlleuse. Une respiration, puis deux. Réflexion. Combien étaient-ils ? En s'introduisant dans l'entrepôt dans lequel le gang avait établi son quartier général, il avait repéré une dizaine d'hommes, tous armés et dotés de tatouages distinctifs. Quatre s'étaient lancés à sa poursuite, qu'en était-il des six autres ?

— Il n'a pas pu aller bien loin, grommela une nouvelle voix.

— On ne peut pas le laisser livrer notre adresse à ses copains flics. S'ils nous trouvent, on est foutus, alors bougez-vous. Maintenant ! Steevy, tu vas à gauche. Toi, tu avances tout droit pendant que moi, je vais fouiller à droite.

Trois. Ils étaient trois !

James était déjà venu à bout d'un groupe plus important. L'espoir naquit en lui et fit étinceler ses yeux. Tout n'était pas perdu. Un sourire tremblant sur ses lèvres, il redressa lentement les bras et pointa le Glock droit devant lui. Dans la pénombre, le bout du pistolet luisait.

Il fallait absolument qu'il se sorte de là et prévienne ses collègues. Ce qu'il avait découvert lui vaudrait sûrement une promotion. Après tout, il était le premier de sa faction à avoir trouvé l'adresse de l'un des gangs les plus dangereux de New York. Après des mois de filature, ses efforts avaient finalement payé.

Depuis plusieurs années, une guerre des gangs avait éclaté en ville, laissant dans son sillage mort et violence. Si tous ne méritaient pas qu'on leur porte de l'attention, deux groupes s'étaient distingués des autres : les Blades et les Shadows. Membres inconnus, quartier général introuvable... James ferait considérablement progresser l'enquête en livrant leur adresse. Avec cette dernière, ces malfrats seraient rapidement arrêtés et avec eux, leur chef.

Tout à coup, il sentit l'embout brûlant d'une arme contre sa nuque moite.

— On ne bouge plus.

James n'eut pas le temps de sursauter, il n'eut même pas le temps de s'étonner qu'on l'ait pris par surprise. Il se figea, la bouche béante et les yeux exorbités. Le canon du pistolet s'enfonça douloureusement dans ses cervicales.

— Jette ton flingue. Doucement. Ou je te descends sur place.

La voix était différente de celles qu'il avait perçues. Il s'était trompé en ne dénombrant que trois poursuivants. *Erreur fatale.*

— OK. Je vais le faire. Ne tire pas, s'entendit-il dire plus sereinement qu'il ne l'était en réalité.

Avec une lenteur démesurée, il se pencha, puis, vif comme l'éclair, il se retourna et asséna un coup de coude dans l'estomac de son agresseur. Ce dernier poussa un grognement guttural et recula en grimaçant, sans néanmoins lâcher son arme. *C'est le moment ou jamais !* James profita de la confusion pour bondir en avant. Le temps lui manquait pour se battre et l'armoire à glace n'était pas suffisamment proche pour qu'il la désarme. Il devait fuir.

— Chopez-le !

Soudain, une déflagration troua le silence ouaté et le fit tressauter. Il réalisa trop tard qu'il s'agissait d'un coup de feu. Ce mouvement brusque le fit déraper et, les yeux écarquillés, il échappa de justesse à la balle qui siffla à quelques millimètres de son oreille. Reprenant maladroitement l'équilibre, il s'élança dans la venelle.

Cours !

Un éclair fissura le ciel d'encre et la pluie se mêla aux projectiles. James accéléra l'allure. Dans sa poche, son téléphone sonna ; c'était Christina. Il n'avait pas besoin de décrocher pour le savoir.

Derrière lui, le groupe s'activait. Le tonnerre gronda et couvrit les vociférations lancées à son égard. Courir ou mourir. Courir ou mourir. Courir ou mourir. Bien vite, le déluge éclata, porteur de sombres promesses.

Le vent hurlait à ses oreilles, il n'entendait plus les gangsters. Il ne s'entendait plus lui-même. Au bruit du tonnerre se mélangea celui de la circulation, des klaxons impatients, de la ville qu'il avait juré de protéger. Il avait les chevilles trempées et l'eau dégoulinait sur son visage. Où était la sortie de ce fichu labyrinthe ? Il fallait qu'il sorte d'ici et atteigne un lieu plus peuplé. Peut-être qu'ainsi, il aurait une chance. Peut-être.

Les veines tressautaient contre son épiderme, ses mollets étaient en surchauffe ; chaque enjambée lui coûtait un élan de douleur vivace. Luttant difficilement pour avaler l'air gorgé d'humidité, il s'évertua à attraper son talkie-walkie pour hurler à ses collègues de lui envoyer du renfort.

Quand soudain, le monde tourbillonna.

Il s'effondra.

Ses genoux flanchèrent et ses paumes heurtèrent âprement le béton. Tête la première, il s'écrasa au sol. La douleur explosa dans son corps jusqu'à lui troubler la vue. Il n'entendait plus rien. L'uniforme autrefois bleu devint rouge, presque noir, et il gémit.

James tenta vainement de se relever, mais telle la lame brûlante d'un couteau plongée dans des flammes dansantes, la souffrance le déchira et le cloua au sol. Une énième déflagration retentit et une balle siffla près de lui. Les dents serrées, il se fit violence pour se redresser et continuer sa course. Les gangsters ne lui en laissèrent toutefois pas l'occasion et cette fois-ci, le projectile se logea dans son épaule. Taches noires dans son champ de vision. Quelqu'un s'égosilla et il crut reconnaître sa propre voix.

Fuis !

Trop tard. Ils étaient là.

Une poigne de fer s'empara de son col et le tira en arrière. Le jeune officier perdit l'équilibre et trébucha. La plaie sanguinolente s'étendit, sang et pluie se mêlaient à ses vêtements trempés.

— T'es mort, le poulet. Et tu serviras d'exemple.

Trop faible pour riposter, James ferma les yeux. Dans sa poche, son téléphone sonnait à nouveau.

— Emmenez-le.

CHAPITRE 1

« L'Enfer est vide, tous les démons sont ici. »
— ***Shakespeare.***

La porte s'ouvrit à la volée, si violemment qu'elle heurta le mur et manqua de faire dégringoler les cadres qui y étaient accrochés. Assise sur le bureau du commissaire, la lieutenante Lang bondit de surprise, retenant *in extremis* sa tasse de café. Prête à tancer le malheureux qui l'avait dérangée en pleine lecture de dossiers, elle fut interrompue :

— Viens ! Tu dois absolument voir ce qu'il se passe.

— Cory, je t'ai déjà dit que je n'étais pas d'humeur à vous regarder vous disputer la place du plus gros mangeur de donuts du district, grommela-t-elle en roulant des yeux. Sérieusement, j'ai autre chose à faire.

C'était d'ailleurs la raison pour laquelle elle avait investi le bureau de son supérieur, chef de district de Brooklyn du *New York City Police Department*. Personne n'était censé l'y déranger. Seul le réel propriétaire du bureau – qui s'avérait être son beau-père – savait qu'elle s'y trouvait puisqu'il lui avait lui-même conseillé de s'y installer en son absence.

Le dénommé Cory secoua hâtivement la tête. Son visage émacié contrastait avec la pâleur de ses boucles.

— Non ! Ce n'est pas ça !

Mais elle ne l'écoutait déjà plus. Le regard vissé sur les feuilles éparpillées sur le bureau, Christina examinait les rapports rédigés par son coéquipier. Les derniers qu'il avait écrits avant de disparaître. Elle avait forcément raté quelque chose, un indice, un détail… Mais quoi ?

James n'avait pas l'habitude de s'éclipser sans donner de nouvelles, ni d'éteindre son téléphone. Elle le connaissait mieux que quiconque dans ce commissariat. Après tout, c'était avec lui qu'elle avait fait ses études à l'école de police.

— Christina ! Tu m'entends ?

La concernée ne lui accorda pas l'ombre d'un regard. Elle se contenta de grimacer et soupira :

— Bien sûr que je t'entends, Cory. Tu cries si fort que tout New York a dû t'entendre.

— C'est James !

Cette fois-ci, il avait retenu son attention. La bouche à quelques centimètres de sa tasse de café, elle se figea.

S'il osait lui mentir…

— Viens vite, dépêche-toi !

Il ne lui accorda pas l'occasion d'y réfléchir que déjà, il l'empoignait par la manche de sa veste et l'attirait vers l'entrée du commissariat. L'espoir naquit et détonna en elle comme un feu d'artifice. James était-il rentré ? Pourquoi, au nom de tous les saints, avait-il filtré tous ses appels ? Avait-il perdu son téléphone ? Avait-il décidé de retourner chez ses parents, à Los Angeles ? Elle se souvenait avoir entendu que sa petite sœur avait eu un accident.

Néanmoins, aucun des scénarios qu'elle imagina n'égala la réalité qui la frappa de plein fouet. Le heurt fut si âpre qu'elle en lâcha sa tasse de café. Elle ne réagit pas lorsque le liquide brûlant lui éclaboussa les jambes, ni quand des éclats de faïence lui égratignèrent la peau. L'horreur la clouait sur place.

Ligoté à une chaise, exsangue et visiblement passé à tabac, James passait à la télévision.

Autour d'elle, les chuchotements s'élevaient et, bientôt, les murmures devinrent vacarme. Pourtant, elle ne détourna pas les yeux. Même si elle l'avait voulu, elle en aurait été incapable.

Du sang maculait l'uniforme de son coéquipier : d'abord au niveau de sa poitrine, puis au niveau de la cuisse. Des bandages couvraient les blessures, mais les taches rouges avaient perforé le tissu, l'imbibant davantage. Sa lèvre inférieure, bleuie par les coups, contrastait avec la pâleur de sa peau et ses cheveux blonds, trempés de sueur, lui collaient au front.

— Qu'est-ce que c'est que ce délire ? tonitrua quelqu'un.

— C'est sur toutes les chaînes, chef. La vidéo est en direct sur tous les postes de la ville.

Au bout d'un moment, les voix ne devinrent que du bruit. Si l'enregistrement avait du son, Christina ne l'entendait pas : le seul qu'elle percevait était celui de son cœur. Après une éternité – à moins que ce n'ait été que d'interminables secondes ? –, l'image bougea. James semblait nerveusement observer les alentours et, à l'instant où il remarqua la caméra, il s'arrêta net et la considéra avec un mélange de peur et de confusion. L'espace d'un instant, sa coéquipière eut la douloureuse impression qu'il la regardait, elle.

Nouveau mouvement. L'objectif trembla et enfin, une silhouette se découpa dans l'angle de l'écran. D'abord, ce n'était rien qu'un bout d'épaule drapée d'une veste sombre, des doigts écorchés, puis l'inconnu se dessina entièrement. Vêtu d'un ensemble noir, le visage dissimulé derrière une cagoule, celui-ci dégaina une arme de calibre 22. *Celle de James !*

La qualité de l'image se dégrada. L'individu masqué s'accroupit à hauteur de sa victime et lui souleva le menton à l'aide de la crosse de l'arme, visiblement fier de son œuvre.

— Salut New York, comment ça va ?

Le timbre du ravisseur était dur, mais rieur, comme s'il venait de raconter une blague qu'il était seul à comprendre.

— On ne se connaît pas, mais c'est normal. Personne ne sait qui je… Pardon, qui nous sommes réellement. En revanche, nous, nous connaissons chacun de vous. Vous pensez peut-être être à l'abri, mais ce n'est qu'un leurre. On est là. Peut-être même derrière votre porte en ce moment, qui sait ? fit-il en s'interrompant, pris d'un fou rire. Vous avez peur ? Vous avez raison. Parce qu'on est partout et qu'on vous trouvera. Personne, je dis bien personne, ne se mêlera de nos affaires. Ceux qui s'interposeront sur notre chemin n'en connaîtront pas d'autres. Vous n'êtes pas en sécurité, personne ne l'est. Pas même ceux qui sont censés vous protéger.

Le sang de Christina ne fit qu'un tour en le voyant décocher un coup de poing à James. Son corps tendu à l'extrême la suppliait d'agir, de fermer les yeux, mais elle était incapable d'esquisser le moindre geste.

— Je vous présente l'officier Shaw. Ce petit malin a cru intelligent de s'introduire sur notre territoire.

L'agent en question adressa un regard implorant à son bourreau. Celui-ci éclata de rire et leva le bras.

Puis il tira.

La pièce explosa en un tourbillon de cris. Sous elle, Christina sentit ses genoux céder. Quelqu'un la rattrapa de justesse, lui évitant la morsure du sol. On lui tapota les joues pour la faire réagir, on l'aida à tenir debout, lui faisant prendre appui contre un meuble. Mais à l'instar de son coéquipier, elle ne bougeait plus.

La vidéo continuait de tourner.

— Ne comptez pas sur eux pour vous sauver ; personne ne le peut. Si vous ne voulez pas suivre l'exemple de ce bon vieux Shaw, fermez-la et ne vous dressez pas contre nous.

Le quidam s'approcha de la caméra et la plaça à hauteur de sa cagoule. On ne voyait pas sa bouche, mais à son ton, il était évident qu'il souriait.

— Bonne nuit, New York.

L'écran devint noir. Comme si de rien n'était, le programme qui passait sur la chaîne reprit son cours.

— Chris ? Chris !

Sa vue se troubla et, soudain, ce fut comme si la bulle dans laquelle elle s'était enfermée venait d'imploser. Christina se débattit, griffant, s'égosillant pour qu'on la lâche. Dans son dos, une force colossale la retint, emprisonnant ses assauts. Elle s'époumona de plus belle ; tremblante et nauséeuse, Christina Lang n'était qu'un cri dans une mer de chuchotis.

Elle n'arrivait plus à penser.

En boucle, elle revoyait la balle projetée hors du canon et trouver refuge dans le crâne de James. Elle revoyait le sang qui giclait sur l'objectif, ses yeux vides après que le coup avait été tiré. Eux qui avaient l'habitude de briller.

— Chris, Chris... Eh ! Chris, tu nous entends ?

Elle avait cessé de vociférer.

Déflagration. Sourire carnassier de l'homme. *« Bonne nuit, New York »*. Balle qui jaillit. Le sang. Du sang. Partout. Qui éclabousse. Sang, sang, sang.

— Christina...

Balle. Cri. Sang. Balle. Cri. Sang. Balle. Cri. Sang. *« Bonne nuit, New York. »*.

— Elle est en état de choc.

— Chris, tu m'entends ?

James qui vit. Une seconde, un instant. James qui meurt. Sur le coup, comme ça. La balle qui se loge dans sa tempe. Et ce sang. Partout, même dans sa bouche à elle.

Un hoquet lui échappa et une larme solitaire roula le long de sa pommette avant de s'écraser à la commissure de ses lèvres frémissantes. Stephen ordonna qu'on libère le passage, et ce n'est que lorsqu'il la souleva qu'elle comprit qu'elle s'était écroulée. Plus rien n'avait d'importance. Dans un état second, elle tituba derrière lui vers son bureau. Avec la douceur d'un père, il l'installa sur une chaise et sortit momentanément de la pièce. La porte ouverte lui permit d'entendre des bribes de phrases ; il donnait des ordres, exigeait qu'on retrouve ceux qui s'en étaient pris aux leurs. Le corps de James devait être retrouvé.

Le corps de James…

Christina baissa la tête, elle crispa les poings avec une telle ferveur qu'elle s'égratigna les paumes. Quand Stephen Daniels revint, la jeune femme ne pleurait plus.

D'abord hésitant, il s'approcha avec précaution.

— Chris ?

Silence. Elle posa la main sur son holster et murmura :

— Ils ont signé leur arrêt de mort.

CHAPITRE 2

« Ne me secouez pas. Je suis plein de larmes. »
— **Henri Calet.**

Les pensées de Christina la rongeaient à petit feu. Elle essayait de ne plus penser, mais malheureusement, le silence était tout aussi meurtrier. Quand la douleur s'estompa finalement, elle connut autre chose. Ce n'était pas mieux. C'était le vide.

James lui manquait.

Allongée sur le canapé du petit appartement qu'elle louait, elle se recroquevilla un peu plus sous la couette. Le paquet de chips qu'elle avait entamé – le préféré de son coéquipier – avait laissé des miettes sur le cuir du divan. Les lèvres pincées, elle les fixa. Des miettes. De minuscules miettes. Ainsi finiraient ceux qui s'en étaient pris à son binôme. C'était à cause d'eux qu'elle avait décidé d'entrer dans les forces de l'ordre et c'était désormais à cause d'eux qu'elle comptait briser les règles en faisant justice elle-même.

Le commissaire Daniels lui avait interdit de participer à l'enquête. Elle était consignée chez elle, temporairement relevée de ses fonctions afin de se remettre de ses émotions. Pour autant, elle ne désirait pas s'en débarrasser, mais les utiliser comme arme ; elle était déterminée à s'en servir comme moteur.

Trop longtemps, elle avait réprimé cette fureur sourde qui lui brûlait les veines. La première fois, c'était à quatorze ans, quand son aînée avait été tuée lors d'une rixe de gangs. Après le décès d'Hélène, ses parents n'avaient pas pu se reconstruire et leur couple déjà bancal n'avait pas supporté la crise. Six mois plus tard, ils avaient divorcé. Passés six mois de plus, à la sortie d'une thérapie, sa mère avait rencontré Stephen Daniels. D'abord hostile à cet étranger, Chris s'était finalement laissé apprivoiser. La mort brutale d'Hélène, sous ses yeux enfantins, avait causé des séquelles et Stephen, simple officier à l'époque, l'avait aidée à transformer sa soif de destruction vengeresse en lutte *légale* pour la justice. Il l'avait traitée comme sa propre fille. Plus encore, il l'avait aidée à ne pas emprunter de mauvais chemins et avait été le père qu'elle avait toujours désiré. Dix années plus tard, leurs liens étaient toujours aussi forts, bien que sa mère et lui aient divorcé.

Et voilà que le cycle se répétait.

James était le deuxième à périr dans cette guerre. À une différence près, cependant : si Hélène avait succombé à une balle perdue, celle qu'avait reçue James lui était bel et bien destinée. Christina soupira. Elle se sentait coupable. Il était son coéquipier. Ils veillaient mutuellement l'un sur l'autre. *Et maintenant, il est mort.*

Sur la table basse, les piles de dossiers semblaient l'appeler. Elle entendait presque la voix de son ancien partenaire se moquer de son hésitation. *Ancien…* Elle se raidit en songeant que, désormais, elle ne parlerait plus jamais de lui au présent. Ils ne riraient plus jamais ensemble. Ils ne voleraient plus jamais les donuts que Cory réservait pour la pause déjeuner. Plus jamais.

Son cœur se serra douloureusement. *Ne pleure pas. Ne pleure plus,* s'ordonna-t-elle. Les larmes avaient trop coulé et si une de plus lui échappait, elle ne saurait plus comment s'arrêter.

Il fallait qu'elle détourne son attention et la colère était la meilleure diversion qu'elle avait en stock. Nourrir son courroux et garder son esprit occupé. Remplacer l'amour de ce qui nous manque par la haine de ce qu'il nous reste. Pas sain, mais très efficace. La rage était l'émotion la plus intense qu'elle ressentait et elle préférait s'y abandonner plutôt que de se laisser submerger par l'affliction. Elle lui apportait la force de ne pas s'écrouler et elle comptait s'accrocher à cette sensation même si celle-ci la consumait à coup sûr. Si Stephen l'entendait, il dirait certainement que sa réaction était nocive et que rien de bon n'en sortirait, néanmoins, Christina s'en fichait. Dans la chaleur de sa couverture et l'obscurité de ses propres spéculations, peu de choses lui importaient réellement.

Prenant son courage à deux mains, elle s'empara du premier bordereau que James avait rédigé. Dans ce dernier, des photos et des Post-it jaunes, des annotations à chaque paragraphe et de nombreux points d'interrogation, si épais qu'elle devinait qu'en les écrivant, James avait lourdement appuyé sur le stylo. À l'instar des autres documents qu'elle avait épluchés, il y expliquait ses doutes et ses hypothèses. Depuis qu'ils avaient officiellement intégré le NYPD, il était obnubilé par les gangs et leur histoire. Il s'était convaincu que si quelqu'un devait sauver New York, ce serait lui. Cette aspiration lui avait coûté la vie.

À la première page, il avait dressé un tableau schématisant les principales menaces qui pesaient sur la ville et les minces informations que la police avait amassées à leur sujet. De multiples coteries de gangsters avaient vu le jour, mais certaines étaient plus importantes que d'autres, d'abord par leur dangerosité, mais également par leur nombre d'adeptes. On comptait quatre gangs principaux, les plus actifs du secteur : les Shadows, les Blades, les Women Ghosts et les Red Snakes. Tous se battaient pour le contrôle du territoire et vendaient de la drogue. Si ces groupes avaient en commun le trafic et un QG encore inconnu des forces de police, des spécialités annexes les différenciaient.

Les Women Ghosts étaient par exemple un gang entièrement composé de femmes, ce qui représentait une sacrée singularité dans ce milieu d'hommes. Elles étaient connues pour leur brutalité égale – si ce n'est supérieure – à celle de leurs homologues masculins et à l'image des Amazones, elles excellaient au combat et maniaient l'arme blanche comme nul autre.

Les Red Snakes, eux, étaient de lointains héritiers des sociétés secrètes chinoises du XVIIe siècle. Si Chris en croyait les notes de James, plus exhaustives qu'elle ne l'eut cru, ces sociétés avaient été fondées pour lutter contre la dynastie Qing, par des moines qui avaient inventé le Kung-Fu et l'avaient enseigné à des partisans. Les adhérents y apprenaient un langage secret et employaient des techniques de combat inédites. Toutefois, au XXIe siècle, les Red Snakes n'avaient plus rien à voir avec ce modèle : ils ne gardaient de ce dernier que la maîtrise d'arts martiaux. Désormais, à l'instar de leurs rivaux, ils s'adonnaient au commerce de drogues, mais surtout au trafic d'armes. L'année dernière, quatre membres avaient été arrêtés en pleine transaction alors qu'ils fournissaient l'un des deux gangs les plus importants de la ville : les Blades, qu'on soupçonnait d'être leurs alliés.

Ces derniers, ainsi que les Shadows, étaient de loin les deux bandes les plus influentes de la région. C'était sûrement la raison pour laquelle le gouvernement avait peu d'informations sur eux. Si l'on suspectait l'identité des leaders des Women Ghosts et des Red Snakes, celle des Shadows et des Blades restait un mystère. Leurs adhérents se comptaient par centaines, contrairement aux deux autres groupes dont la portée ne semblait pas être aussi importante. En rivalité pour avoir le monopole, ils essayaient constamment d'éliminer l'adversaire en créant de nouvelles marchandises ou en s'attaquant aux produits de l'ennemi. Les Blades et les Shadows étaient également répertoriés pour leur nombre de victimes civiles et policières.

Près du nom des Blades, James avait dessiné de grandes flèches rouges. *C'est d'eux dont il me parlait souvent*, songea Chris. Ce n'était pas étonnant que la police ignore l'identité des meneurs de gangs. Néanmoins, c'était encore plus rare que les membres eux-mêmes ne sachent pas qui ils suivent. C'était pourtant le cas chez les Blades. Pour découvrir qui était réellement celui qu'on surnommait « Chaos », il fallait monter les échelons et réussir à entrer dans son cercle extraordinairement élitiste. Cela évitait le démantèlement du clan : si même les adhérents ne savaient pas qui était Chaos, ils étaient moins susceptibles de le trahir. Cet homme avait visiblement conscience que c'était en décapitant le roi qu'on détruisait un royaume. *Intelligent.*

Pendant les heures qui suivirent, Christina continua d'examiner les dossiers. La majorité des spéculations de son coéquipier tournaient autour de ce Chaos. D'après ce qu'elle lisait, il avait, par l'intermédiaire de deux dealers en bas de l'échelle, obtenu des indices sur un QG. Indices qu'évidemment il n'avait pas pris la peine d'écrire. Il n'avait pas rédigé l'adresse ni n'avait précisé à qui appartenait le quartier général. Était-ce celui de Chaos ? Elle grogna, puis se souvint brutalement des termes de l'homme de la vidéo.

« Ce petit malin a cru intelligent de fouiner chez nous, de s'introduire sur notre territoire. »

— Il avait réussi, murmura-t-elle, le choc passé. Il avait trouvé leur cachette !

Cela paraissait évident, à présent. James avait été tué par les Blades, parce qu'il en avait découvert sur eux plus qu'il ne l'aurait dû. Peut-être avait-il également démasqué leur leader.

Son cœur se mit à battre plus fort et elle crispa les poings.

Le reste des pages était dédié aux Blades et aux théories sur Chaos. C'était forcément lui. Son instinct la trompait rarement.

Chaos a fait tuer James. Que ce soit lui ou l'un de ses sous-fifres, il était coupable. Après tout, cette mise en scène n'aurait pas pu être présentée sans l'aval du chef. Il avait forcément validé la manœuvre, même si les doigts qui avaient pressé la détente n'étaient pas les siens.

Elle serra les dents et dans ses prunelles, une flamme dangereuse grandit.

C'était sa faute. C'était la faute de Chaos.

Ni une ni deux, Christina bondit hors du canapé, manquant de s'emmêler les pieds dans la couverture. À peine consciente de la chute qu'elle venait d'éviter de justesse, elle se précipita dans sa chambre, enfila les premiers vêtements qu'elle trouva et fourra les documents dans son sac. Peu importait qu'elle n'ait pas pris de douche aujourd'hui ou qu'on lui ait interdit de revenir au poste le temps de sa convalescence, elle détenait des renseignements capitaux.

Direction le commissariat de son district.

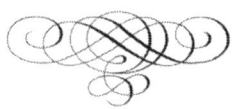

Durant la vingtaine de minutes qu'il lui fallut pour atteindre le poste de police, la jeune femme eut l'occasion de réfléchir à un plan. Ses desseins étaient plutôt clairs : trouver Chaos, le tuer et démanteler l'un des gangs les plus dangereux de la ville. *Rien que ça.* Restait cependant à exposer ce projet à Stephen, de façon à ce qu'il n'apparaisse pas totalement comme un acte vindicatif. Même si, à n'en pas douter, c'en était un.

En l'apercevant, certains de ses collègues tiquèrent, d'autres tentèrent vainement de l'arrêter. En guise de réponse, elle leur adressa un regard incendiaire et se dirigea vers le bureau du chef de la brigade sans ciller.

— Je sais que je ne suis pas censée travailler, mais j'ai des infos qui vont faire avancer l'enquête, décréta-t-elle en entrant dans la pièce sans avoir toqué. Et, je te coupe avant que tu ne m'interrompes, ça en vaut la peine.

L'intéressé releva les lunettes qui avaient glissé sur son nez en arquant un sourcil. Occupée à fouiller dans son sac, sa belle-fille ne remarqua pas l'air abasourdi du policier assis face à Daniels. Ils avaient visiblement été coupés lors d'un entretien.

— J'ai découvert, reprit-elle sans lever la tête de ses dossiers, qui a tué James. Tu n'as qu'un mot à dire et je m'occupe de ça.

— Mademoiselle Lang…

— Mademoiselle ? Depuis quand m'appelles-tu… Oh !

Ils n'étaient pas seuls.

— Je suis heureux de voir que vous allez mieux, mais je vous prie d'attendre que cette entrevue prenne fin.

Elle retint un gloussement : quand il adoptait ce ton, elle arrivait rarement à le prendre au sérieux. Elle s'apprêtait à obtempérer, mais les documents, lourds entre ses paumes moites, la convainquirent d'insister.

— Ça ne sera pas long. Le Bleu, va te servir un café et reviens dans dix minutes. Peut-être même quinze. Oh et en revenant, rapporte m'en un.

— Mais…

— Pas de « mais », va-t'en.

Ledit Bleu adressa un regard abasourdi à son supérieur qui se contenta de soupirer et de hausser les épaules. Constatant qu'il mettait trop de temps à s'esbigner, Christina lui agrippa l'épaule et l'entraîna vers la sortie. Tandis qu'il s'éloignait d'un pas traînant dans le couloir, elle cria :

— Au fait, je t'ai entendu noter les filles du bureau. Mon cul vaut beaucoup plus qu'un six. Et le tien, à peine plus d'un deux.

Elle claqua ensuite la porte et se tourna vers le chef de la brigade. L'esquisse d'un sourire fit trembler son masque impassible.

— Tu m'as l'air beaucoup plus… joyeuse que quand je t'ai quittée hier soir. C'est un vrai plaisir de te voir enjouée à nouveau.

— C'est parce que je reprends du service ! s'égaya-t-elle en se laissant tomber sur le siège. Depuis qu'on a enterré James et que tu m'as relevée de mes fonctions…

— Pour que tu te reposes.

— Oui, peu importe. Depuis, j'ai passé mes journées à tourner en rond et à lire les rapports. Tu savais qu'il avait cette curiosité vis-à-vis des gangs… Eh bien moi, je sais qui s'en est pris à lui en dépit de la cagoule que ce lâche revêtait ! C'était un membre des Blades. Peut-être Chaos en personne ! James avait clairement noté qu'il voulait découvrir qui se cachait derrière ce pseudo et où se trouvait son QG. Et tu as entendu l'autre type ! Il s'était infiltré sur leur territoire. Il avait réussi ! Donc ils l'ont buté. Maintenant, il ne reste plus qu'à s'occuper d'eux.

Elle avait parlé si vite qu'elle dut reprendre son souffle.

— Confie-moi l'enquête, je ne te décevrai pas. J'ai déjà fait mes preuves et tu me connais, j'en suis capable. Plus que quiconque ici.

— Tu es beaucoup trop impliquée, regretta-t-il en posant sur les doigts de Chris une main qui se voulait apaisante. Je ne peux pas.

Le teint mat de la jeune femme contrastait avec la peau brune de son beau-père. Il avait la peau douce et chaude, mais ce contact familier ne parvint pas à la tranquilliser. Elle grogna et se défit sèchement de la prise.

— C'était mon coéquipier !

— Justement.

Le ton de la brune montait dans les aigus, celui du quadragénaire restait calme.

— Si quelqu'un doit le venger, c'est moi.

— Là ! Écoute-toi. N'entends-tu pas le problème ?

— Stephen, bon sang ! J'y ai réfléchi en arrivant, il suffit de trouver le rat qui se cache derrière le mystère de Chaos. Ensuite, c'est simple : on lui règle son compte et c'est la fin de son règne. Tout le monde est gagnant : un gang en moins, fini les blessés et les morts et la mémoire de James sera honorée. J'aurai mené à bien la mission qu'il s'était donnée et je l'aurai vengé.

— « Vengé » ? Christina... Tu t'entends ? Nous ne sommes pas des justiciers. Nous sommes des policiers. Ce n'est pas notre rôle.

— Non, l'interrompit-elle. Nous punissons et arrêtons les criminels. Et c'est ce que je vais faire. Tout ce que je te demande, c'est de l'aide pour arrêter ce type.

— Faux. Tout ce que tu veux faire, c'est le tuer. Mais... Chris... Ce n'est pas toi. C'est le deuil et la colère qui s'expriment à ta place. Je comprends que tu veuilles en finir, mais... Pas de cette façon. Ce n'est pas *bien*.

Un silence de mort régnait à présent dans la pièce. Au-dessus d'eux, la lampe clignota, comme si les tensions palpables dans l'air devenaient matérielles.

Un ange passa.

— Tu devrais rentrer chez toi. Te reposer.

— Oui, oui, ça, tu me l'as déjà dit.

— C'est pour ton bien. Ce sera temporaire, juste le temps que l'affaire se tasse et que tu en guérisses. Prends des petites vacances quelque part, change-toi les idées. Je comprends totalement tes intentions et, à ta place, j'aurais certainement voulu faire de même, mais... Chris, je ne suis pas seulement ton beau-père : je suis aussi celui qui doit s'occuper de tous les Hommes de ce commissariat. Tu es beaucoup trop impliquée pour que cette enquête ne t'impacte pas. Laisse-moi gérer ça.

Elle poussa un cri de rage et bondit hors de sa chaise si vite que les pieds de cette dernière crissèrent contre le carrelage.

— Que tu le veuilles ou non, cette affaire me concerne, Stephen. Je compte personnellement m'en occuper et que tu acceptes de m'y aider ou pas, je trouverai ce type.

— S'il ne te tue pas avant !

Ses yeux s'obscurcirent. On la sous-estimait.

— Qu'il essaie, je l'attends.

Sur ces mots, elle tourna les talons. Dans son dos, elle perçut le soupir de son supérieur, mais l'ignora. Elle n'arrivait pas à croire qu'il avait refusé sous prétexte que ce n'était pas *juste*. Car oui, c'était un prétexte, elle en était persuadée. La véritable raison qui l'empêchait d'agréer ses requêtes était la peur. Stephen avait la frousse.

Non, tu sais bien qu'il se soucie de ton bien-être, lui murmura la voix de la raison. *Il souhaite simplement te protéger.* Elle eut envie de rire jaune. Elle était en mesure de le faire toute seule, après tout, elle avait survécu à l'école de police et aux épreuves de la vie. La mort, le deuil, la souffrance. Elle s'était battue pour devenir ce qu'elle était et aujourd'hui, elle pouvait se dresser face à n'importe quel adversaire.

J'en suis capable.

L'extérieur l'accueillit en l'enveloppant d'une brise glaciale. Une multitude de frissons lui parcoururent l'échine et elle regretta son manteau, oublié dans le bureau qu'elle avait précipitamment abandonné.

Qu'y avait-il de mal à vouloir rendre justice ? Elle rendrait service à la société. C'était le rôle des forces de l'ordre de protéger la population, bon sang ! C'était exactement ce à quoi elle aspirait. Certes, cela impliquait de passer par la case « détruire Chaos et sa bande de criminels », mais l'intention était bonne. *Et c'est tout ce qui compte, n'est-ce pas ?*

— L'Enfer est pavé de bonnes intentions.

Christina tressaillit et ses clefs de voiture lui échappèrent. Tétanisée, la bouche grande ouverte, elle se sentit pâlir. Si James ne s'était pas trouvé en face d'elle, elle aurait maudit sa tendance à tout lâcher ces derniers jours. Mais James était là, debout devant elle, aussi beau et familier que dans ses souvenirs.

— C'est… C'est im… C'est impossible, balbutia-t-elle.

Elle était paralysée. Les yeux écarquillés, elle embrassa les lieux du regard, mais les passants ne leur portaient aucune attention.

— J'ai... J'ai assisté à ton enterrement. Je les ai vus te mettre dans ce cercueil...

Elle ne comprenait pas, elle ne comprenait plus.

Elle l'avait vu mourir de ses propres yeux ! Avait-elle perdu l'esprit ?

James sourit doucement. Cette vision lui arracha le cœur d'une part et la remplit de bonheur de l'autre. Des larmes lui embuèrent la vue et elle tendit un doigt tremblant dans sa direction. Il portait le costume qu'il revêtait aux obsèques : l'ensemble noir et blanc qu'elle lui avait choisi. En revanche, ses cheveux blonds n'étaient plus plaqués en arrière, mais aussi ébouriffés qu'à l'accoutumée. Il resplendissait.

— Ne pleure pas, chuchota-t-il si bas qu'elle peina à l'entendre. Tout ira bien.

C'était *sa* voix. Elle ne rêvait pas.

— E-Est-ce... Est-ce que tu es là ? Je... Je veux dire... Tu es vraiment là ?

Le temps s'arrêta. Lorsqu'il reprit son cours, le jeune homme secoua négativement la tête. Si c'était possible, le cœur de Christina se fissura davantage. Elle le sentit exploser dans sa poitrine et perforer chaque organe, la noyant dans un océan de douleur.

— Je t'ai promis d'être là quand tu en as besoin. Et je le suis. Juste ici, annonça-t-il en désignant son buste.

— Tu n'es pas réel…

Cela n'avait été qu'un murmure chevrotant. Elle baissa le menton pour cacher les larmes qui se frayaient un chemin jusqu'à son cou.

Était-ce l'effet secondaire des cachets qu'elle avait engloutis avant de venir ? Ceux censés réduire le stress ?

— Je ne suis qu'une projection de ta raison. Elle, tu ne l'écoutes pas.

— Mais toi, si, comprit-elle.

Elle ricana sombrement et essuya d'un geste rageur ses joues humides.

— Génial. Voilà que je deviens complètement barge. Tellement torturée que ma conscience prend ton apparence pour que je la considère.

Le faux James garda le silence. Une tristesse bien trop réelle illuminait ses iris azurés.

— Ne fais pas ça.

— Quoi ?

— Ne te mets pas en danger. Ce n'est pas ce que je voudrais. Je voudrais que tu sois en sécurité. *Vivante.*

— *Non !* hurla-t-elle. Tais-toi ! Tu n'es pas James ! Tu… T-Tu… Tu n'as pas le droit de parler en son nom ! Tu ne sais pas ce qu'il désirerait parce que tu n'es pas lui ! Parce que lui, il est mort ! *Mort !*

— Oui, mais toi, au fond, tu le sais.

— La ferme !

Elle chancela. Sa vue était si trouble qu'elle ne voyait quasiment plus. Un cri tonitruant s'échappa de ses entrailles, il effraya des oiseaux. « James » ne cilla pas. Elle se mit à frapper l'endroit où il se trouvait jusqu'à ce que la sangle de son sac se décroche.

— Christina !

Elle reconnut le timbre de Stephen, mais elle continua de cogner. Comment être certaine qu'elle ne l'imaginait pas aussi ?

James, lui, se contentait toujours de la fixer, l'air malheureux.

— Chris, arrête !

Stephen lâcha la veste qu'il était venu lui rapporter et s'interposa entre l'automobile et elle ; à défaut de ne pas pouvoir endiguer sa peine, au moins maîtrisait-il sa rage. Au bout de ce qui semblait être une éternité, elle cessa de lui battre le torse et, secouée par les sanglots, se laissa étreindre. L'odeur de musc familière qu'il dégageait avait quelque chose de rassurant.

— Là… Là… Tout va bien.

Elle s'enferma dans le silence. Tout n'allait pas bien, non. Son monde s'écroulait.

Une minute passa. Peut-être deux.

Quand elle osa une œillade par-dessus son épaule, James n'était plus là.

CHAPITRE 3

> *« Il y a dans le fond de l'âme*
> *Une putain de petite fleur*
> *Qui se transforme en phare*
> *Quand il fait trop noir. »*
> — ***Richard Bohringer.***

James lui avait fait comprendre qu'il la désirait ailleurs qu'au cœur de l'enquête et du danger, mais Christina avait déjà pris sa décision. Son coéquipier méritait d'être vengé, les abominables vauriens qui couraient en ville devaient être punis. Après tout, celui qui s'était tenu face à elle en lui demandant de se tenir à l'écart n'était pas le *vrai* James. C'était la projection de sa propre conscience visiblement perturbée. Une hallucination douloureusement ressemblante, mais une hallucination quand même.

Elle enfouit son visage entre ses paumes, puis soupira avant de se frotter les paupières. D'une couleur rouge bien trop vive, « 5:03 » luisait sur le cadran du réveil. Dehors, la nuit plongeait les rues dans une obscurité trop sombre pour être réconfortante. Depuis la vidéo qui avait été partagée sur tous les écrans, les New-Yorkais évitaient de sortir tard. Seuls quelques audacieux se risquaient à affronter les ténèbres.

La jeune femme s'empara du téléphone qui reposait sur sa table basse. Pas d'appel manqué de Stephen puisqu'elle lui avait répondu quelques heures plus tôt. Ce dernier, inquiet de son état, prenait de ses nouvelles chaque soir ; parfois en venant directement au pas de sa porte, d'autres fois en lui téléphonant lorsque le temps lui manquait.

Elle n'avait parlé à personne de ce qu'elle avait vu en sortant du poste. Elle savait que si elle s'y hasardait, on risquait de l'emmener voir un spécialiste et elle n'avait aucune envie qu'un inconnu essaye de trouver ce qui n'allait pas chez elle. Des défauts et des problèmes, elle en possédait un paquet, cependant la folie n'en faisait pas partie.

Les lèvres serrées, elle parcourut les contacts de son cellulaire et s'arrêta sur celui de sa mère. Naomi Lang. La dernière fois qu'elle l'avait entendue remontait au mois dernier, avant que celle-ci ne décolle pour Haïti – à moins que ça ne soit le Népal ? – dans le cadre de ses voyages humanitaires. Là-bas, la connexion était insuffisante et le contact presque impossible à établir.

Peu importe.

À présent qu'elle était réveillée, elle peinait à retrouver le sommeil. Dans ce lit beaucoup trop grand, elle se sentait bien seule. Un nouveau soupir lui échappa et elle s'extirpa des draps en coton pour aller se chercher un verre d'eau.

À mi-chemin vers la cuisine, la jeune femme cessa tout mouvement pour contempler le cadre qui trônait sur l'étagère murale. Le cliché datait de leur premier jour en tant que véritables policiers. James et elle avaient revêtu leur uniforme et riaient aux éclats. Les cheveux ondulés de Christina, coiffés en carré court à l'époque, étaient hirsutes et désordonnés. Quant à James, une trace de rouge à lèvres fraîche ornait sa joue droite. Hilares, ils s'esclaffaient en se tenant l'un à l'autre. Chris se souvenait parfaitement de ce jour. Un sourire triste apparut sur ses lèvres.

— Eh, rends-moi cette casquette ! James !

— Pas question ! Si tu la veux, viens la chercher !

Sur ces mots, il s'enfuit loin d'elle. Christina lui ordonna de revenir entre deux rires et se jeta à ses trousses. Le soleil se levait à peine sur Central Park, mais les passants affluaient sur le Bow Bridge. Dans leur course-poursuite, ils en bousculèrent quelques-uns ; ce qui comptait, c'était d'attraper l'autre. Les piétons les dévisageaient, certains avec amusement, d'autres avec mépris : le bruit qu'ils produisaient troublait à coup sûr leur promenade paisible.

— James ! Eh ! On doit faire cette photo ! On a planté Stephen !

— Je déteste en prendre !

— Menteur ! Tu adores ça ! Maintenant, reviens ici !

Les lèvres de James se fendirent pour lui décocher un magnifique sourire, qui se voulait doux et presque timide. Des brindilles s'étaient accrochées à ses mèches cendrées et, sous la lumière naissante, ses prunelles bleues brillaient. Lorsqu'il la regardait de la sorte, Christina avait le souffle coupé. C'était comme s'il ne voyait plus qu'elle, comme s'il lisait en elle. Elle se sentait… précieuse. Cette sensation la remplissait d'une étrange chaleur qu'elle réprima d'un vif mouvement de menton.

Les deux jeunes officiers s'allongèrent dans l'herbe, leurs doigts s'effleuraient.

Au bout de plusieurs minutes, elle osa lui faire face et le découvrit en train de la contempler. Au lieu de détourner le regard, il soutint le sien et sourit de plus belle.

— On y est, murmura-t-il. Tu y crois, toi ?

— Je t'avais dit qu'on en était capables.

— Je suis heureux qu'on y soit parvenus ensemble.

Elle opina derechef.

— Je pense qu'on devrait y aller.

— Attends. Juste une minute. Profitons de cet instant, d'accord ? Avant que le devoir ne nous appelle.

— C'est notre premier jour et tu veux déjà le rater ? se gaussa-t-elle.

Il se redressa et croisa les jambes.

— On est une équipe. Pas vrai ?

— Bien sûr qu'on l'est !

Cette réponse parut le satisfaire et il s'approcha un peu plus. Son souffle lui brûlait la joue. Cette proximité soudaine lui tordait l'estomac, mais elle n'arrivait ni à rompre le contact visuel, ni à s'éloigner. Papillon attiré par la flamme d'une chandelle, elle savait ses ailes sur le point de s'embraser.

Doucement, avec une lenteur infinie, James restreignit la distance entre leurs visages, au point où elle distingua son propre reflet danser dans ses prunelles azurées. Elle se surprit à arrêter de respirer. Ses muscles se tendirent et, tout au fond d'elle, quelque chose trembla, lui hurlant de fuir avant que les choses ne dérapent.

Il était son meilleur ami. Rien de plus. Il ne pouvait rien être de plus. Pas vrai ?

James coupa court à ses réflexions. Avec une douceur qu'elle ne soupçonnait pas chez lui, il lui caressa la joue et pressa ses lèvres contre les siennes. Puis, comme elle l'avait craint, le papillon prit feu.

Christina reposa le cadre là où elle l'avait trouvé et fixa le carrelage. Agiter ces souvenirs n'était pas une bonne idée.

Coup d'œil à l'horloge murale. Cinq heures quinze. Devait-elle se recoucher ? Après une étape par la cuisine, elle but son verre d'eau d'une traite et regagna son lit. L'émotion suscitée par ces réminiscences l'avait secouée ; voilà bien longtemps qu'elle n'avait pas repensé à ce baiser. James était son meilleur ami. C'était tout. Elle l'aimait d'une façon très intense, mais surtout très amicale.

Qui essayes-tu de convaincre ?

À l'enterrement, elle avait croisé Nora, la cadette de James. Elle ne l'avait jamais vue aussi triste, mais fort heureusement, la famille Shaw n'avait pas assisté au meurtre de leur fils en direct. *« Le coupable paiera »*, avait-elle promis.

Elle avait une obligation, non seulement envers elle-même, mais également envers Nora.

J'ai besoin de me rafraîchir les idées. Elle bouillonnait et, en dépit de l'heure qui s'était écoulée, impossible de retrouver les bras de Morphée. Raide comme un piquet, elle prit la direction de la salle de bains et passa son visage sous l'eau froide.

Dans le miroir, elle se toisa. Elle ne ressemblait plus à la Christina de la photographie. Elle avait les traits tirés et les yeux moins brillants. Son carré brun avait laissé place à des cheveux mi-longs, légèrement ondulés, et son teint avait bronzé, récompense de ses dernières vacances au soleil. Peut-être avait-elle maigri, aussi. Était-ce des vergetures qu'elle discernait sur ses cuisses ? En redressant le menton, elle croisa dans la glace le regard éprouvé de l'étrangère. Deux grands yeux verts la dévisageaient. Elle y lisait beaucoup de tristesse, mais aussi énormément de colère.

Ces émotions bien trop fortes pour qu'elle ne puisse les supporter rappelaient à Christina que tout cela n'était la faute que d'une seule et unique personne : *Chaos*. Ce surnom lui allait bien, finalement. Il laissait sur son sillage misère et désordre.

La jeune femme s'imprégna une deuxième fois de la fraîcheur de l'eau. Oh oui, elle voulait honorer sa promesse. Mais comment ? À présent qu'elle n'avait plus accès au matériel du commissariat et qu'elle était exclue de l'enquête, elle était seule ; or, Chaos était un fantôme entouré d'une armée de sbires.

De toute manière, tes collègues n'ont pas l'air sur le point de lui mettre la main dessus. Sa conscience avait raison. Ce type était insaisissable. Bon sang, si les Blades ignoraient le nom de leur leader, comment l'obtiendrait-elle, elle ?

Elle grommela et avala l'un des cachets qui traînaient sur sa table de chevet. Les tremblements de ses doigts s'apaisèrent et elle battit des cils. Il fallait qu'elle prenne le temps nécessaire pour mettre toutes ses pensées au clair.

Elle s'assit dans son lit et attrapa un bloc-notes. Chaos était maître dans l'art de la dissimulation. Son règne durait depuis plusieurs années et pas un seul individu n'était parvenu à le démasquer. Il savait disparaître et cacher son identité.

La réponse la frappa soudain.

Seul un fantôme peut en débusquer un autre.

La voilà, la solution à son énigme ! Elle connaissait bel et bien un autre fantôme, un individu convoité qui se volatilisait sans cesse et qui avait connaissance de tout ce qui se produisait à l'intérieur de la ville, mais également à l'extérieur de celle-ci. Un individu qui, comme Chaos, était difficile à attraper et avait de nombreuses fois échappé à son beau-père.

Malcom Greese.

Ce trentenaire était précédé par la réputation qu'il s'était façonnée au fil des années. Ancien héritier d'une grande famille européenne, il avait renié ses origines en s'installant aux États-Unis, où il avait fondé une entreprise d'électronique qui cachait en réalité un business de prestations de services assez douteux. Dans le milieu, ses clients l'avaient à juste titre surnommé « le Diable » en raison des affaires qu'il menait. Son adage était simple : un service contre un autre. Greese était connu pour son habileté à obtenir tout ce qu'il désirait ; dangereusement rusé, son unique intérêt concernait les profits. Peu importe votre camp ou vos désirs, si vous pouvez l'aider en retour, il vous servira. Cependant, gare à vous : une fois que vous avez pactisé, vous ne pourrez lui refuser aucune requête… Même si celle-ci survient des années après qu'il vous a assisté.

Christina ne l'avait rencontré que quelques fois. À l'époque où elle était encore au lycée, elle accompagnait son beau-père durant les filatures. La nuit où elle avait été en contact avec Greese pour la première fois, Stephen l'avait priée de l'attendre dans le bar qui juxtaposait le QG temporaire du hackeur. Du haut de ses dix-sept ans, elle n'avait pas atteint la majorité et suppliait la barmaid de lui servir un gin, sans succès. Du moins, jusqu'à ce qu'un drôle de quidam n'arrive. Courts cheveux bruns et grandes lunettes de soleil, ce qui l'avait le plus marquée avait été ses vêtements. Elle n'avait jamais vu un homme aussi élégant dans une taverne : chemise blanche légèrement déboutonnée, chaussures italiennes étincelantes, veste de costume qui pendait sur ses épaules droites et carrées, barbe naissante mais soignée… À ne pas en douter, cet éphèbe attirait l'attention des dames, notamment celle de Chris qui l'avait dévoré des yeux. Avec un sourire charmeur, il lui avait commandé un verre et l'avait questionnée sur les raisons de sa présence. Ensuite, Stephen avait débarqué et l'homme s'était enfui en lui adressant un clin d'œil. Plus tard, elle avait découvert qu'elle s'était entretenue avec l'un des hommes les plus recherchés de l'État.

Elle n'avait pas énormément de renseignements sur lui – après tout, elle restait de la police et Greese s'amusait à faire tourner les siens en bourrique –, mais les fois où elle l'avait de nouveau croisé, celui-ci paraissait se souvenir de l'adolescente qu'elle avait été. En décembre dernier, elle avait participé à un raid organisé par Stephen : une source anonyme avait donné l'adresse provisoire de Malcom et ils avaient été à deux doigts de l'arrêter. Christina s'était jetée à ses trousses lorsqu'il avait fui l'entrepôt pour rejoindre le toit, là où un hélicoptère l'attendait. Trop rapide, il l'avait enfermée dans les escaliers et avait lancé un « *Sans rancune, Miss Gin !* » avant de s'envoler vers les cieux. Un spectacle à lui tout seul.

Christina devait retrouver cet homme : il représentait l'unique chance de parvenir à ses fins.

— On parle bien de celui qu'on appelle « le Diable » ? Et tu souhaites sérieusement faire affaire avec lui ? Je te croyais plus maligne que ça, Lang.

Oh non. Et voilà que les hallucinations recommençaient.

Surtout, ne pas se retourner. Peut-être que si elle l'ignorait, le faux James finirait par se taire et disparaître.

— Je te parle.

— Tu n'existes pas. Tu n'existes pas. Tu n'exis…

— On ne t'a jamais dit que parler sans regarder son interlocuteur était très impoli ?

Elle ferma les yeux et bien que la tentation soit forte, elle décida de se contenir. Elle avait beau ne plus le voir derrière l'obscurité de ses paupières, elle pouvait le sentir. Elle en frissonna. Elle avait tellement envie de tendre les doigts… Percevrait-elle, en plus de son odeur, la chaleur de sa peau ?

— Je te déconseille de côtoyer ce type, Chris. Imaginons que, par le plus grand des miracles, tu le retrouves : qui sait ce qu'il te demanderait en guise de remerciement ? Tu es flic. Les gens de son genre, tu les mets derrière les barreaux, tu ne fais pas mumuse avec eux.

— Je te rappelle que j'agis de la sorte dans *ton* intérêt, grogna-t-elle. Pas par pur plaisir. Tu vois d'autres solutions, toi ? Moi pas.

Elle avait ouvert un œil. James lui tournait le dos. Il portait toujours son costume funéraire et cela la mettait mal à l'aise ; ce dernier ne faisait que lui rappeler les obsèques qui s'étaient déroulées quelques jours plus tôt. Elle aurait aimé avoir de meilleurs souvenirs.

— Je n'aime pas ça.

La jeune femme haussa les épaules, l'air indifférent face aux paroles imaginaires du blond. Que voulait-il qu'elle réponde à cela ?

— Tu ne vas pas changer d'avis, hein ?

— Pas vraiment, non.

— Tu es complètement dingue. Est-ce que c'est parce que je suis mort que tu cherches à l'être aussi ?

— Je n'essaye pas de me faire tuer !

— Vu d'ici, ce n'est pas de quoi ça a l'air.

Elle osa finalement s'approcher. Elle brûlait d'envie de le toucher, de poser la main sur son épaule, d'échanger une étreinte. Une part de son esprit l'encourageait à détaler et à se rincer le visage jusqu'à ce que cette chimère disparaisse, tandis que l'autre lui conseillait de rester et de jouir de cette proximité, encore et encore.

Alors, elle s'y hasarda. Elle tendit le bras et traversa le corps de James, qui s'évapora. Un cri de surprise et de peur franchit la barrière de ses lèvres et l'espace d'un instant, elle trembla à l'idée de le perdre une seconde fois.

— Je ne suis pas vraiment lui, tu sais ?

Il était là ! Dans l'autre coin de la pièce.

— Je sais, avoua-t-elle dans un soupir.

C'était sans doute pathétique, mais cette illusion lui faisait du bien : cela avait quelque chose de réconfortant de se dire que, malgré tout, elle n'était pas complètement esseulée.

— Est-ce que tu es ici à cause des cachets que je prends pour l'angoisse ? Est-ce que c'est un genre... d'effet secondaire ?

James ne répondit rien. Il se contenta de fixer le cadre que la jeune femme avait observé plus tôt. Un silence s'installa entre eux et Chris retint son souffle, pendue à cette bouche qu'elle avait déjà embrassée.

Mais il ne pipa mot.

— Tu penses que c'est une bonne idée ? Trouver Greese pour mettre la main sur Chaos ?

— Je ne peux pas nier le fait que ça pourrait aboutir.

— As-tu une idée de l'endroit où il se terre ? Stephen est toujours sur sa piste, mais ça ne paraît pas très prometteur.

Il fit enfin volte-face et alors, elle distingua ses yeux plissés, mais également l'index qui frottait son menton. L'insistance de l'œillade qu'il lui portait la troubla. Avait-elle dit une bêtise ?

— Christina... Je ne suis pas un fantôme. Ni Dieu. Je n'ai pas la connaissance universelle. Je ne sais que ce que toi, tu sais. Je suis le fruit de ton imagination, la voix de ta conscience, c'est tout.

L'opprobre lui pinça les chevilles et elle se mordit la langue. Évidemment. À quoi s'attendait-elle ? C'était une fichue hallucination ! Rien de plus.

— Je veux que tu t'en ailles.

— C'est faux.

Bien sûr que c'était faux, sauf qu'elle désirait le vrai James et non cette copie agaçante.

— Sors d'ici !

— Ne sois pas en colère. Tu en as suffisamment en toi.

— La ferme.

— Comme tu veux, déclara-t-il en souriant moqueusement. Tu devrais penser à vérifier les derniers rapports de Stephen, cela dit. Il doit sûrement y avoir des informations sur la dernière planque de Greese. Tu n'auras qu'à y aller et essayer d'attirer son attention. On ne trouve pas cet homme, c'est lui qui nous trouve… Donc tu n'as plus qu'à t'arranger pour que lui te repère. Force-le à te contacter.

Sur ces paroles, James s'évanouit dans l'ombre, laissant la jeune femme perdue dans ses pensées et agitée.

Ce n'était pas un mauvais plan, finalement.

Si elle ne pouvait pas arriver jusqu'à Malcom, elle n'aurait qu'à faire en sorte que ce soit lui qui vienne à elle.

CHAPITRE 4

« Prends garde à ne pas te perdre toi-même en étreignant des ombres. »
— **Esope.**

Il était là. Il était forcément là.

Elle le sentait.

La flic en elle le sentait.

Christina s'avança vers l'entrée du bâtiment en jetant un coup d'œil craintif par-dessus son épaule. Il avait beau faire jour, elle ne se sentait pas à l'aise. Pourtant, l'immeuble beige n'avait rien d'effrayant : ce n'était qu'une construction de quatre étages aux balcons encombrés. Rien dans l'atmosphère ne trahissait un danger, alors pourquoi était-elle si tendue ?

Midi dix. Elle rangea son téléphone et se faufila à l'intérieur de l'escalier hélicoïdal qui ornait l'édifice et menait aux différents paliers. Les marches en métal grinçaient sous son poids. La jeune femme s'agrippa à la rambarde rouillée puis entama la montée.

L'espace d'un instant, elle douta, mais se ravisa. Elle était au bon endroit, il n'y avait pas de doute. Le faux James n'avait pas eu tort de lui suggérer de lire les dossiers de Stephen. C'était grâce à eux qu'elle avait pu découvrir l'adresse IP de leur source, celle-

là même qui leur avait indiqué où trouver Greese le mois dernier.
Je n'arrive pas à croire qu'il s'agisse de son frère, Eliott Greese.

Troisième étage. Porte vingt et un, vingt-deux... Vingt-cinq... Et vingt-six. *Là !* Elle y était. Le moment de vérité avait sonné. Les épaules droites et le menton levé, elle toqua contre le battant. Pas de réponse. Et s'il dormait ? Elle savait qu'Eliott avait des problèmes d'insomnie, elle l'avait lu dans son dossier médical. Il pouvait récupérer sa nuit à tout moment de la journée. Alors qu'elle toquait à nouveau, elle se remémora les lignes rédigées par son psychiatre. Grâce à elles, elle était parvenue à le cerner rapidement : Eliott Greese n'était pas comme son frère, c'était un quadragénaire effrayé et atrabilaire, un ochlophobe qui craignait de sortir de chez lui à cause du kidnapping dont il avait été victime durant son enfance. Il vouait une grande rancœur à son frère, lui reprochant de ce fait l'état dans lequel il était. À part Malcom, pas de famille répertoriée, seulement des animaux de compagnie.

— Eliott ? Je sais que vous êtes là. Pouvez-vous m'ouvrir, s'il vous plaît ?

Elle cogna une troisième fois, sans résultat.

— Je vous entends respirer à travers la cloison. Et si vous m'invitiez à entrer ?

— V'z'êtes qui, d'abord ?

Elle sursauta et se reprit instantanément. La regardait-il dans le judas ? Elle s'obligea à ne pas paraître suspecte.

— Est-ce que je peux entrer ?

— Non.

Des bruits de pas lui indiquèrent qu'elle était sur le point de perdre Eliott. Il refusait d'ouvrir la porte, certes, mais Christina n'allait pas abandonner. C'était son seul espoir. Alors, tentant de ne pas céder à la panique en entendant le quadragénaire s'éloigner de la porte, elle se rapprocha à nouveau de cette dernière.

— C'est à propos de Malcom. Je suis de la police, ajouta-t-elle plus bas.

Le battant s'ouvrit brutalement, ce qui la fit bondir de surprise. Derrière l'entrebâilleur, elle distingua la moitié du visage d'Eliott. Une barbe touffue ornait ses joues émaciées et ses grands yeux bruns étaient cernés. Il avait l'air mi-curieux, mi-circonspect.

— Qu'est-ce qui m'prouve qu'vous z'êtes une flic, vous ?

Elle dégaina son badge en remerciant mentalement Stephen de ne pas le lui avoir retiré et sourit.

— Comment vous m'avez trouvé ?

— Vous avez envoyé des renseignements anonymes pour que nous puissions coincer Greese.

Une étincelle de peur passa dans ses iris et il s'empressa de fermer la porte. Par réflexe, la jeune femme l'en empêcha en la bloquant avec le pied. Son visage s'était durci : elle ne comptait pas laisser passer la seule chance qu'elle avait de retrouver Malcom.

— Vous avez le choix, Eliott. Soit vous coopérez, soit j'utilise la force. À vous de voir, fit-elle en soulevant légèrement son pull, de sorte que le haut de son revolver soit visible.

— Vous n'comprenez pas ! Il me tuera, il me l'a dit ! Il a découvert ce que j'avais fait et maintenant... Maintenant il me surveille ! Allez-vous-en !

Dans sa panique, il s'agita et son peignoir s'ouvrit, exposant la peau nue et meurtrie de son cou. On lui avait ordonné de se taire. Elle fronça les sourcils.

— C'est lui qui vous a laissé ces marques ?

— Ses sbires. Il en a plein et ils sont partout...

Paranoïa ou vérité ?

— Je ne peux pas vous aider. Je ne sais rien. Maintenant, partez. S'il vous plaît.

Il essaya de lui échapper à nouveau, mais elle l'arrêta. S'il avait raison, alors son frère se méfiait de lui et le faisait surveiller. Des micros avaient pu être déposés dans l'appartement, des caméras dans les couloirs... Ou alors, des types avaient été engagés pour le suivre à la trace. Quoi qu'il en soit, Greese devait avoir connaissance de tout ce qui se passait autour d'Eliott. Il était sans doute déjà au courant de sa visite. L'excitation jaillit dans ses veines et embrasa ses joues.

Il fallait qu'elle attire l'attention de Malcom, pas vrai ? Elle recula de la porte et sous la mine abasourdie du quadragénaire, s'écria :

— Greese ! Greese ! Je sais que tu nous écoutes en ce moment même ! Montre-toi ! Greese !

— Q-Quoi ? Mais qu'est-ce qu'vous faites ? Chut ! Arrêt...

— J'ai un marché à te proposer, il est temps de danser avec le Diable ! Je crois qu'on peut s'aider !

Eliott profita de son inattention pour claquer la porte en marmonnant qu'elle n'était « qu'une sale tarée ». Christina continua de s'époumoner :

— Greese ! « Alpha 402 », ça te dit quelque chose ? Parce que moi, oui. On m'a dit que cette précieuse clef USB t'avait échappé... Ne serait-ce pas génial si c'était moi qui l'avais ? Greese ? Greeeese ?

Ce n'était qu'un leurre, un moyen de l'attirer. Elle n'avait pas cet objet à disposition, mais si Malcom le croyait, elle était sûre qu'il viendrait.

— Mais elle va la fermer, l'imbécile du troisième étage ? cria quelqu'un.

Une femme dont les cheveux étaient couverts de bigoudis fluorescents venait de se pencher par la fenêtre du cinquième étage. Avant de tourner sur elle-même, Christina pointa la quinquagénaire du doigt et rétorqua :

— Eh, vous, le bichon frisé, mêlez-vous de vos bouclettes !

En guise de réponse, l'inconnue tourna les talons en l'injuriant avant de claquer la porte-fenêtre de son salon.

— Greese ! Ne fais pas le sourd, tu m'entends ! Rendez-vous là où on s'est rencontrés, là où tout a commencé ! Un service contre un service, pas vrai ?

Pour la faire taire, Bichon Frisé revint à la charge en lui lançant des ustensiles. Chris les évita de justesse, déconcertée. Les habitants de cette résidence étaient-ils tous dérangés ?

— Alpha 402, Greese ! Alpha 402 !

Une casserole s'échoua à ses pieds et elle se précipita vers l'escalier. Elle avait fait tant de boucan que le voisinage avait dû l'entendre aussi. Tant mieux. Au moins, elle était certaine que sa cible avait reçu le message.

Elle l'attendait depuis des heures.

Malcom était un homme intelligent. S'il était suffisamment subtil pour la surnommer « Miss Gin » après être intervenu pour qu'elle obtienne ladite boisson lors de leur première rencontre, il avait forcément compris qu'elle désirait le retrouver chez *Ricky's*... Alors pourquoi, bon sang, n'était-il toujours pas là ?

Elle était déjà fortement enivrée. En attendant l'arrivée de son invité, les commandes s'étaient enchaînées. Si Stephen la voyait, il la tancerait.

Accoudée au bar, elle avala d'un trait le contenu de son verre. Le liquide lui brûla l'œsophage. Grisée par l'eau-de-feu, elle en commanda un septième verre – à moins que ce ne soit le huitième ? Elle avait perdu le compte. Chris n'avait pas autant bu depuis l'école de police et la dernière fois qu'elle s'était donnée à la chaleur de la liqueur, James l'accompagnait.

Où était-il, d'ailleurs ?

Quelque peu sonnée, elle se leva du tabouret et chancela. La brasserie était vide, à l'exception de quelques ivrognes dont elle faisait manifestement partie.

— James ! Il est où, James ? demanda-t-elle à la barmaid.

— Aucune idée, mais je pense que tu as assez bu pour aujourd'hui. Il est à peine seize heures trente et tu es dans un sale état.

— Ne... Ne me touche pas ! Eh ! T'as pas compris ce que je viens de dire, Blondie ?

— Je t'appelle un taxi. Tu me remercieras plus tard.

La jeune lieutenante poussa un geignement en se massant les tempes. Pourquoi cette bonne femme criait-elle ? Elle lui donnait la migraine. Christina se dégagea brutalement et la fusilla du regard.

— Eh ! Non ! Je... Je veux pas ! J'attends quelqu... quelqu'un. Il va venir !

— Crois-moi, si cette personne te voit comme ça, elle rebroussera chemin. Et puis, on t'a sûrement posé un lapin. Tu es là depuis combien de temps, maintenant ? Trois heures ? Quatre ? James ne viendra pas.

Pour qui se prenait-elle, celle-là ? Elle n'avait pas le droit ! Pas le droit de prononcer ce nom ! Soudain, Chris se souvint. Les larmes affluèrent et la barmaid se figea, abasourdie et consciente qu'au moindre mot de travers, sa cliente pourrait fondre en larmes.

— Eh, ça va ?

— James… James ne viendra pas…

— Peut-être qu'il reportera votre rendez-vous…

— Non !

Le cri la fit sursauter et elle se raidit davantage. Elle prenait l'officière pour une femme au cœur brisé et, en un sens, elle avait raison.

— Il ne viendra plus…

— Bien que tu sois sacrément éméchée, tu es très jolie et…

— James est mort ! s'égosilla-t-elle, plongeant le bar déjà peu bruyant dans un silence pesant.

— Je vois…

— C'est pas avec lui que j'ai rendez-vous ! Cet abruti ne s'est pas pointé !

Il fallait qu'elle se taise avant d'en dire trop.

— Je vais te chercher un verre d'eau, d'accord ? Ne bouge pas d'ici. Assieds-toi, j'arrive.

Elle avait envie de vomir. L'univers tournait et tanguait comme sur un bateau. Elle rit jaune. À quoi s'attendait-elle ? À voir James, bien sûr. Mais James n'était pas là. Et elle, elle était encore là, bouleversée et saoule, à tituber et à se ridiculiser. Il avait promis de toujours être là, pourtant. Voilà que la colère s'en mêlait. Elle frappa dans son siège et grimaça quand la douleur explosa dans ses phalanges.

Elle lui avait parlé. Pas plus tard qu'hier. Qu'est-ce qui avait changé ? Pourquoi est-ce que le faux James n'apparaissait pas à nouveau ? Elle avait besoin de le revoir. Ce n'était peut-être pas vraiment lui, mais ça y ressemblait : même visage, même voix, même personnalité. Sa conscience s'était vêtue du meilleur masque.

Les pilules.

Ses yeux s'écarquillèrent quand l'éclair divin illumina ses pensées. Et si elle ne le voyait qu'en avalant ses cachets pour le stress ? *Je n'en ai pas pris, ce matin...*

— Tiens, bois, la pria la trentenaire, de retour avec un gobelet. Ça ira nettement mieux, tu verras.

— Merci, grommela-t-elle.

— Ton taxi arrivera d'ici cinq minutes. Sers-toi un deuxième verre...

— Gin ? osa Chris.

— Non, un verre d'*eau*. Tu as assez bu comme ça.

Elle avait vomi dans les plantes de l'immeuble. Cela n'avait pas été gracieux et, à en juger d'après l'air répugné de son voisin de palier, elle n'était pas bien charmante non plus. La douche qu'elle prit par la suite l'aida également à se sentir mieux, plus propre et maîtresse d'elle-même.

Qu'est-ce qu'il lui avait pris de se laisser aller ainsi ? En songeant à son comportement, elle grommela et se massa les tempes. Plus jamais elle ne remettrait les pieds au *Ricky's*, elle avait beaucoup trop honte qu'on la reconnaisse au vu du scandale qu'elle y avait fait.

Enveloppée d'un peignoir, la jeune femme s'installa dans le canapé de son salon. Sur la table basse, feuilles volantes et paquets de chips vides se livraient bataille. Mais pas que : des comprimés bien trop familiers y trônaient – ceux que Stephen lui avait donnés contre les crises d'angoisse et dont l'un des effets secondaires était visiblement d'ironiques hallucinations.

Elle tendit le doigt. *Et si... ?* Non. Pas question qu'elle y touche à nouveau. Ces médicaments ne lui offraient qu'un substitut, ils ne lui rendraient jamais l'homme qu'elle avait connu. Pourtant, l'envie de le revoir était forte ; le manque de James lui venait par vagues et ces derniers jours, elle se noyait. Elle avait besoin de lui parler, d'être en sa présence. Cela lui donnait l'impression qu'il n'était pas réellement parti.

James ne serait plus jamais aux endroits où il se trouvait autrefois, mais il était partout où elle était et pour le peu que c'était, Christina en était déjà comblée.

Dans un grognement de frustration, elle envoya la boîte de cachets valser contre un mur. Comme elle désirait prendre ces pilules ! Voilà qu'elle devenait comme les toxicos qu'elle arrêtait, à trembler pour une dose. *Pathétique. Je suis pathétique.*

Un bruit sourd la tira du sommeil. Elle se réveilla en sursaut, le cœur battant et les sens aux aguets. Le réveil indiquait une heure du matin. Avait-elle rêvé ? *Non.* Un tintement retentit, semblable au son de deux verres qui s'entrechoquent. Soudain, le fracas. Quelque chose venait de tomber.

L'effroi lui enserra la gorge.

Elle n'était pas seule dans l'appartement.

D'une lenteur démesurée, Christina s'extirpa du lit et s'empara du pistolet posé sur son bureau. Le couloir était plongé dans l'obscurité, si bien qu'elle dut tâtonner le long du mur pour éviter une quelconque collision. Si elle voulait surprendre l'intrus, elle devait rester la plus silencieuse possible.

Reste calme, s'enjoignit-elle en resserrant sa prise autour de l'arme. Chris déglutit difficilement. Elle ne s'était pas fourvoyée, quelqu'un s'était introduit chez elle : un rai de lumière filtrait sous la porte de la cuisine. Son index chatouillait dangereusement la détente et ses muscles étaient bandés à l'extrême. Inspiration. Action. D'un geste brutal et précis, elle frappa dans le battant pour l'ouvrir et découvrit une silhouette masculine qui lui tournait le dos. Dos large et musclé sous une chemise en lin, profil athlétique, cheveux bruns…

— Les mains en l'air !

Le quidam ne sursauta pas lorsqu'il se fit surprendre, il continua de s'activer à… À faire quoi, au juste ?

Puis il se tourna et Chris hoqueta, abasourdie.

— Café ? proposa-t-il en tenant d'une main une cafetière, et de l'autre, des munitions. Oh, et range-moi cette arme, Miss Gin. Je l'ai vidée.

Coite de stupeur, la jeune femme le jaugea. Elle s'était tant précipitée qu'elle n'avait pas remarqué que son pistolet était plus léger. Tout sourire, Malcom Greese retira les lunettes noires dont il ne se séparait jamais et révéla les yeux vairons qui se cachaient derrière. Ce contact visuel déstabilisa son interlocutrice. Il lui adressa un clin d'œil narquois et remplit sa tasse, peu préoccupé par le Colt pointé dans sa direction.

— Pour quelqu'un qui voulait parler, tu n'es pas bien bavarde, s'amusa-t-il en s'appuyant contre l'îlot central.

Elle aurait dû reconnaître ce style vestimentaire : elle ne connaissait qu'un homme qui ne se défaisait jamais de ses ensembles élégants et de ses chaussures italiennes : lui.

Indécise, elle finit cependant par abandonner son pistolet. Greese la remercia jovialement et lui tendit un mug.

— Q-Qu'est-ce que... Qu'est-ce que vous faites ici ? réussit-elle à articuler. *Chez moi* ?

— Tu m'as donné rendez-vous, tu ne t'en souviens pas, Miss Gin ? Ou la cuite que tu t'es prise t'a embrouillé l'esprit au point d'effacer ce sketch de ta mémoire ?

La manière dont il accentua son surnom l'ébranla, mais elle accepta malgré tout le café, restant sur ses gardes.

— Comment sais-tu pour l'alcool puisque tu n'es pas venu ?

— Oh, mais je suis venu. J'ai envoyé des hommes te suivre toute la journée. Je voulais m'assurer que ce n'était pas un piège, avoua-t-il en avalant une gorgée. Joli pyjama, au fait.

Les joues de Christina s'enflammèrent en se souvenant qu'elle ne portait qu'un débardeur et une culotte. *Reprends-toi, bon sang !* Elle secoua la tête, faisant voler quelques mèches de son chignon ébouriffé, et lança un coup d'œil aux munitions, hors de sa portée.

— Si je voulais t'attaquer, tu ne serais plus en vie, déclara sereinement Greese, comme s'il avait lu dans ses pensées. Pour tout t'avouer, je suis venu par curiosité. Je sais que tu as menti et que tu n'as pas Alpha 402, mais j'imagine que pour mentir aussi grossièrement, tu devais vraiment être désespérée.

Hors de question de lui offrir le répertoire des témoins qui avaient changé d'identité à cause de lui. Stephen avait bien fait de cacher la clef USB là où nul ne la trouverait.

— Et tu n'es pas en colère ?

— « Irrité » serait plus juste. Toutefois, je dois admettre que je suis plus curieux qu'autre chose. Que me veut une lieutenante ? La belle-fille du chef de la brigade, de surcroît.

— J'ai besoin d'un service.

Le concéder lui avait presque arraché la langue. Elle grimaçait.

— Comme tout New York. Sois plus précise.

— Il me faut une information…

Elle prit une profonde inspiration et ancra son regard dans celui, bicolore, de Greese.

— Je veux connaître la réelle identité de Chaos.

— Chaos ? Le dirigeant du gang des Blades ?

Elle approuva et il éclata de rire :

— Rien que ça ?

Il déposa sa boisson et se dirigea vers le couloir. Consternée, Christina le suivit.

— Attends ! Où tu vas comme ça ?

Dans le salon, visiblement. Elle fronça les sourcils, poings sur les hanches, tandis qu'il volait une chips d'un paquet entamé.

— Greese ! Je te parle.

S'il ne l'aidait pas, elle était prête à faire disparaître le fichu sourire moqueur qu'il arborait à coups de poing.

— Pourquoi tu souhaites t'en prendre à ce type ?

Il continuait de rire sous cape. Cet énergumène s'amusait. Il ne la prenait pas au sérieux et cela avait le don d'agacer Christina.

— Il a tué James.

Cette fois-ci, le trentenaire cessa de railler. La lieutenante grinça :

— Je me doute bien que la mort d'un flic ne te fera pas verser de larmes, mais c'était mon coéquipier. Il mérite d'être vengé. Je veux la peau de ce Chaos, quitte à plonger en Enfer en l'y traînant.

— Tu n'as pas peur que je te trahisse ? Pour quelqu'un de méfiant, tu es bien ouverte.

— Bavarde ou silencieuse ? Il faut choisir, marmonna-t-elle. Peu importe. J'ai conscience que si ça s'apprend, je risque ma carrière, mais honnêtement, tu es ma dernière option. Seul un fantôme peut en trouver un autre et c'est pour cela que j'ai besoin de ton aide.

Il y eut un silence durant lequel Greese la toisa curieusement. Au bout d'une éternité, il s'exprima enfin :

— Je ne connais pas le vrai nom de Chaos…

L'espoir de la lieutenante se dégonfla tel un ballon de baudruche.

— Mais j'ai une idée pour que toi, tu l'obtiennes.

— Laquelle ?

— Tu as conscience que si je te réponds, un accord se forme entre nous, n'est-ce pas ? Si je t'aide, alors tu me devras quelque chose. Et tôt ou tard, je viendrai le chercher. Tu me seras redevable.

Cette perspective excitait particulièrement Malcom, qui ne cessait de s'humecter les lèvres en affichant un agaçant sourire victorieux.

Hésitation. Peur. Silence.

— J'accepte.

En serrant la main du brun, elle comprit qu'aucun retour en arrière n'était possible. Elle venait de pactiser avec le Diable.

— Si tu veux découvrir qui se cache derrière ce pseudo ridicule, le moyen le plus simple serait de t'infiltrer dans ce gang.

— M'infiltrer ?

— Seul le cercle privé de Chaos sait qui il est, alors tu devras te faire accepter et monter les échelons un à un. Cela pourra être long, mais tu gagneras petit à petit leur confiance, c'est ton unique chance de savoir qui est Chaos. Ceux qui l'entourent ne le trahiront jamais.

— Au cas où tu l'aurais oublié, je suis de la police. Pas sûr qu'ils m'acceptent à bras ouverts.

— Invente-toi une identité, fais-toi passer pour ce que tu n'es pas.

— Comment ?

— C'est là que j'interviens. Grâce à mes compétences d'hackeur, je peux faire disparaître du net tout ce qui touche à Christina Lang et fabriquer un nouveau toi. Tu seras en mesure d'œuvrer discrètement, sans te faire démasquer. Mais une fois là-bas, tu seras seule et tu devras te débrouiller pour ne pas te faire tuer. À toi de t'assurer d'intégrer le Cercle de Chaos.

Greese lui distribuerait les cartes, toutefois, ce serait à elle de les jouer. Quitte ou double.

— Je ne dis pas que ce sera facile car, pour être des leurs, tu devras passer des tests... et y survivre.

De plus en plus prometteur.

— Des tests ?

— Des tests d'initiation, oui. Ils détermineront si tu es acceptée chez les Blades et si tu es digne d'eux. Leur gang est plutôt sélectif : ils ne laissent pas entrer n'importe qui.

Formidable. Il ne manquait plus que cela.

— Imaginons que ça marche. Comment sauraient-ils que je souhaite être des leurs ?

— J'ai des contacts, assura le trentenaire d'un air concupiscent.

— Tu me créerais une nouvelle identité et ferais en sorte que je passe ces... épreuves d'entrée ?

— Oui. Ensuite, à toi de t'arranger pour ne pas mourir entre-temps. C'est ta meilleure option.

Il avait raison. L'hésitation l'agita et elle se mordit nerveusement la lèvre. Elle n'avait pas d'autre solution et elle se l'était promis : elle ferait payer Chaos, quoi que cela lui coûte.

Dubitative, elle regarda autour d'elle. Le faux James n'était pas là. Il n'y avait donc personne pour la retenir, lui dire qu'elle faisait le mauvais choix ou qu'elle se ferait tuer.

La gorge nouée, elle se plaça devant Greese et lui tendit la main :

— Marché conclu.

Un sourire carnassier transforma le visage de celui qu'on surnommait « le Diable ». Doucement, il se redressa, lui serra la main et s'approcha si près de la jeune femme qu'elle perçut son haleine mentholée. Sombrement enjoué, Malcom lui caressa la joue, laissant dans son sillage une nuée de picotements. Cette proximité embarrassait Christina et la lueur qui dansait dans les prunelles de son interlocuteur l'inquiétait.

— Tu es à moi, maintenant. Je sens qu'on va bien s'amuser tous les deux.

CHAPITRE 5

« Le bonheur en partant m'a dit qu'il reviendrait. »
— ***Jacques Prévert.***

— Tu peux m'expliquer ce que c'est que ça, Chris ?

La concernée regretta d'avoir laissé ses affaires gésir dans toute la maison. Elle aurait mieux fait de prendre la peine de les ranger, cela lui aurait évité l'interrogatoire de son beau-père beaucoup trop protecteur.

— Rien. Rien du tout, marmonna-t-elle en lui arrachant l'objet. Cela ne te concerne pas.

Stephen lui rendit un regard furibond et désigna la fausse carte d'identité.

— Pourquoi est-ce qu'un autre nom que le tien figure sur des papiers officiels, Christina ? Ne me force pas à me répéter.

— Cela ne te regarde pas.

Elle détestait quand il mettait sa casquette de père sévère. Mi-agacée, mi-penaude, elle s'empressa de fourrer dans un sac le passeport et le permis de conduire que Malcom lui avait fait parvenir.

— « Christina Brown » ? Bon sang, la seule chose vraie, c'est ton âge !

C'était l'idée de Greese. Aux États-Unis, ce nom de famille était si répandu qu'il rendait son identité commune, presque banale ; il existait certainement d'autres Christina Brown sur le territoire. Au départ, le hackeur lui avait également proposé de changer de prénom pour quelque chose de plus habituel, mais la jeune femme était trop attachée et habituée au sien. Que se passerait-il si on l'appelait « Amy » et qu'elle ne réagissait pas ? Elle ne désirait prendre aucun risque supplémentaire.

— Tout le monde a de faux papiers. Au lycée, j'en avais bien pour boire !

— Pas les policiers, souligna-t-il avant de réaliser ce qu'elle venait de dire. Attends, quoi ?

— Ne fais pas cette tête, tous les ados en ont.

Elle devait admettre que Malcom avait été extrêmement efficace et prompt. Il avait pensé à tout. Moins de deux jours après leur entrevue, elle avait trouvé une enveloppe dans sa boîte aux lettres. Pas de nom d'expéditeur, pas de lettre explicative, seulement des faux papiers incroyablement réalistes. Si elle n'avait pas su la vérité, elle aurait pu jurer que c'étaient des vrais.

— Tu te comportes étrangement depuis ta... crise, lâcha le quadragénaire, la bouche pincée. Pourquoi est-ce que tu as ça chez toi ?

— Je ne me comporte pas étrangement.

— Tu as passé quatre heures dans un bar en pleine journée. Tu en es ressortie complètement ivre, c'était à peine si tu alignais deux pas sans trébucher.

Abasourdie, elle écarquilla les yeux. Le choc passé, la colère irradia dans ses veines tel un feu ardent.

— Tu m'as fait suivre ?

— Pour m'assurer que ça allait.

— Je n'en reviens pas ! s'écria-t-elle, furieuse. Tu as osé me coller quelqu'un aux trousses !

Cela n'annonçait rien de bon pour son plan s'il continuait.

— Tu... Tu n'as pas le droit ! Je ne suis plus une enfant !

— J'ai des raisons de m'inquiéter, tu ne trouves pas ? Tu commences à totalement dérailler.

— Oh, va te faire voir. Je suis assez grande pour me débrouiller, Stephen. Arrête de me materner.

Il ignora la pique et arqua un sourcil.

— Tu auras toujours besoin de moi. Je suis ton pè... Ton beau-père. Je me fais du souci pour toi. J'ai conscience qu'envoyer un homme sur tes traces est peut-être un peu maladroit...

— Peut-être ? s'insurgea-t-elle.

— Mais j'agis de sorte à te protéger.

Elle avait envie de le frapper. Comment osait-il ? Assurément, l'intention était bonne, mais cela ne lui permettait pas d'ainsi violer sa vie privée. Elle avait vingt et un ans, pas dix !

Stephen se gratta nerveusement la nuque et s'excusa, mais elle l'ignora, les poings serrés. L'espace d'un instant, elle envisagea de lui demander de quitter l'appartement.

— Parfois, j'ai du mal à comprendre à qui je m'adresse, souffla-t-elle amèrement. À qui ai-je affaire, à mon beau-père ou au chef de la brigade ?

— Ton beau-père, finit-il par déclarer après une courte hésitation.

— Alors pourquoi est-ce que tu te comportes comme un commissaire traquant une criminelle ?

L'intéressé fit la moue, ce qui accentua les pattes d'oie autour de ses grands yeux bruns. Chris ne l'avait pas remarqué auparavant, mais c'était flagrant aujourd'hui : elle n'était pas la seule à avoir changé, c'était également le cas de Stephen. À l'instar de la fine barbe qui ornait ses joues, ses cheveux crépus et coupés à ras étaient clairsemés de gris et des cernes entouraient son regard soucieux. Son pull flottait plus que d'ordinaire sur son large buste ; avait-il perdu du poids ? Était-ce à cause d'elle que ses iris débordaient d'inquiétude ?

— Ça va, je t'assure. Tu n'as pas besoin de te faire autant de souci à mon sujet.

Malgré le courroux qui mugissait en elle, la jeune femme se força à se calmer. Elle prit une profonde inspiration et observa l'homme qui lui faisait face, celui-là même qui l'avait vue grandir et qui tentait coûte que coûte de la protéger. Ils avaient beau se disputer, leur amour était indéfectible. Plus qu'un ancien beau-père, elle le considérait comme un père. C'était pour cette raison que ce qu'elle s'apprêtait à lui dire était si douloureux.

« Tu vas devoir t'éloigner de tes proches. À commencer par Daniels. Si on voit Christina Brown avec un chef de district, ta couverture sera grillée. » Son cœur se serra en songeant à la suite de sa discussion avec Malcom. « Écarte-toi de lui et des personnes qui appartiennent à ton ancienne vie. Pas seulement parce qu'ils risquent inconsciemment de te trahir, mais parce qu'en pénétrant le monde des gangs, tu les exposes à un danger constant. »

Chargée d'émotions, elle fixa un point invisible sur le parquet.

« Comment est-ce que je suis censée m'y prendre ? Je ne peux pas juste… rayer de ma vie ceux que j'aime.

— Je t'avais prévenue : la vengeance implique des sacrifices. Trouve une solution. »

Le jeu en valait-il la chandelle ? À sa place, James n'aurait pas hésité ; il aurait fait n'importe quoi pour Christina. Les graines du doute continuaient toutefois de grandir en elle, vite remplacées par de la culpabilité.

« Ce ne serait que temporaire, n'est-ce pas ?

— Tout dépendra du temps que tu mettras à arriver à tes fins, Miss Gin. »

En face d'elle, Stephen posa une main sur son genou.

— Honnêtement, tu n'as pas l'air d'aller bien. Tu sembles… tiraillée.

Il avait vu juste. Écartelée entre son sens de l'honneur et la peur, elle peinait à lui expliquer la raison pour laquelle elle l'avait fait venir. Il fallait néanmoins qu'elle se lance.

— Je m'en vais.

— Tu t'en vas ?

— Temporairement, précisa-t-elle vivement. Tu avais raison, des vacances sont nécessaires. Cet environnement me rappelle douloureusement James. New York... New York m'inspire de bons souvenirs, mais également de mauvais et j'ai besoin d'échapper à ça, de trouver un nouvel équilibre. De... D'être seule pour me retrouver, tu vois ?

S'il croyait qu'elle se prélassait au soleil, il ne s'inquiéterait pas pour elle et l'éloignement ne le blesserait pas. Après tout, c'était lui qui lui avait suggéré cette idée lorsqu'il lui avait imposé un congé forcé.

— Pour combien de temps ? finit-il par susurrer, le choc passé.

— Je l'ignore. Je reviendrai quand je sentirai que ce sera le moment. Ne t'en fais pas, ce n'est pas un adieu, juste un repos mérité. J'ai juste... Juste besoin qu'on me laisse pour assimiler tout ce qu'il s'est passé. Je prendrai de tes nouvelles, je te le jure... Mais je veux que l'initiative vienne de moi.

— Je n'aurais pas le droit de t'appeler ?

Elle acquiesça silencieusement.

— Où est-ce que tu iras ?

— À Malte. James a toujours voulu qu'on y aille ensemble. Il souhaitait... Il souhaitait que je l'y accompagne l'été prochain. M'y rendre me permettra de faire mon deuil.

Ce n'était pas un mensonge : son coéquipier brûlait d'envie de l'y emmener et un jour, elle s'y rendrait réellement, elle s'en faisait la promesse. De plus, cette destination n'était pas si onéreuse, Stephen pouvait donc croire qu'elle était en mesure d'assumer financièrement le voyage et la vie locale.

— Quand est-ce que tu pars ?

— Demain.

Malcom ne lui avait donné aucun moyen de le contacter ni de savoir à quel moment son initiation débuterait ; tout ce qu'il avait affirmé, c'était que le message avait été transmis. Il fallait donc qu'elle s'éloigne au plus vite de son beau-père. Le plus tôt serait le mieux. S'il ne la croyait pas dans son appartement, il n'y viendrait pas et les Blades ne feraient pas le lien entre eux. Ils ne partageaient qu'un lien invisible : nom de famille différent, habitation différente... Ils seraient tous les deux en sécurité.

— Si tôt ? Tu en es sûre ? Je veux dire... Ce n'est pas un peu précipité comme décision ?

— Non. J'y ai longuement réfléchi. J'en ai besoin, Stephen. J'étouffe ici... Cette ville...

— J'ai compris, l'interrompit-il doucement. Cette décision t'appartient et je dois admettre que ce n'est pas un si mauvais plan... C'est sensé.

Elle retint un soupir de soulagement. Finalement, il n'avait pas été difficile à convaincre.

— Le plus dur sera d'attendre tes appels, je suppose. Tu me promets que tu téléphoneras ? Au moins tous les trois jours ? Avec tout ce qu'il se passe dans ce monde de détraqués, je…

— C'est juré, le coupa-t-elle avec un petit sourire. Tout se passera bien pour moi, je suis policière, après tout ! Je sais me défendre.

La prenant au dépourvu, il s'approcha et la serra dans ses bras. Bouche bée et peu familière aux étreintes, la jeune femme se figea avant de finalement se détendre et de l'enlacer à son tour. Il émanait de lui une agréable odeur de lessive qui lui évoquait sécurité et maison.

— Tu as quelqu'un pour t'emmener à l'aéroport ?

Pour éviter d'attiser les soupçons, elle opina sans mot dire en se détachant lentement, le cœur lourd. La bienveillance et la prévenance de Stephen l'emplissaient de regrets. En dépit de ce qu'elle lui avait affirmé, elle aussi avait l'impression de lui faire des adieux et cette perspective faisait briller ses yeux de larmes.

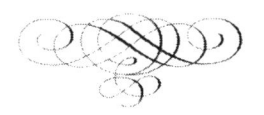

Assise devant la fenêtre, Christina observait les premières lueurs du jour apparaître. Quand le vent vint flatter sa nuque, elle ferma les yeux pour savourer les ultimes caresses de la nuit. Enveloppée d'un drap, elle se sentait minuscule et vulnérable face à l'immensité de l'éther.

— Qu'est-ce que tu fais ?

La voix de James, qu'elle croyait pourtant endormi, la fit sursauter. Elle n'avait pas besoin de se tourner pour deviner qu'il était sorti du lit et se dirigeait vers elle : le craquement des lattes l'en avertit.

— Je prends l'air.

Cela n'avait été qu'un murmure. Les joues enflammées, elle n'osait pas affronter sa nudité et son regard. Dans le silence intime, seul le bruit de leur respiration résonnait.

— Tu regrettes ?

Lui aussi avait parlé tout bas. Cependant, il était si proche qu'elle aurait pu croire à un cri. Son souffle chaud lui chatouillait le lobe et elle tressaillit, luttant pour ne pas faire volte-face. Elle désirait se presser contre lui si fort que son ventre la lançait. Les lèvres pincées, elle tenta de détourner sa propre attention en fixant une étoile au loin ; tout prétexte était bon pour éviter de repenser à la nuit qu'ils avaient passée.

— Chris.

La façon dont son surnom roula sur la langue de son coéquipier lui arracha une multitude de frissons. Il n'en fallut pas davantage pour qu'elle se remémore la façon dont cette même langue avait parcouru son épiderme quelques heures auparavant, incendiant ses pensées et ses sens. Elle défaillit.

— Ce n'est pas comme si c'était la première fois qu'on…

— Alors pourquoi est-ce que tu n'arrives pas à prononcer ce mot ?

Il la força à se tourner et à soutenir son regard en lui maintenant le menton ; les résolutions de la jeune femme s'envolèrent aussitôt.

— Cette fois-ci, on n'a pas bu.

— Effectivement. Tu ne peux plus mettre ça sur le compte de l'alcool.

— Nous n'aurions pas dû, murmura-t-elle. Tu es…

— Quoi, ton meilleur ami ? Ton coéquipier ? Celui que tu appelles quand tu as envie de t'amuser ? (Il leva les bras au ciel.) Pourquoi ne pourrais-je pas être tout ça à la fois ?

— Parce qu'on ne peut pas.

Les relations entre binômes étaient proscrites, il le savait aussi bien qu'elle.

— Écoute, Chris… Je… Je veux plus. Après ce qu'il s'est produit entre nous à l'école de police, je n'arrive pas à… À passer à autre chose. J'ai conscience que tu as peur de perdre ce qu'il y a entre nous, mais briser les règles ça a du bon, parfois.

Il interrompit son discours pour laisser son index se promener le long de la clavicule de la brune. Avec une lenteur presque douloureuse, son doigt glissa sur cette peau qu'il avait pourtant déjà explorée, caressant chaque courbe, chaque recoin.

— Laisse-toi aller, lui susurra-t-il à l'oreille.

Un gémissement échappa à Christina et ses genoux vacillèrent, poussant James à la plaquer contre un mur. Ensuite, il embrassa la naissance de ses seins et remonta petit à petit jusqu'à son cou. Quand elle se permit de plonger son regard dans le sien, la sincérité qu'elle y lut la déconcerta.

Elle mourait d'envie qu'il l'embrasse. Tout ce qu'elle souhaitait, c'était goûter à ses lèvres une dernière fois.

— Tu es belle, tu sais ?

Il rangea une mèche derrière son oreille et lui offrit un sourire qu'elle ne put s'empêcher de lui retourner. Pourquoi se sentait-elle toute chose, tout à coup ?

— Tu ne veux pas l'entendre, mais je suis amoureux de toi, Christina. Et je sais que toi aussi. Tu auras beau répéter que je ne suis que ton équipier, ton corps te trahit.

— C'est faux…

— Alors arrête-moi.

Pour toute réponse, elle haleta et leurs deux sourires se rapprochèrent et finirent par fondre dans un baiser.

— Je ferais n'importe quoi pour toi, Chris.

Hors d'haleine, la jeune lieutenante émergea de la brume du sommeil et chercha l'interrupteur à tâtons sur la table de chevet.

Ce n'est qu'en essuyant ses joues humides qu'elle se rendit compte qu'elle pleurait. Les paroles de James résonnaient encore en elle et ses lèvres palpitaient là où sa bouche s'était posée.

Dans cette chambre plongée dans la pénombre, son lit paraissait trop grand. *Calme-toi,* se somma-t-elle intérieurement. Rien ne paraissait apaiser les spasmes qui la secouaient, alors, loin de la chaleur de James, elle éclata en sanglots, réalisant entre deux hoquets ô combien il était injuste que des sentiments justifient qu'on vole en éclats.

En affirmant qu'elle se mentait à elle-même, il avait eu raison. Elle l'aimait plus fort qu'elle ne le souhaitait et elle ne lui avait jamais avoué. *Je ne pourrai jamais lui dire.* Incapable d'endiguer le manque qui l'embrochait, elle songea qu'il aurait été préférable de ne pas tomber amoureuse, car tout ce qui tombe finit toujours par se briser.

CHAPITRE 6

*« Je comprends mes limites.
C'est pourquoi je vais au-delà. »*
— **Serge Gainsbourg.**

Trois semaines s'étaient écoulées depuis l'exécution publique de son coéquipier. Cependant, James restait bien vivant dans l'esprit de Christina. Cette dernière, prétendument partie pour Malte, avait en réalité passé sept jours interminables à tourner en rond dans son appartement, à attendre un signal, un indice, n'importe quoi qui lui indiquerait que sa mission commençait. En vain. Elle aurait souhaité sortir pour changer du décor de son logement, mais elle craignait de rencontrer Stephen. Mieux encore : elle aurait voulu téléphoner à Malcom pour lui arracher des informations, toutefois, celui-ci n'avait pas daigné lui donner un moyen de le contacter. Comme elle, Greese aimait avoir le contrôle et espérait bien le garder ; il était celui qui la contactait et elle devait s'y accoutumer. L'impuissance l'étouffait.

Peut-être que Malcom avait décidé de rompre leur marché sans l'en informer au préalable. Peut-être qu'il se moquait d'elle et attendait l'instant où elle s'en apercevrait. *Non.* Elle secoua la tête en prenant une bouchée de son sandwich. Si cela avait été le cas, pourquoi aurait-il fait l'effort de supprimer du net tout ce qui touchait à Christina Lang ? Il l'avait beaucoup aidée et lui avait même fourni une nouvelle identité.

Décidément, l'attente ne fait qu'attiser ma paranoïa, songea-t-elle en observant l'eau qui oscillait dans son verre. Depuis qu'elle avait arrêté de prendre ses cachets, les crises d'angoisse nocturnes se multipliaient et chaque nuit, elle se réveillait en sueur, hantée par les souvenirs. La jeune femme errait dans les affres du tourment et en venait à redouter le sommeil. Cette situation l'épuisait.

Dans le tiroir de la commode, la boîte de comprimés semblait l'appeler. Résister à la tentation était de plus en plus dur et, sans trop savoir comment, Chris se retrouva assise dans son lit, les médicaments en main. Une part de son esprit la suppliait de lutter, mais l'autre lui rappelait qu'avec une seule de ces pilules, ses cauchemars s'envoleraient. Restait cependant à savoir si elle désirait simplement soulager ses nuits ou avoir quelqu'un à qui parler.

Le visage de James s'imprima sous ses paupières closes et elle décapsula nerveusement le bouchon du flacon. Au creux de sa paume, le cachet blanc lui évoquait un minuscule diamant.

Allez. Juste un.

Sans plus attendre, elle l'avala et réprima la vague de honte qui la submergea d'emblée. Elle avait conscience que pour ne plus revivre de douloureux souvenirs, il aurait fallu en prendre un avant de se coucher ; or, elle avait choisi de le faire en pleine journée.

Pour voir James. Il était trop tard pour regretter son choix, à présent ; les effets du produit n'allaient pas tarder à se faire ressentir.

Emplie d'un mélange d'excitation et de turpitude, elle se dirigea vers son téléphone et fit ce qu'elle faisait toujours quand elle cédait à la panique : elle commanda de quoi noyer ses craintes dans de la malbouffe.

La livraison s'avéra plus rapide que prévu : moins de vingt minutes après avoir contacté le snack-bar, les livreurs sonnaient déjà à sa porte. Impatiente de savourer un bon burger, l'estomac gargouillant et l'esprit enjoué, la jeune femme se précipita vers l'entrée.

Burger frites ! Burger frites ! Burger frites ! Rien de mieux qu'un peu de gras pour la revigorer et la réconforter.

— J'arrive ! s'écria-t-elle lorsqu'on toqua avec un peu plus d'irascibilité. Deux minutes !

Où était passé son porte-monnaie ? Ah, il était là ! Elle s'en empara avec hâte et ouvrit le battant à la volée, légèrement essoufflée par sa course. Lorsqu'elle redressa le menton et cessa de compter sa monnaie, elle se figea en constatant qu'aucun des deux hommes qui lui faisaient face ne tenait sa commande.

Et soudain, l'explosion de douleur.

Mais qu'est-ce qu'il se passe ?

Une poigne de fer lui broya le poignet et la tira hors de la sécurité du logement. Un hurlement lui échappa, si aigu qu'il en fit trembler ses cordes vocales, mais le plus musclé des deux hommes la fit taire d'un coup dans l'estomac. Choc. Souffrance. Elle se courba en avant en s'évertuant tant bien que mal à garder la tête froide. Ni une ni deux, elle leva le genou et l'envoya dans le bas-ventre de son assaillant qui la lâcha immédiatement. *C'est le moment !* Elle profita de cette seconde d'inattention pour fuir, tous les sens en alerte. *Pistolet, pistolet, pistolet.* Mais où l'avait-elle laissé, bon sang ? *La chambre !* Elle s'y rua.

Dans un grognement pénible, le blessé se redressa tandis que son acolyte se lançait à la poursuite de la jeune femme. Plus que quelques mètres et elle était...

Bam.

Tout à coup, le sol se déroba sous les pieds de Christina et elle s'écrasa âprement contre le parquet. Son menton heurta le sol et le goût métallique du sang se propagea sur son palais. En gémissant, elle essaya de se relever, mais un étau puissant lui enserra la cheville. Elle eut beau tenter de s'agripper à quelque chose, n'importe quoi, elle se sentit attirer vers l'ennemi. Ses ongles griffèrent durement le sol et elle s'égosilla.

— Tais-toi !

Pendant que le premier homme l'immobilisait et l'empêchait de donner des coups de pied, le second sortit de sa veste une cagoule avec un sourire satisfait. La jeune femme devint blême.

Puis ce fut le trou noir.

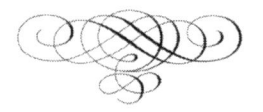

***

Christina battit difficilement des cils. Ses bras la lançaient et une migraine lui poignardait le crâne. La dernière chose dont elle se rappelait, c'était avoir commandé un burger. *Ensuite...* Elle plissa les yeux en forçant sa mémoire. Ensuite, elle se souvenait de deux types sur son palier.

On m'a enlevée, réalisa-t-elle brusquement.

Surtout, elle devait rester calme : paniquer la rendrait plus vulnérable et altérerait ses sens. *Respire, Chris. Tout va bien.* Il fallait qu'elle analyse la situation pour se sortir de là. Les jambes flageolantes, elle se hissa sur ses pieds en s'aidant du tronc d'arbre auquel elle était adossée. Où était-elle ? Des arbres, encore et encore. Un océan de sapins immenses et menaçants l'entourait et leurs branches semblables à de longs bras semblaient désireuses de la piéger.

— Heureusement qu'il ne fait pas nuit, hein ?

Christina bondit de surprise et instinctivement, elle posa la main là où son holster aurait dû se trouver.

— J-James ?

— Ne sois pas si surprise. Ce n'est pas comme si tu ne te doutais pas que tu allais me revoir en gobant cette pilule.

Elle n'avait jamais été aussi heureuse d'halluciner. Le réconfort la gagna et elle soupira ; si elle n'avait pas été aussi préoccupée, elle se serait jetée à son cou.

— Comment est-ce qu'on a atterri ici ?

— Au cas où tu l'aurais oublié, ces charmants messieurs t'ont gentiment kidnappée. Je suppose que ce sont eux qui t'ont abandonnée dans ces bois.

La lieutenante se frotta le menton en fixant la terre qui avait imprégné son pantalon de pyjama. Pourquoi ces types l'avaient-ils traînée dans une forêt, au beau milieu de nulle part ? À l'exception du fantôme de sa conscience, elle était seule.

— On ne devrait pas rester là. Nous sommes en plein mois de décembre et tu es pieds nus, en débardeur, dehors.

Elle ne lui prêta aucune attention, trop occupée à scruter le sac en tissu bleu suspendu au scion du pin à sa gauche. Elle en était certaine : celui-ci avait été disposé pour elle. L'agent Lang déglutit difficilement lorsque les pièces du puzzle s'emboîtèrent petit à petit dans son esprit.

— C'est le premier test, chuchota-t-elle.

Elle ne voyait pas d'autre explication. Malcom avait avoué que les Blades savaient se montrer inventifs et que l'initiation adviendrait au moment où elle s'y attendrait le moins. À part pour l'évaluer, pourquoi l'aurait-on enlevée ?

— Ouvre-le, lui enjoignit James en se rapprochant.

Sa présence la rassurait plus qu'elle ne souhaitait l'admettre. Malgré les conditions de son escapade surprise, elle se sentait plus en confiance grâce à lui.

La musette, plus légère qu'elle ne le croyait, comportait un plan et un revolver chargé. Christina chercha un indice sur ce qu'on attendait d'elle, mais seuls ces éléments avaient été mis à disposition. La carte représentait la sylve : elle reconnaissait les hauts sapins qui y étaient dessinés et, à en supposer d'après le trait rouge qui zigzaguait sur la feuille, elle devait trouver la sortie. Mais à quoi servait l'arme ?

— On parle de gangs, ça ne va pas être une simple course d'orientation, railla son compagnon invisible. Eh ! Attends, tu as vu ça ?

Il désigna le dos de l'encart où plusieurs phrases étaient inscrites. L'écriture, bien qu'effacée au niveau de certaines lettres, était suffisamment lisible pour qu'elle la déchiffre.

« Vous avez voulu nous intégrer, alors à vous de prouver que vous possédez ce qu'il faut pour. Soyez vif et surtout malin : pour accéder au deuxième test, il faut déjà survivre au premier. Courez, courez et trouvez-nous… Avant que ce soit nous qui vous débusquions. Méfiez-vous : la cible dans votre dos est réelle et si vous vous faites attraper, vous mourrez pour de vrai. »

La cible ? Christina fronça les sourcils et tapota l'arrière de son pyjama avant d'écarquiller les yeux en sentant qu'un rond en carton y était épinglé. Ce n'était pas une course d'orientation, non. Il s'agissait d'une chasse à l'Homme.

La dangerosité de la position dans laquelle elle s'était elle-même placée la frappa soudain et elle déglutit difficilement en comprenant que si elle échouait, on l'abattrait tel du gibier.

— Je t'avais prévenue. Je t'avais dit de ne pas t'impliquer dans cette histoire ! Mais bien sûr, tu n'en as fait qu'à ta tête et regarde-toi : tu te retrouves en tenue légère dans les bois à devoir gagner la sortie de ce labyrinthe géant ! Et pour couronner le tout, si tu croises la route d'un de ces tarés et que tu ne réussis pas à lui échapper, tu meurs. Alors là, bravo, Chris !

— Je savais que ce serait dangereux, murmura-t-elle.

— Oui, et tu t'es lancée dedans quand même.

Ils testaient la rapidité et la capacité des futures recrues à se sortir de situations périlleuses, c'était certain.

— De toute façon, je n'ai plus le choix, maintenant.

La jeune femme inspira profondément en analysant le plan. Elle s'était déjà livrée à ce genre d'exercices à l'école de police, il suffisait qu'elle mémorise le chemin et qu'elle soit la plus silencieuse possible tout en s'éloignant du sentier principal, où on l'attendrait sûrement.

En route.

Dans sa paume moite, le revolver pesait une tonne, mais le contact familier du métal la réconfortait. La bouche close, elle fit signe à James de la suivre et se mit en marche, les doigts fiévreusement cramponnés à la crosse du pistolet. Afin de se montrer stratégique, elle avait choisi de ne pas s'élancer dans la forêt, mais d'y progresser lentement ; après tout, ce n'était pas une course de rapidité. De plus, tous les arbres se ressemblaient et si sur la carte, la sortie paraissait atteignable, la réalité était tout autre. Christina devait prendre ses repères et observer chaque détail.

Avant de prendre des dispositions, elle devait comprendre où elle se situait exactement. De là où elle se trouvait, elle apercevait une cabane vétuste qu'elle utilisa comme jalon de départ. À en croire le plan, cela la plaçait en plein milieu des bois et si elle voulait gagner l'issue de cet écheveau, elle devait avancer de sorte à avoir la petite bâtisse dans le dos. *C'est un bon début.*

Son propre sang-froid l'impressionnait : aussi étrange que cela puisse paraître, elle avait la tête froide et ses pensées n'étaient pas polluées par la peur. Était-ce dû au cachet contre les crises d'angoisse ? En y pensant, elle coula une œillade furtive vers son compagnon. James était aussi beau que dans ses souvenirs, mais entre les feuillages touffus et les branches sèches, il faisait tache dans son costume deux pièces.

— Pourquoi est-ce que tu portes tout le temps ce smoking ?
— Parce que c'est la dernière image que tu as eue de moi. Ton cerveau la reproduit automatiquement.

Dans le cercueil, se souvint-elle. Son cœur se serra en se remémorant le grand blond, allongé et inerte dans ce lit qu'il ne quitterait jamais. Le corps du jeune homme avait été retrouvé la nuit où Stephen avait ordonné les recherches. Les Blades avaient abandonné la dépouille sans prendre la peine de la déplacer. La police avait donc retrouvé l'agent Shaw dans la position dans laquelle il avait péri : ligoté à une chaise, les yeux ouverts et la peau meurtrie. Une partie de Chris était heureuse de ne pas avoir assisté à cette découverte. Les funérailles avaient eu lieu deux jours après que la famille du défunt ait été avertie.

La gorge nouée, elle chassa d'un geste ce souvenir de sa mémoire.

— Je préférerais que tu portes autre chose.

— Parce que ça te rappelle trop que je suis mort ?

Elle acquiesça et James soupira.

— Alors ce n'est pas plus mal. Je ne suis plus vraiment là, Chris, ne l'oublie pas.

— Je ne risque pas de l'oublier puisque tu me le répètes constamment, grinça-t-elle sèchement.

Un craquement sinistre les interrompit et ils s'immobilisèrent, sur leurs gardes. Les yeux de James fouillaient vivement les branchages tandis que sa coéquipière posait le doigt sur la détente, prête à faire feu pour se protéger. Elle s'était promis de ne se servir du revolver qu'en dernier recours, toutefois, elle n'hésiterait pas à tirer sur l'un des sbires de Chaos en cas de danger.

C'était quoi, ça ?

James désigna des buissons à droite.

— Ça doit être un animal. Il y en a plein dans la nature. Un homme aurait sûrement fait plus de bruit.

Elle eut envie de lui intimer de parler moins fort quand elle se souvint qu'elle était la seule à l'entendre.

Un animal ? Je ne crois pas. Elle s'était fourvoyée en se croyant immunisée contre la peur. Le sang qui battait vigoureusement dans ses tempes en était la preuve.

Ils étaient suivis, elle en était persuadée.

— Eh ! Il y a quelqu'un ? Montrez-vous, bande de lâches.

Pas question de montrer qu'elle n'était plus aussi sereine. Les prédateurs sentaient ce genre de chose, ils s'en serviraient contre elle.

— C'est sans doute un lièvre.

— Je sais que vous êtes là !

— C'est un lièvre, Chris. Il ne risque pas de te répondre.

Aucune riposte. Elle soupira et se détendit imperceptiblement. Peut-être qu'elle avait eu tort, finalement. Sans cesser de tendre l'arme, elle se remit à avancer quand quelque chose bougea à leur gauche. Le bruissement sec des feuilles lui arracha un frisson. *Ce n'est pas un animal.*

Et elle avait raison car, dans la frondaison, elle distingua une silhouette. Lorsque celle-ci sortit de l'ombre, un sourire carnassier et triomphant sur les lèvres, elle reconnut celui qu'elle avait attaqué à son appartement. Un Blade.

— Cours ! s'époumona James.

Ni une ni deux, Chris s'élança, le quidam sur les talons. Il n'y avait pas de doute : il s'agissait bien de l'homme qui l'avait kidnappée. L'imposante cicatrice rosée qui fendait sa joue ne trompait pas.

Autour de Christina, le décor n'était qu'un salmigondis de vert, de marron et de gris. Ses cheveux bruns lui fouettaient le visage, la forçant à lutter pour qu'ils n'obstruent pas sa vision. Par-dessus son épaule, elle discerna l'ahanement de son poursuivant, beaucoup plus proche qu'elle ne l'aurait souhaité. Il la dépassait de deux têtes et ses jambes, bien plus grandes que les siennes, parcouraient deux pas quand il en fallait quatre aux siennes pour couvrir la même distance. *Plus vite !* Elle s'obligea à accélérer. Les feuilles en putréfaction se collaient entre ses orteils et les brindilles craquaient sous son poids. *Dépêche-toi !*

À ses côtés, James courait également et l'exhortait à ne pas s'arrêter. Les mèches blondes sur son front virevoltaient et la peur brillait dans ses iris azurés. Chris détourna le regard et jeta un œil à la carte. Elle filait dans la bonne direction, mais si le balafré l'attrapait avant qu'elle n'atteigne la ligne d'arrivée, c'en était fini d'elle. Elle était prête à parier qu'il ne lui avait pas pardonné son coup dans les parties intimes.

Le visage de Stephen s'imprima dans son esprit et elle prit davantage de vitesse, puisant dans l'énergie qui bouillonnait en elle pour s'éloigner. Si elle se faisait ravir, son beau-père ne la verrait plus jamais et s'accuserait de ne pas l'avoir suffisamment protégée.

Quand est-ce qu'il va se fatiguer, bon sang ? L'armoire à glace semblait à peine essoufflée. Pire encore : le monstre de muscles arrivait à sa hauteur. Les joues brûlantes, la jeune femme changea de stratégie en prenant une nouvelle direction. Cela surprit son assaillant qui ralentit, déstabilisé par le fait qu'elle ne continue plus tout droit. Christina profita de cet étonnement pour slalomer entre différents troncs. La respiration sifflante, elle serra les dents pour ignorer le point de côté qui lui brûlait les hanches et repartit de plus belle dans la direction inverse. Elle louvoyait entre tant de sapins qu'elle finit par semer le balafré. Pourtant, la carte en main, elle ne s'arrêta pas. Elle continua de courir, encore et encore, jusqu'à être certaine d'être hors d'atteinte. Ce n'est qu'une fois qu'elle en fut convaincue qu'elle cessa sa course, hors d'haleine et les poumons en feu.

Où était-elle, maintenant ? Ses détours l'avaient perdue. *Concentre-toi. Concentre-toi !*

James avait disparu, lui aussi. Elle était complètement seule, brebis galeuse prisonnière des immenses arbres gardiens. Elle avait envie de vomir et ses oreilles bourdonnaient. Combien de temps avait-elle couru ?

Tout à coup, quelque chose la heurta sur le côté. Le choc la projeta violemment en arrière, si âprement qu'elle en lâcha son plan et son arme. Dans un râle de douleur, elle s'écrasa contre le bois rugueux d'un tronc et l'écorce lui griffa les omoplates. En dépit de l'impact abrupt et de la douleur, elle fondit sur l'arme qui lui avait échappé et visa l'individu qui l'avait flanquée au sol... Pour découvrir la responsable du contact.

Ce n'était pas le balafré, mais une autre recrue qu'elle reconnut à cause de la cible accrochée à son pull. Cette dernière poussa un gémissement et la fusilla du regard en se redressant difficilement, couverte de terre et de feuilles mortes. L'inconnue semblait être de la même tranche d'âge. La taille moyenne, elle possédait deux nattes courtes et sombres qui retombaient sur sa peau mate et des manches déchirées qui permettaient de distinguer les tatouages noirs qui serpentaient autour de son bras et disparaissaient sous ses vêtements.

— Ça va, t'as fini ton inspection ? grogna l'Hispanique.

Elle se baissa pour saisir son pistolet et le fourra dans son holster improvisé en surveillant Christina avec méfiance.

— Tu as déboulé de nulle part. Ne compte pas sur moi pour m'excuser.

Chris se frotta le coude, elle saignait.

— Un point pour toi, grimaça celle qui l'avait bousculée. Je m'appelle Nikki.

Voir une femme dans ce test la perturbait ; elle n'aurait pas cru que d'autres désireraient entrer dans le gang de leur plein gré. Elle visualisait ce milieu comme celui d'hommes machistes et brutaux. Par ailleurs, si elle n'était pas en tenue pour vagabonder dans les bois, Nikki l'était encore moins : le short en cuir moulant et les talons qu'elle revêtait n'étaient pas adaptés aux crevasses irrégulières du sol.

— Christina, répondit-elle finalement en acceptant la poignée de main. Toi aussi on te poursuivait ?

Nikki acquiesça et soupira en désignant ses chaussures, qu'elle retira en grommelant.

— Ces imbéciles m'ont kidnappée en plein service.

Chris fronça les sourcils. Quel genre de travail impliquait une tenue qui laissait si peu de place à l'imagination et des talons inconfortables ?

— Je suis barmaid, continua l'autre.

— Barmaid ?

Elle s'en voulut d'avoir songé à un job dont les mœurs étaient plus légères et se mordit nerveusement la langue en se retenant de dire qu'elle, elle était de la police. Elle était désormais Christina Brown, serveuse à mi-temps dans un fast-food miteux.

— On devrait y aller avant que l'un de ces tarés ne nous mette la main dessus.

Quitte à s'enfuir, autant ne pas le faire seule et sauver le plus de monde possible. À présent qu'elle plongeait au cœur de l'inconnu, une alliée ne serait pas de trop. Malcom lui avait conseillé de se lier d'amitié avec d'autres Blades afin de paraître plus impliquée et c'était ce qu'elle comptait faire. Par ailleurs, s'associer à une fille lui paraissait plus spontané et rassurant.

— Tu as entendu ?

Nikki s'était figée, les yeux écarquillés et les muscles bandés.

— Non, quoi ?

Séance tenante, un hurlement strident troua le silence ouaté, les faisant sursauter toutes les deux.

— Bon sang, c'était quoi ça ?

Un coup de feu retentit et les oiseaux haut perchés s'envolèrent. Chris recula en observant les alentours, mais la détonation venait de plus loin, plusieurs mètres devant elles. Le sang de la lieutenante ne fit qu'un tour et l'adrénaline fouetta son organisme en imaginant ces criminels ôter une vie. Elle ne pouvait pas les laisser agir, il fallait qu'elle intervienne.

— Eh ! Christina, tu vas où ?

La concernée n'écoutait plus : elle se précipitait déjà vers la provenance de la déflagration. En tant que policière, il lui incombait de protéger autrui ; elle n'avait peut-être pas pu sauver James, mais si on lui en laissait l'occasion, elle se rattraperait avec d'autres personnes dans le besoin.

James se matérialisa subitement auprès d'elle. La jeune femme l'ignora pour se concentrer sur les cris qui ne cessaient d'affluer ; une voix masculine suppliait qu'on l'épargne.

Elle n'était plus très loin, elle le sentait.

Oh mon Dieu. Le choc la cloua sur place en comprenant que c'était un garçon d'à peine quinze ans qui criait à l'aide. Livide et frémissant, le garçonnet à la crinière blonde fermait les yeux en se retenant de pleurer. Elle percevait d'ici sa respiration pantelante et les prières qu'il murmurait entre ses dents serrées.

Que fait un enfant de son âge en pleine initiation dans un gang, bon sang ?

— Lâche ton arme ! ordonna-t-elle durement. Libère ce môme !

C'était le balafré, évidemment. Il sourit en reconnaissant son timbre et appuya plus fermement le canon de son Glock contre le front du gamin tremblant. Le garçonnet avait l'air sur le point de s'évanouir.

— Quoi, tu n'as pas été assez rapide pour m'avoir alors tu t'es rabattu sur lui ? Pas très flatteur pour toi, Musclor : tout ce que tu arrives à choper, c'est un bambin.

— J-Je ne suis pas un bam-bambin, bégaya l'intéressé qui se tut à l'instant où son geôlier lui coula un coup d'œil meurtrier.

— Laisse-le partir.

— Sinon quoi ? ricana le Blade.

Elle revoyait soudain l'image de James, attaché, couvert de sang et vulnérable face à l'ennemi. Elle revoyait la balle qui lui transperçait la chair, le sang qui éclaboussait les murs. Et ce rire mauvais…

Le balafré aussi riait.

Ce sont tous les mêmes. Le dégoût l'emplit violemment et une vague de rage la submergea en regardant l'homme prêt à occire un adolescent.

— Sinon tu meurs.

Elle les avait laissés faire trop de fois, elle ne recommencerait plus cette erreur.

Animée d'un courage dont elle ne se savait pas pourvue, l'agent Lang fondit sur son adversaire d'une telle force qu'elle le plaqua par terre. Le blondinet cria et s'éloigna du grabuge tandis que Chris donnait un violent coup de tête dans la mâchoire de l'armoire à glace. Quelque chose craqua et, faisant fi du liquide chaud qui coulait le long de son sourcil, elle le désarma.

— Sale petite garce !

Elle encaissa le crochet du droit avec peine et vacilla en arrière lorsqu'il enchaîna avec un coup de coude qui lui fit perdre l'équilibre. Dans sa chute, elle heurta une pierre et la douleur lui poignarda le crâne. James assistait à la scène avec un rictus d'horreur.

— Ne reste pas à terre ! Chris !

Entendre cette voix familière la revigora et elle se retrouva debout, prête à l'assaut en dépit du sang sous son nez. *Vas-y, approche, pour voir.* Et c'est ce que fit le balafré : il se jeta sur elle et mit tout son élan dans un coup de poing, visiblement pressé d'en finir. Au moment où son corps partit en avant, Christina se baissa et le frappa à l'estomac. Sans lui laisser l'occasion de la toucher, la jeune femme glissa sur le côté et se mit en garde, prête à accueillir le nouvel assaut. Le quidam ne ricanait plus. Dans un grondement furieux, il lui fonça dessus pour la renverser, mais elle l'évita d'un bond, tout sourire.

Ton plus grand atout, c'est ta rapidité, lui avait un jour dit Stephen, lors d'un entraînement. Même si ton adversaire est plus grand et plus fort, tu peux utiliser sa force contre lui.

La jeune femme para le coup suivant avec l'avant-bras. Il poussa un grognement de fureur plus animal qu'humain et essaya de lui enfoncer le genou dans les côtes, mais elle l'esquiva à nouveau puis, avant qu'il n'ait retrouvé l'équilibre, lança un uppercut dans son nombril.

Elle sut à la seconde où il se releva qu'elle allait le payer. Une étincelle de fureur embrasait ses iris, il avait perdu son air goguenard et avait placé ses poings en bouclier. *Vlan !* Le bras du brun fila dans l'air et la vision périphérique de Christina s'obscurcit. Elle cligna des paupières en secouant la tête ; elle ne se souvenait pas avoir vu le coup arriver. En guise de réponse, elle frappa et, furieux d'avoir été touché par une femme aussi fluette, le balafré lui décocha un violent *side-kick* qui la fit trébucher. Elle n'avait plus aucune once d'air dans les poumons et beaucoup trop mal pour respirer. Elle tomba.

Lève-toi ! Elle parvint à s'agenouiller, mais son attaquant était déjà là : d'un geste, il lui agrippa les cheveux et lui balança son coude dans la bouche. Des points de toutes les couleurs dansèrent dans son champ de vision. *Debout !* Un nouveau heurt fusa.

Elle peinait à tenir debout et avait le visage humide. Si le vertige n'était pas aussi fort, elle aurait baissé les yeux pour voir si son nez était bien en sang. *Debout, Chris, debout !* Près d'eux, James lui hurlait de tenir le choc.

James…

Les images de son assassinat lui noyèrent l'esprit et lui redonnèrent la force de se battre.

« *Salut, New York.* » Ivre de rage, elle concentra la frustration qu'elle ressentait dans son pied puis elle le lui balança dans le torse de toutes ses forces. Le balafré chancela sans faillir. Elle maugréa et, à défaut de ne pas avoir son revolver, tombé durant la rixe, elle s'empara d'une grosse branche. « *Je vous présente l'agent Shaw.* » Elle cogna, encore et encore, jusqu'à ce que du sang jaillisse de l'arcade de sa victime. « *Vous n'êtes pas en sécurité, personne ne l'est.* » Un énième coup de poing l'atteignit à la poitrine et il gémit en essayant de se protéger le visage. *Tombe, sale brute ! Tombe !* Christina siffla entre ses dents, un goût métallique avait envahi sa langue. Avec l'énergie du désespoir, elle abattit le gourdin et le trentenaire s'écroula. Pourtant, elle poursuivit ses assauts. Coup de pied, poing, pied, pied, pied, poing…

Stephen serait abasourdi s'il la voyait s'acharner sur quelqu'un à terre. *Tant pis.*

Elle s'apprêtait à recommencer quand on prit ses bras en étau et qu'on l'écarta de sa cible. Chris toussa et découvrit l'air consterné de Nikki qui la fixait avec de grands yeux inquiets. Avait-elle assisté à toute la scène ?

— Alors toi, tu n'y es pas allée de main morte !

La lieutenante ne répondit rien et se contenta d'essuyer la sueur qui luisait sur son front.

— Je vais bien, anhéla-t-elle.

Christina respirait par la bouche, son nez la brûlait. Elle désirait dire qu'elle se sentait coupable, mais elle ne l'était pas. Ce sale type le méritait.

Nikki posa une main délicate sur son épaule dénudée et meurtrie et désigna le garçon qui avait été sauvé. Il l'observait avec un mélange de crainte et d'admiration.

— Il l'aurait tué si tu n'étais pas intervenue.

— Je sais.

Bon sang, l'armoire à glace ne l'avait pas ratée. Elle avait l'impression d'être passée sous un train.

— Tiens, tu as fait tomber ça, chuchota sa nouvelle alliée en lui confiant le revolver qu'elle avait perdu.

— Merci. Fichons le camp avant qu'un autre taré ne rapplique pour nous tuer.

Elle n'était déjà pas certaine de pouvoir finir cette épreuve, alors se battre à nouveau… Nikki approuva et lui offrit un mouchoir pendant que le blondinet se levait pour les suivre.

— On fait quoi, m-maintenant ? bafouilla-t-il.
— Maintenant, on finit cette épreuve et on sort d'ici.

CHAPITRE 7

« Tu me crois la marée et je suis le déluge. »
— ***Victor Hugo.***

Quelque chose en Nikki lui rappelait son propre reflet dans le miroir. Peut-être était-ce dû au besoin de se sentir vivante qu'elle lisait dans ses yeux bruns. Peut-être.

— A-Au fait… Je m'appelle Wes, se présenta maladroitement le jeune garçon que Christina avait sauvé. Et v-vous ?

— Christina.

— Nicole. Mais tout le monde m'appelle Nikki.

Le garçonnet hocha la tête et fixa ses chaussures, les joues rouges et le regard fuyant.

Le reste de l'acheminement jusqu'à la sortie se passa en silence : le revolver tendu devant elle, Christina ouvrait la marche tandis que Nikki la refermait. Petit à petit, les moisissures de la terre se raffermirent et enfin, après une vingtaine de minutes, les arbres s'écartèrent pour leur permettre de quitter les bois et l'humus devint peu à peu goudron.

Christina boitait, sa plante de pied saignait et ses membres endoloris menaçaient de faillir à chacun de ses pas. Son visage, qu'elle sentait d'ores et déjà tuméfié, était si douloureux qu'il la brûlait et un goût amer et métallique emplissait sa bouche pâteuse. Elle avait besoin d'eau et de repos, de beaucoup de repos.

Le trio suivit le chemin principal et découvrit un parking dans lequel Christina, Nikki et Wes distinguèrent plusieurs silhouettes. Un groupe d'une dizaine d'individus se tenait à l'ombre d'un van ; certains étaient mal en point et s'adossaient difficilement au véhicule, d'autres, stoïques et droits, attendaient les nouveaux venus. Parmi eux, deux hommes en retrait se démarquaient. Le premier, grand, brun et élancé, semblait sortir d'un mauvais film avec ses lunettes de soleil et sa chemise à fleurs. Le second, lui, était un trentenaire râblé et tout de noir vêtu qui, par sa musculature proéminente, aurait pu concurrencer les plus grands lutteurs. Ils étaient le jour et la nuit, pourtant, un lien invisible paraissait les lier. Il s'agissait de Blades, Christina en était certaine. La façon dont ils se tenaient et leur assurance ne laissaient pas de doute.

— Voilà les derniers arrivés, chantonna le plus maigre en observant sa montre. Pile à l'heure. Une seconde de plus et vous étiez disqualifiés !

— Je croyais que ce n'était pas chronométré, déclara Chris en fronçant les sourcils.

— Ça l'était, vous aviez une heure et demie. On a simplement jugé bon de ne pas vous prévenir pour jauger vos capacités à vous en sortir sur le terrain.

Chemise hawaïenne avait un léger accent et souriait avec un peu trop de prétention.

— Félicitations, les Bleus, vous venez de passer la première étape de l'initiation.

Le silence s'installa dans la harde et tous se tournèrent vers lui. La majorité des recrues étaient des hommes et, à l'exception de la brune svelte dans le fond, Christina et Nikki étaient les seules femmes de la bande.

— Vous pouvez être fiers d'être là. Vous avez de sales mines, mais au moins, vous, vous avez survécu. Vous étiez vingt au total et vous n'êtes plus que douze, désormais... L'étau se resserre.

Il avait prononcé la dernière phrase avec un sadisme manifeste. En croisant son regard féroce, elle sentit le froid de l'appréhension l'envahir. *Ce taré prend ça pour un jeu.*

— Je suis Cole, se présenta-t-il en enlevant ses lunettes. Et voici Reid. Nous sommes chargés de l'initiation. C'est nous que vous verrez à chaque étape de votre parcours et c'est nous qui déciderons qui est digne de nous rejoindre. Je vous conseille donc de ne pas nous emmerder. Une erreur et vous êtes *out*, c'est compris ?

Le dénommé Reid se racla la gorge et poursuivit d'une voix plus calme :

— À présent que les épreuves ont commencé, vous êtes presque des nôtres. Voici donc la règle qui s'applique à vous : celle du secret. Si l'un de vous ose ne serait-ce qu'évoquer les Blades, il finira dans un tombeau. Parlez et vous mourrez. Ai-je bien été clair ?

Nul n'osait piper mot. Les deux meneurs sourirent et avancèrent, forçant les initiés à former un cercle autour d'eux.

S'ils découvraient qu'une lieutenante sous couverture les avait infiltrés, le destin de Christina était scellé. Soit elle échouait aux épreuves et elle mourrait, soit elle les réussissait et elle vivait, aucun juste milieu n'était possible. Sa vie dépendait désormais de son jeu d'actrice et de ses aptitudes physiques.

— Des questions ?

Elle hésita avant de s'exprimer et dut se faire violence pour que sa voix ne chevrote pas.

— Vous avez dit que c'était le premier test. Combien y en aura-t-il au total ?

Cole rit et, tel un lion jaugeant sa proie, il s'approcha lentement, contraignant le groupe à se diviser pour lui créer un passage.

— Je vois qu'il y en a une qui ne perd pas le nord ! Malheureusement pour vous, c'est un mystère qu'on conservera jusqu'à la fin. Tâche d'abord de survivre jusqu'au deuxième, fillette : tu as l'air sur le point de crever.

Elle tiqua pendant qu'il désignait ses blessures. *Fillette ?* releva-t-elle mentalement. Il ne devait pas être beaucoup plus âgé qu'elle, elle lui donnait vingt-trois ans tout au plus. En outre, s'il jugeait son état critique, que penserait-il de celui de leur collègue, inconscient dans les bois ? Elle pouffa en songeant ô combien il la sous-estimait. Sa carrure n'était sans doute pas aussi impressionnante que la leur, mais elle était plus résistante qu'ils ne l'imaginaient.

— Pourquoi est-ce que tu glousses ?

Reid s'était avancé dans leur direction. Près d'eux, James, qui venait de réapparaître, secoua la tête d'un air mécontent. Il se répandit en invectives en maudissant le manque de discrétion de la jeune femme.

— Pour rien.

À sa droite, Nikki lui effleura discrètement le dos de la main, comme pour lui faire comprendre qu'elle la soutenait. Christina l'en remercia, secrètement rassurée de songer qu'au moins, elle n'affrontait pas seule ces deux Blades.

— On ne rit pas pour « rien », justement. Tu as quelque chose à dire, la néophyte ? questionna Reid en replaçant son bandana.

Elle ne put s'empêcher de froncer les sourcils, perturbée par le contraste entre le niveau de langue du nom auquel elle avait été associée et la personnalité de celui qui l'avait prononcé. Elle se représentait la figure du gangster de façon plutôt caricaturale. Par conséquent, en voir un utiliser un mot assez recherché l'étonnait.

Puisqu'elle ne répondait rien, Nikki vola à son secours :

— À côté de votre gars, elle est indemne, donc ne la méjugez pas trop : elle a fichu une sacrée dérouillée à ce type. D'ailleurs, il me semble que c'est elle qui est avec nous maintenant. Pas lui.

— Comment est-ce que tu t'appelles ? demanda Cole.

— Nikki.

— Pas toi, s'agaça Reid avant de se tourner vers sa voisine. *Toi.*

— C-Christina.

— Christina comment ?

— Brown. Christina Brown.

Ce n'était pas la première fois qu'elle prononçait ce nom ; elle s'était tant entraînée dans le miroir qu'elle s'était presque convaincue que c'était sa réelle identité.

— Bien. Quelqu'un d'autre a des interrogations ?

James fit de gros yeux et lui murmura de se taire. Toutefois, la lieutenante Lang l'ignora, décidée à obtenir des réponses. Avec un peu de chance, ils prendraient sa curiosité pour de l'excitation et de l'impatience.

— J'en ai encore, à vrai dire. Quand saurons-nous que la deuxième étape a été lancée ? Comment nous y rendre ?

— Chaque chose en son temps, la Néo. Mais ne t'inquiète pas, tout est prévu. On vous trouvera.

C'était précisément ce qui l'effrayait : les Blades étaient partout, mais insaisissables. L'anxiété nourrissait sa paranoïa : comment pouvaient-ils savoir où se situait chaque potentielle recrue ? Les avaient-ils épiées plusieurs jours avant de les sélectionner pour le test ? Maintenant qu'elle se savait constamment surveillée, elle risquait de ne plus se sentir en sécurité, même chez elle. Elle ne devrait plus jamais quitter son rôle au cas où on l'observerait.

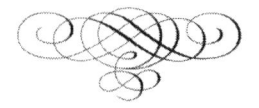

En remarquant que les lumières du salon étaient allumées et qu'une silhouette masculine l'attendait sur le canapé, Christina maugréa en songeant qu'il fallait qu'elle refasse la serrure de l'appartement.

— Tu rentres bien tard, Miss Gin.

Elle grommela et se dirigea vers la chambre sans un mot, soudainement de mauvaise humeur. Malcom Greese avait mal choisi son moment, elle était harassée et agacée qu'on s'introduise dans son espace privé sans qu'elle y consente. Christina n'aspirait qu'à la tranquillité et au repos, elle tremblait dans son pyjama couvert de boue et rêvait d'une douche chaude.

— On peut discuter ?

Le sourire qu'il affichait accrut son aigreur et elle le fusilla du regard. Non, ils ne pouvaient pas discuter. Tout ce qu'elle voulait, c'était désinfecter ses blessures et goûter à la brûlure de l'eau chaude. De plus, les effets du médicament s'étaient dissipés et James s'était évaporé avant qu'elle n'ait pu réellement jouir de sa présence.

— Puisqu'on a des cordes vocales, oui. Parler ensemble, non.

— On dirait qu'un camion t'a roulé dessus, constata le trentenaire en la suivant.

Elle soupira et lui jeta un oreiller à la figure. Avec un rire, le hackeur l'évita et s'adossa au chambranle de la porte. *Au moins, il a retiré ses chaussures*, pensa-t-elle en lorgnant les chaussettes de son invité surprise.

— Ça va ?

— J'irai mieux quand cette conversation sera terminée, pesta-t-elle.

— Ben alors, on a passé une mauvaise journée ?

— Va te faire voir, Malcom, grogna-t-elle en massant ses jambes endolories. Et puis, où est-ce que tu t'es cru, bon sang ? Tu ne pourrais pas toquer, comme tout le monde ? Ça ne se fait pas d'entrer chez les gens sans leur accord. Je suis flic et j'ai une arme, je pourrais te descendre pour ça.

Le froid hivernal qu'elle avait affronté en débardeur continuait de la faire tressaillir et les plaies qui recouvraient sa peau frémissante la lançaient. La jeune femme était épuisée : après l'épreuve, elle avait été déposée au beau milieu d'une grande place de New York et, pour regagner son appartement, elle avait dû marcher une demi-heure.

— Tu n'as encore jamais tué personne, Miss Gin.

Elle s'apprêta à lui demander d'où il tirait cette information quand elle se souvint de la réputation de cet homme à qui rien n'échappait. Évidemment qu'il savait, il savait tout.

— Qu'est-ce que tu veux, Greese ? l'interrogea-t-elle avec lassitude.

— Je suis venu vérifier que tu avais survécu à l'initiation.

— Bien sûr que tu étais au courant ! Ça ne t'a pas traversé l'esprit que j'aurais aimé l'être également avant d'être enlevée et abandonnée dans une satanée forêt ?

En guise de réponse, il se contenta de hausser les épaules et s'assit près d'elle en contemplant les ecchymoses qui parcouraient son épiderme.

— Qu'est-ce qu'il s'est passé ?

— Je me suis battue.

— Tu as vraiment une sale mine. Il ne t'a pas ratée.

— Oui, ben moi non plus. Aïe ! grimaça-t-elle lorsqu'il appuya sur l'un de ses hématomes. Mais ça va pas ?!

Le concerné garda à nouveau le silence et, après s'être débarrassé de la veste qu'il portait, se dirigea vers la salle de bains. Il en revint moins d'une minute plus tard, muni d'un désinfectant, de coton et de sparadraps. Christina ne fit aucune remarque sur l'aisance avec laquelle il se baladait chez elle, habituée à l'excentricité du trentenaire. Il disposait des lieux comme s'il s'agissait des siens et cela ne la surprenait plus.

— Déshabille-toi.

Pardon ? Elle manqua de s'étouffer avec sa salive et le fixa, abasourdie. Avait-elle correctement compris sa requête ? C'était visiblement le cas puisqu'il se répéta :

— Déshabille-toi.

Elle croyait rêver. Malcom parcourut la distance qui les séparait, prêt à lui enlever son débardeur, quand elle le frappa, les yeux écarquillés.

— Certainement pas !

C'était donc pour ça qu'il était venu : pour s'amuser avec elle. Était-ce le prix à payer pour son aide ? Marchander ce genre de pratiques n'était pourtant pas digne de Greese. En saisissant la raison pour laquelle la lieutenante s'était braquée, ce dernier hoqueta de stupeur et déclara moqueusement :

— Si je te voulais dans mon lit, tu y serais déjà. Et puis, sans vouloir te vexer, tu n'es pas très attirante, après ce passage à tabac. Sans compter que... Eh bien... Tu as vraiment besoin d'un déodorant. De toute urgence.

Christina afficha une moue outragée et sentit ses vêtements dès que Malcom eut le dos tourné. C'est avec horreur qu'elle constata qu'il disait vrai. La honte embrasa ses joues et elle voulut disparaître sous le lit.

— Je suis en débardeur, c'est amplement suffisant.

— Je parlais de ton pantalon, à vrai dire. Il est déchiré et taché. Tu saignes de la cuisse.

— Contente-toi de désinfecter les plaies que je ne peux pas atteindre, gronda-t-elle en indiquant son dos. Je m'occuperai du reste.

Il accepta et versa l'alcool sur sa blessure à vif. Elle grimaça en retenant une plainte de douleur et grinça, les dents serrées :

— Pourquoi est-ce que tu fais ça ?

Elle était sûre qu'il ne réservait pas les mêmes traitements de faveur à ses autres clients. Était-ce dû au fait qu'ils se connaissaient depuis longtemps, par le biais de Stephen ?

— Il faut que tu sois en forme.

— En forme pour quoi ?

— Pour me rendre le service que tu me dois, une fois que tu seras dans la gueule du loup.

Elle comprit abruptement qu'en la soignant, il servait ses propres intérêts. Une déception inattendue l'inonda. Elle croyait presque que dans le fond, il faisait ça pour elle. *Quelle idiote !*

— Qu'est-ce que tu veux ?

Elle avait tenté de conserver une voix neutre, mais ses lèvres pincées la trahissaient. Néanmoins, Malcom se situant derrière elle, il ne discerna pas ce rictus et continua de tamponner le coton sur les lésions. Il était étrangement adroit et précautionneux. *Où avait-il appris cela ?*

— C'est simple : l'un de mes plus gros clients m'a demandé de récupérer un carnet d'adresses et devine quoi ? C'est un Blade qui le lui a volé... Ce qui tombe bien, puisque toi, tu les infiltres. Ce calepin va me rapporter gros. Qui plus est, avoir un politicien sous la main sert toujours.

Avait-il conscience que parler d'un homme d'État corrompu en présence d'une policière n'était pas sage ? Oui, mais il sait pertinemment que je ne parlerai pas car je prendrais le risque d'être dénoncée à mon tour. Il me tient.

— J'imagine que tu souhaites que je dérobe ce registre.

— Exactement ! s'enthousiasma-t-il en appliquant un sparadrap. On désire la même chose : que tu intègres les Blades. Ce n'est que si tu t'introduis dans leur camp que j'aurais ce cahier, alors on est ensemble sur ce coup. On fait équipe.

— Jusqu'à ce que tu aies ton dû, lâcha-t-elle sèchement.

Greese s'arrêta et se pencha pour croiser son regard, éberlué.

— Tu ne pensais pas que je faisais ça gratuitement ? Je t'avais prévenue : un service contre un service. Au départ, je n'étais censé être présent que pour te fournir ta nouvelle identité ; au moins, maintenant, tu as un soutien à l'extérieur que tu pourras contacter en cas de problème. Il me faut ce carnet et je ne peux pas l'obtenir sans toi, alors je dois m'assurer de ta survie jusqu'à ce que, effectivement, j'aie ce que tu m'as promis. Ça n'a rien de personnel, Miss Gin.

Elle devait admettre qu'il avait raison : les affaires étaient les affaires et, finalement, cela lui permettait d'avoir un allié. À part lui, personne n'avait connaissance de la mission qu'elle s'était attribuée.

— Je savais bien que ta venue cachait quelque chose, souffla-t-elle en levant les yeux au ciel. À qui suis-je censée prendre ce carnet ?

— Un certain Don.

— Don quoi ?

— Dans ces milieux, on évite de donner son nom de famille et pour se préserver, soit on utilise un surnom, soit on ne donne que son prénom. Tu vas devoir te contenter de « Don ».

— Génial. Je dois donc trouver une aiguille dans une botte de foin immense.

— Selon ma source, ce Don fait partie du Cercle de Chaos, cela devrait donc affiner tes recherches. Sois à l'affût de ceux à qui le pouvoir a été délégué.

L'évocation du mystérieux leader des Blades éveilla aussitôt l'instinct de Christina, ce qui n'échappa pas à Malcom. Celui-ci sourit malicieusement et lui adressa un clin d'œil.

— Nos missions coïncident, je te l'avais dit. En m'aidant, tu t'aides toi-même. Trouve Don et rapproche-toi de lui. C'est lui la clef. Tu n'auras qu'à… Je ne sais pas, jouer de tes charmes. Séduis-le et tire-lui les vers du nez.

Cette perspective la révulsa et le visage de James jaillit dans son esprit. Elle s'imaginait déjà contrainte d'user de ses atouts pour conquérir un gangster. *Non.* C'était contraire à ses principes, il était hors de question qu'elle offre son corps pour un stupide calepin ou pour quoi que ce soit d'autre, d'ailleurs. Certes, ce Don lui servirait à effacer sa dette envers Malcom et à démasquer Chaos, mais elle ne comptait pas se salir pour cela. Elle le ferait à sa manière.

Greese soupira :

— Je te proposerais bien de faire tomber amoureux ce type, mais nous ne sommes pas dans les films nunuches que tu as pu regarder durant ton adolescence. Les gangsters ne tombent pas amoureux.

— Pourtant, un homme amoureux est prêt à tout pour celle qu'il aime. S'il s'éprend de moi, il me confiera peut-être la cachette du cahier et l'identité de son chef.

— Ça n'arrivera pas. Et dans le cas fou où ça se produirait, tu devrais malgré tout jouer avec lui pour le manipuler. Au minimum, il te faudrait l'embrasser.

Elle grimaça et le dégoût remonta le long de son œsophage. Elle aurait l'impression de trahir James en agissant de la sorte.

— Ou alors, je pourrais devenir son amie, suggéra-t-elle.

— Ta naïveté est presque adorable. Petite leçon du jour, Miss Gin : avant de toucher un cœur, il faut passer par l'acte physique.

— C'est faux.

— Ah oui ? Alors pourquoi les femmes qui sont passées dans mon lit sont toutes folles de moi ?

— Elles ne t'aiment pas toi, elles aiment... Ta technique, je suppose.

— Ce n'est pas ce qu'elles disent, ricana-t-il. Peu importe. Débrouille-toi pour manipuler cet homme et pour l'avoir dans ta poche. Il n'y a qu'ainsi qu'on aura ce qu'on convoite. Sache toutefois qu'un homme est plus susceptible de s'ouvrir à toi s'il n'a que toi en tête. Je suis sûr que sous cette transpiration nauséabonde…

Elle accusa le coup en plissant le nez et en se promettant de courir à la douche dès qu'il serait parti.

— Et sous ces vêtements peu flatteurs, continua-t-il, tu es une femme fatale. Il suffit que tu la laisses sortir. Après tout, cette poitrine a du potentiel.

Elle lui donna un coup de poing qu'il esquiva de justesse et il éclata de rire. Christina, elle, restait extrêmement sérieuse.

— Je ne me vendrai pas pour des informations, c'est compris ?

— Trouve une manière de gagner sa confiance, décréta-t-il en se levant et en enfilant sa veste. Je dois y aller, mais je te confie un numéro privé sur lequel tu peux me joindre en cas de problème. Quand tu auras dégoté le registre, contacte-moi dessus, mais reste discrète. Oh, et si tu t'en sers pour me piéger plus tard, n'oublie pas que je ne suis pas assez bête pour n'avoir qu'un téléphone et qu'un numéro fixe. Trahis-moi et tu plonges.

— Je ne suis pas idiote.

— Parfait.

Sur ces mots, il lui confia une carte de visite sous un faux nom et lui adressa un sourire carnassier.

— C'est un plaisir de travailler avec toi.

CHAPITRE 8

« L'attrait du danger est au fond de toutes les grandes passions. »
— ***Anatole France.***

Christina comptait les jours depuis son entrevue avec Malcom. Ses blessures étaient en voie de rémission et, à l'exception de quelques égratignures, de bleus et de sa lèvre fendue, elle était indemne. Face au miroir et à l'aide de fond de teint, la jeune femme couvrit le reste sombre qu'avait laissé son œil au beurre noir puis observa son reflet. Celle qui lui rendit son regard semblait déterminée. Aussi étrange que cela puisse paraître, s'impliquer dans cette mission dangereuse lui redonnait de la force et l'obligeait à ne pas sombrer. Ses pensées étaient constamment occupées et la solitude demeurait moins lourde à porter quand elle prenait ses gélules.

— Tu as conscience que tu abuses de ces cachets, n'est-ce pas ?

— Pas vraiment. Ils sont faits pour lutter contre le stress et ma vie est plutôt mouvementée, ces derniers temps.

— Tu te mens à toi-même, soupira James en s'asseyant sur le bord du secrétaire.

Elle haussa les épaules sans trop l'écouter et l'observa à la dérobée. C'était presque comme s'ils vivaient ensemble, désormais. Elle aurait tant voulu être capable de le toucher.

— Tu vas devenir dingue à force de rester enfermée ici. Tu devrais sortir prendre un peu l'air !

— Et risquer de croiser Stephen ? Certainement pas.

Elle avait promis de lui téléphoner toutes les soixante-douze heures et elle l'avait fait… Avec deux jours de retard. Lorsqu'il avait reconnu sa voix au bout du fil, elle avait eu droit à une avalanche de semonces et de cris. L'inquiétude qu'elle avait discernée dans ses intonations l'avait emplie de culpabilité ; il lui faisait confiance et elle lui mentait.

Son beau-père et elle avaient longtemps discuté et ce n'était qu'au bout d'une demi-heure qu'elle avait réussi à l'apaiser. Afin de gagner en crédibilité, elle avait dû inventer les péripies de son voyage, allant jusqu'à vérifier la température maltaise et les activités de l'hôtel où elle était censée séjourner. Il suffisait d'un détail pour que Stephen comprenne son mensonge. Par ailleurs, en tant que policière, la jeune femme connaissait les méthodes de ses congénères et leur tendance à tracer les numéros. Elle avait par conséquent demandé à Malcom de changer la localisation de son cellulaire. Ainsi, si Stephen tentait de la géolocaliser, l'ordinateur lui indiquerait qu'elle était bel et bien à Malte. Un stratagème aussi pernicieux qu'ingénieux.

— Comment feras-tu quand tu n'auras plus de cachets ?

Elle fit mine de ne rien avoir entendu et se leva. Au même instant, quelqu'un sonna à la porte. Christina fronça les sourcils et sentit son cœur s'emballer. Et si c'était Stephen ?

— Tu attends quelqu'un ?

Elle secoua négativement la tête. Le *drelin* retentit une seconde fois et elle se figea, paniquée. En répondant, elle trahirait sa présence et le nouveau convié découvrirait qu'elle n'était pas à Malte.

Les à-coups se firent plus pressants et elle se rapprocha à pas feutrés, James sur les talons. Ce dernier lui fit signe de se taire et de regarder à travers le judas. Avec une lenteur démesurée, elle s'exécuta et y découvrit Malcom, une bouteille à la main. Décontenancée par le fait qu'il toque au lieu de s'introduire chez elle comme il avait pris l'habitude de le faire, elle fronça les sourcils.

— Greese ?

Celui-ci ne lui donna pas l'occasion de l'interroger davantage qu'il pénétrait déjà dans l'appartement et se dirigeait vers la cuisine. Christina le suivit, toujours aussi déconcertée.

— La dernière fois, tu m'as reproché de violer ton intimité donc j'ai sonné, expliqua-t-il en versant dans deux verres le contenu transparent de sa boisson. Assieds-toi, je t'en prie.

Tandis qu'il sortait un citron vert du frigidaire et le coupait pour l'ajouter à son cocktail, la lieutenante Lang songea ironiquement qu'en dépit des efforts du hackeur, ce dernier continuait d'agir comme si les lieux lui appartenaient. Malgré tout, elle garda le silence et coula un regard discret à James, qui se penchait vers la liqueur inconnue, un rictus suspect placardé sur le visage.

— Je n'aime pas ce type.

En guise de réponse, elle se contenta de hausser les épaules. La mine renfrognée de son ancien coéquipier se renforça et il se positionna face à Malcom en le toisant de haut en bas.

— Et puis, qui met des chemises et des vestes de costume tous les jours ? Il essaye de se donner un genre ou quoi ?

Inconscient de l'examen auquel il était sujet, l'intéressé passa à travers James et ajouta des glaçons à son mélange. Christina ne put s'empêcher de frissonner face à cette vision : son ex-partenaire était tel un fantôme omniprésent pour elle, mais invisible pour autrui.

— Qu'est-ce que tu fixes comme ça ? la questionna Greese en suivant son regard, à l'exact endroit où James se situait. Ne me dis pas que tu es l'une de ces maniaques qui détestent quand on dérange leur cuisine ?

Elle marmonna une réponse évasive et porta le verre à ses lèvres. L'odeur qui s'en dégageait lui était familière et, presque instinctivement, elle avala une gorgée.

— Du gin pour Miss Gin !

— Tu es venu jusqu'ici pour m'apporter mon alcool favori ? Pourquoi ?

— Chaque chose en son temps. Bois.

Elle soupira en prenant une gorgée de plus, évitant volontairement l'œillade accusatrice que lui lançait James.

— Arrête de boire ! Et s'il avait mis de la drogue dedans, hein ? Eh oh ? Je suis là, Chris. Réponds-moi !

— Tout va bien, murmura-t-elle très bas. Maintenant, cesse de nous espionner, tu me mets mal à l'aise.

— À qui tu parles ?

Elle sursauta violemment et resserra sa prise autour de la boisson. *Peut-être que si je fais comme si je n'avais rien entendu, il ne posera pas plus de questions.* Elle attendit plusieurs secondes, mais son voisin en fit autant, la bouche pincée.

— Christina ?

Son ton était froid et circonspect. C'était la première fois qu'il l'apostrophait par son prénom. La méfiance qui durcissait son air rébarbatif s'accrut, puis il porta une main à sa ceinture, où elle devina un revolver dissimulé. *Reste calme, n'aie pas l'air suspecte.*

— Tu portes un micro ? aboya-t-il soudain.

Le sang quitta le visage de la jeune femme et ses yeux s'écarquillèrent d'horreur : Greese la prenait pour une délatrice. Tendue à l'extrême, elle se redressa à son tour, assez lentement pour que ses gestes ne supposent pas une attaque. Elle connaissait le sort que Malcom réservait aux traîtres et malheureusement, plus aucun d'eux n'était en vie pour en témoigner. Si elle avait connu la part malicieuse et amicale du hackeur, elle ne devait pas oublier qu'il possédait d'autres facettes plus sombres.

— Quoi ? Non ! Bien sûr que non !

Pour l'apaiser, elle leva les bras au ciel en signe de reddition et adopta le ton calme et placide qu'elle utilisait dans des situations à risque, face à un ennemi instable. *Pas de geste brusque.*

— Tu es en contact avec Stephen, c'est ça ? siffla-t-il, la main toujours posée sur son holster. Vous avez monté ce piège pour me coffrer !

C'était une chance qu'il n'ait pas dégainé son pistolet. Celui de la policière était resté dans sa chambre et, désarmée, elle n'avait aucune chance de survivre à un tir à bout portant.

— Je te jure que non, Greese. On est une équipe, tu t'en souviens ?

Trop tard, il avait sorti son arme. Christina se raidit brusquement et lança un coup d'œil à son ex-coéquipier qui venait de s'interposer entre eux. *Va-t'en ! Tu empires la situation !* Celui-ci hésita et secoua la tête avec détermination.

— Je ne t'abandonnerai pas.

S'il te plaît. Tu m'empêches de me concentrer. Il va croire qu'on se fiche de lui, tu vas me faire tuer ! lui hurla-t-elle mentalement pendant qu'une peur nouvelle lui glaçait les os. *Va-t'en !* Le canon du Colt était à quelques centimètres de son front, il suffisait d'une pression sur la gâchette et c'en était fini d'elle.

— Enlève ce que tu portes. Si je découvre un micro, tu es morte. C'est bien compris ?

Elle ne reconnaissait pas ce visage froid et fermé ; un nouveau Malcom lui faisait face. La gorge nouée, elle osa un coup d'œil autour d'eux en cherchant une échappatoire, en vain. James, quant à lui, avait disparu.

— Je ne t'ai pas menti. Pourquoi aurais-je fait une chose pareille ? Avec toi, il n'est pas question de double jeu : on poursuit le même intérêt, tu t'en souviens ?

— Je t'ai dit de te déshabiller.

— Ça commence à devenir une habitude, dis donc !

Sa vaine tentative d'humour tomba à plat. Acariâtre, le trentenaire s'approcha hostilement en renforçant son emprise autour de l'arme. Son index flirtait dangereusement avec la gâchette.

— Je ne suis pas d'humeur à plaisanter. Tu as trois secondes avant que je ne te tire dessus, Miss Gin. Trois… Deux…

— C'est bon ! Je vais le faire !

Le cœur battant la chamade, elle lutta contre la sueur froide qui roulait le long de sa colonne vertébrale et se débarrassa de ses vêtements, toute pudeur disparue. La fraîcheur de l'appartement lui hérissa les poils et, embarrassée d'être ainsi lorgnée, elle croisa les bras sur sa poitrine. Malcom la scruta intensément et tourna autour d'elle afin de s'assurer qu'aucun micro n'était camouflé.

— Je n'enlèverai pas le reste, le prévint-elle sèchement.

Son inspection terminée, il rangea enfin le Colt dans son étui et éclata de rire. Abasourdie, Christina écarquilla les yeux : cet homme changeait d'humeur comme de chemise.

— Tu aurais dû voir ta tête, Miss Gin !

— Attends... Tu te moquais de moi ?

L'ahurissement laissa place à la colère. Les cuisses et les dents serrées, elle se rhabilla maladroitement en lançant une œillade mauvaise à celui qui la dévisageait avec un sourire en coin, visiblement satisfait de ce qu'il venait de voir.

— Pas du tout. Mais j'ai compris que tu étais honnête en ne distinguant aucun mécanisme espion, admit-il en poussant vers elle le verre qu'elle n'avait pas terminé. Je te ressers ?

— Non ! persiffla-t-elle, l'adrénaline pulsant encore dans ses veines. Je n'arrive pas à croire que tu aies osé pointer ce fichu flingue sur moi !

— Je n'apprécie pas les imposteurs et, de nos jours, on ne peut se fier à personne. Tu restes une flic, Miss Gin. Je ne l'oublie pas.

Il vida d'un trait sa boisson pendant que son hôte s'installait face à lui, toujours frémissante. En sentant qu'il la dévisageait avec insistance et qu'il s'apprêtait à s'exprimer, elle cingla :

— Ne t'avise pas de commenter ma culotte, Greese. Je commence à bien te cerner.

— En fait, j'allais complimenter le tatouage sur ton bas-ventre, sourit-il malicieusement. Très sexy, au passage. Ça compense tes horribles dessous en coton.

— Tais-toi.

Durant plusieurs minutes, ils s'enfermèrent dans un mutisme presque confortable et, quand Christina crut qu'ils étaient passés à autre chose, son compagnon de boisson prit la parole.

— Si tu ne portais pas de micro, à qui parlais-tu ?

Il était redevenu sérieux et avait posé les coudes sur la table, ce qui accroissait la tension de son interrogation. La jeune femme déglutit difficilement et hésita. Devait-elle mentir en affirmant qu'elle se parlait à elle-même ? Après tout, beaucoup d'individus se livraient à ce genre d'habitude. *Sans compter que ce n'est pas totalement faux*, songea-t-elle distraitement.

Les mains crispées sur les cuisses, elle se répéta mentalement le mensonge qu'elle était censée formuler. Toutefois, lorsqu'elle ouvrit la bouche, d'autres mots lui échappèrent.

— Je vois James, lâcha-t-elle abruptement.

— Pardon ? Tu... Quoi ?

Elle regrettait déjà. Durant un court instant, exprimer cette vérité l'avait déchargée d'un poids, mais maintenant qu'elle affrontait l'incompréhension de l'homme en face d'elle, la crainte lui tenaillait l'estomac. Allait-il la prendre pour une folle ? L'envoyer en hôpital psychiatrique ? Ou pire encore : rompre leur accord ? Cette idée lui donna le vertige et elle ferma les yeux.

— Je vois James, répéta-t-elle difficilement. Mon ancien coéquipier.

— Je sais qui est James. Ce que je ne comprends pas, c'est comment tu peux voir quelqu'un qui est mort.

Christina accueillit cette phrase avec douleur ; ces mots étaient aussi cuisants que des coups de poignard. Les paupières toujours closes, elle lutta contre l'instinct qui lui soufflait de fuir. *Bon sang.* Pourquoi avait-elle confié cela ? À Greese, qui plus est. Parmi tous ceux à qui elle aurait pu le dire, elle l'avait fait à celui qui était le moins digne de confiance.

— Est-ce que tu es une sorte de… voyante ?

Elle s'attendait à toutes les réactions sauf celle-ci. Raide sur son tabouret, elle étouffa un rire. *Il croit que je vois des fantômes, que j'ai des espèces de superpouvoirs !* Elle ricana de plus belle et Malcom fronça le nez, perplexe.

— Je ne suis pas en contact avec l'autre monde, finit-elle par souffler une fois son amusement dissipé. C'est juste que je…

Que pouvait-elle bien déclarer ? « C'est juste que je suis démente et sacrément pathétique » ? Le visage fermé, elle se massa les tempes et n'osa plus croiser son regard. Elle dut cependant se résoudre à poursuivre puisqu'il attendait patiemment, les bras croisés et les sourcils arqués.

— Quand je prends mes médicaments contre le stress, il apparaît, marmonna-t-elle confusément. Mais ce n'est pas lui. C'est… C'est ma conscience qui revêt son apparence, mais c'est comme si c'était vraiment lui. Elle parle comme lui et… Ça me donne l'impression qu'il est là. Ça me rassure parce que c'est familier et… Je l'ai toujours eu près de moi et il est là… Je… J'ai l'air dingue, pas vrai ?

— J'admets que c'est assez « dingue », oui.

La jeune femme se mordit durement la lèvre. Ses yeux brûlaient de larmes et la honte, sauvage et écrasante, l'empêchait de redresser le menton. Les pieds du siège de Greese grincèrent contre le parquet et elle devina qu'il était venu la rejoindre en distinguant soudainement ses chaussures italiennes.

— Tu prends souvent ces trucs ?

— Les c-cachets ?

Elle aurait voulu se gifler. *Aie une voix ferme ! Ne montre pas ô combien ça t'atteint !* Elle se sentait subitement nauséeuse. Avec un soupir, Malcom s'accroupit à sa hauteur. Elle sursauta et tapota vivement ses cils en espérant qu'il n'ait pas remarqué ses larmes.

— Tu n'es pas folle, Miss Gin. Un peu brisée, certes, mais pas folle. Tu as vécu des événements durs toute ta vie. Quoi ? Ne me fixe pas comme ça, la police n'est pas le seul organisme capable d'amasser des informations. Enfin, peu importe. Tu n'es pas passée que par des choses faciles et je suis certain que tu n'as fait qu'encaisser et te contenir, encore et encore. Le décès de ton partenaire a dû te causer un sacré choc. Le voir mourir sous tes yeux sans pouvoir faire quoi que ce soit… Ça a dû être éprouvant. J'ai conscience qu'il représentait énormément pour toi. Sinon, pourquoi te lancer dans une aventure suicidaire ?

— Pas si suicidaire que ça, protesta-t-elle doucement.

— On fait tous son deuil à sa manière. Si tu vois James, c'est parce que tu n'as sûrement pas accepté ce qu'il lui est arrivé. On n'est jamais prêt à ça, tu sais ? Il faut pourtant que tu ailles de l'avant. Voilà presque un mois qu'il est parti, il est temps de lâcher prise. ÇA ne veut pas dire que tu l'abandonnes pour autant, ou que c'est lui qui te quitte. Aussi fou que cela puisse être, tu l'honores avec ta vendetta et, d'une certaine façon, ça continue de le faire vivre.

Le comportement de Greese l'ahurissait. Il n'avait pas brisé leur accord et ne s'était pas enfui non plus. Il restait là, à la rassurer, lui qui quelques jours auparavant lui rappelait le criminel qu'il était. Elle n'en revenait pas.

— Le voir, c'est le garder en vie, murmura-t-elle. J'ai besoin de ça.

— Non. Tu es plus forte que tu ne le crois.

— Pourquoi est-ce que tu ne me fais pas de leçon de morale ?

— Je ne suis pas ton père. Maintenant, donne-moi ces gélules.

— Quoi ? Non !

Malcom posa la main sur son genou nu pour la forcer à rester assise et pinça les lèvres.

— Donne-les-moi, Miss Gin.

— Hors de question. C'est l'unique moyen d'être avec James !

— Au fond de toi, tu sens que ce n'est pas sain. C'est bien pour ça que tu m'as tout avoué, pas vrai ?

— C'est faux !

— Christina, grinça-t-il durement. Je suis sérieux. Si tu n'obéis pas, je vais retourner ton appartement et crois-moi, je les trouverai.

Son cœur battait si fort dans sa poitrine qu'il paraissait sur le point de bondir hors de sa cage thoracique. En secouant vigoureusement la tête, elle tenta de se libérer, mais Malcom la maintint.

— Pourquoi ? Pourquoi est-ce que tu fais ça ? gémit-elle. Je... Je n'voulais pas. C'était une erreur...

— Au contraire, gronda-t-il. Tu viens de te sauver la vie. Tu sembles accro à ces médicaments et je suis persuadé qu'avec le temps, tu aurais doublé les quantités jusqu'à en mourir. Je parie que tu ne comptes déjà plus les doses, hein ?

Quelque chose brillait dans les yeux de Malcom. Une étincelle de... *De quoi, au juste ?* Il avait vécu une situation similaire, c'était évident. Ou il avait perdu quelqu'un à cause de ça. *C'est ça !* réalisa-t-elle soudain. Elle l'avait lu dans son dossier, elle s'en souvenait désormais. Lorsqu'il était adolescent, sa sœur avait succombé à une overdose : elle s'était droguée avec des médicaments peu codéinés qu'elle s'était procurés en pharmacie et en avait tant consommés qu'elle ne s'était plus réveillée. Ce rappel la glaça et elle écarquilla les yeux en songeant qu'elle adoptait peut-être le même comportement.

— Si tu continues à te doper à ces trucs, tu finiras par perdre toutes tes aptitudes et tu me seras totalement inutile puisque tu ne pourras plus remplir ta mission. C'est ce que tu veux ? Ne plus être en mesure de venger James ? C'est ce qui risque d'arriver, Christina. Tu vas tellement en prendre que tu ne pourras plus t'arrêter et tu perdras tes objectifs de vue. Ce serait bête de sacrifier la mémoire du véritable James pour en voir un imaginaire, pas vrai ?

Aoutch. Elle serra si durement les poings que ses ongles écorchèrent sa paume. Il avait raison. Alors pourquoi, bon sang, n'était-elle pas en mesure d'acquiescer ?

— Je ne suis pas une droguée.

— Pourquoi ne m'as-tu pas encore donné ces foutus comprimés, dans ce cas ?

— Je ne suis pas une droguée ! cria-t-elle brusquement. Je ne suis pas Kelly !

L'évocation du prénom de sa cadette le fit hoqueter de surprise et reculer d'un pas. Il semblait sur le point de frapper la lieutenante pour cet affront. Colère et irritation dansaient dans ses prunelles.

— Tu finiras comme elle. Je perds mon temps avec toi, siffla-t-il, prêt à s'en aller.

— Attends ! Ne pars pas.

— Si tu ne me confies pas ces médicaments, tu peux dire adieu à mon soutien. Je ne travaille pas avec des camés. Tu as donc le choix, Christina : soit tu t'exécutes, soit tu renonces à ta revanche… Et sache que si je suis venu, ce n'était pas que par pure courtoisie. J'avais des nouvelles des Blades.

Il lui faisait du chantage et cela fonctionnait. Intelligent, Malcom Greese connaissait ses clients et leurs désirs les plus profonds. En prononçant ces paroles, il avait conscience de l'intriguer.

— Ils sont sur ma commode, céda finalement Christina, les épaules basses et le dos voûté.

— Et la deuxième boîte ?

— Il n'y en a pas.

— Et la deuxième boîte ? insista-t-il.

— Sous le matelas…

Il s'empara de celles-ci et les fourra dans ses poches avant de se planter devant elle.

— Tu en caches d'autres ?

— Non.

— Tu en es certaine ?

Elle lui répondit d'un hochement de tête tandis qu'il lisait la notice des gélules, sourcils froncés. À mesure qu'il comprenait, ses traits se durcissaient : il s'agissait d'un traitement qu'on ne pouvait se procurer qu'en la possession d'une ordonnance très rare. Or, la jeune fille n'en possédait pas. Ce médicament psychoactif contenait du méthylphénidate, qui à l'instar de la cocaïne ou des amphétamines, augmentait la production de dopamine et de noradrénaline. À forte dose, ce produit causait de l'hypertension, de la paranoïa et des hallucinations. Tout s'expliquait.

— Il faut une prescription pour ce traitement. Où l'as-tu obtenu ?

— À une époque, Stephen en avait besoin. Il lui en restait alors il m'en a donné.

— Pas très malin pour un chef de police.

— Eh ! Ne parle pas de lui comme ça.

— C'est pourtant vrai. Avec la quantité qu'il t'a offerte, il te transformait en toxico. Heureusement que tu m'as tout donné… Car tu l'as fait, n'est-ce pas ?

— O-Oui.

— Christina ?

— Oui, je n'en ai plus, grogna-t-elle avec dépit.

Satisfait, Malcom opina. Si elle mentait, il finirait par s'en rendre compte rapidement.

Avec un soupir, il but une gorgée de gin dans le verre de sa cliente et, après s'être frotté les yeux, il lui ordonna silencieusement de le suivre dans la chambre. La jeune femme obtempéra sans un mot, encore troublée par ce qui venait de se passer. Inconsciemment, son regard chercha James dans la pièce, mais il n'était nulle part. Son cœur se serra. Et si les effets du comprimé s'étaient déjà dissipés ? *Je ne pourrai jamais lui dire au revoir.*

— Ce soir, tu sors.

— Pardon ?

— Remets-toi de tes émotions et enfile ta robe la plus sexy, Miss Gin : l'étape deux de ton initiation va bientôt commencer. Cole m'a avoué qu'elle débuterait ce soir et que vous aurez une mission. Tu ne vas pas tarder à être contactée.

Cole ? C'était lui, sa source ? Il lui avait certainement demandé un service un jour et avait dû lui rendre la pareille. Greese avait décidément de la clientèle partout.

— En quoi une tenue affriolante est-elle nécessaire ? La dernière fois, j'avais plutôt besoin d'un jogging.

— Tu vas les rejoindre dans une boîte de nuit.

— Excuse-moi ? Une *boîte de nuit* ?

— Bien sûr, chérie. Et pas n'importe laquelle : l'une des plus réputées de cette ville qui ne dort jamais. Avec un peu de chance, Don sera de la partie et te trouvera si ravissante qu'il ne pourra pas te résister.

— Je ne pense pas que je verrai ce type, nous n'avons le droit de voir que deux Blades durant notre initiation : Cole et son ami, une armoire à glace tatouée du nom de Reid.

— Dommage. Ce n'est que partie remise, cela dit. Maintenant, prépare-toi à les éblouir : le meilleur moyen de détourner l'attention d'un homme, c'est avec un corps bien mis en valeur.

— Et moi qui croyais que c'était avec des discussions profondes, fit-elle en levant les yeux au ciel.

— J'ai dit « éblouir », pas « endormir ».

Au même instant, le téléphone de Christina se mit à biper. Elle avait reçu un message. *C'est le moment*, pensa-t-elle en retenant son souffle. Les sens en alerte, elle s'empara de l'appareil. L'expéditeur était anonyme et impossible à joindre en retour.

— Qu'est-ce que ça dit ? s'impatienta Greese.

— Rien. Il y a juste une adresse et une heure.

— Tu dois y être dans combien de temps ?

Elle déglutit difficilement, soudainement angoissée.

— Quinze minutes.

Le second test débutait.

CHAPITRE 9

« Sois proche de tes amis, et encore plus proche de tes ennemis. »
— **Francis Ford Coppola.**

El Cielo portait mal son nom. Plutôt que d'inspirer la beauté et la quiétude des cieux, il inspirait un nouveau genre d'enfer pour Christina. Le night-club était bondé et au plafond, des projecteurs inondaient la salle de nuances chaudes qui changeaient de couleur au rythme de la musique assourdissante. Les danseurs étaient noyés sous le flot des teintes simultanées, la gorge offerte aux bienheureux qui voudraient les embrasser pendant que des couples se collaient sensuellement, ignorant les regards envieux des solitaires abandonnés sur les banquettes du bar.

Tandis que Christina s'évertuait à se frayer un chemin dans la foule compacte, un homme ivre lui saisit le bras pour l'inviter à danser. Il empestait l'alcool et la transpiration, sa chemise humide était ouverte et ses yeux contemplaient sans gêne le décolleté de la lieutenante qui le repoussa sans ménagement, un air de dégoût sur le visage. *Pas étonnant qu'il souhaite passer un instant avec moi, j'ai l'air d'une poule de luxe,* maugréa-t-elle intérieurement en tirant vers le bas sa robe atrocement courte. Malcom l'avait choisie pour elle et pour cause : c'était la plus moulante et la moins longue de son dressing. Ce vulgaire morceau de tissu – car on ne pouvait décidément pas l'appeler « vêtement » – datait du lycée, de l'époque où ses amies la convainquaient de sillonner les boîtes de nuit jusqu'à l'aurore. La robe avait rétréci avec les années et lui semblait encore plus serrée qu'auparavant. Elle avait la sensation d'être nue et son décolleté plongeant n'arrangeait rien. Comment était-elle censée mener sa mission à bien dans une tenue pareille ? Ses chaussures lui faisaient mal et elle regrettait ses tennis confortables. Parmi l'affluence déchaînée, elle se sentait mal à l'aise. Avait-on remarqué qu'elle lorgnait la sortie de secours avec convoitise ? Son canapé confortable et ses chips lui manquaient déjà.

La jeune femme embrassa les lieux du regard en espérant secrètement y discerner le visage familier de James, en vain. Depuis l'arrivée de Malcom, il n'était pas réapparu ; son cœur se pinça. *Ce n'est pas le moment de t'apitoyer sur ton sort. Poursuis tes recherches. Tu n'es pas ici pour rien.* Comment retrouver les Blades dans cette masse animée ?

En se dirigeant vers le bar, elle songea à l'opinel qu'elle avait dissimulé dans l'une de ses cuissardes à talons. Elle devait admettre que Malcom avait eu raison de les lui conseiller : elles étaient pratiques pour cacher des armes blanches.

Une nouvelle main agrippa son coude et la tira en arrière, assez vivement pour qu'elle vacille. Les lèvres pincées, l'officière se dégagea sèchement et s'apprêtait à rosser l'inconscient qui avait osé la toucher quand elle découvrit Nikki, un grand sourire aux lèvres. Christina baissa discrètement son bras et toussa nerveusement, elle avait été à deux doigts de frapper l'unique recrue avec qui elle avait à peu près réussi à tisser des liens.

Christina n'était pas la seule à s'être habillée de manière aguicheuse. Nikki portait un short déchiré si court qu'il pouvait servir de boxer, qu'elle avait assorti à une chemise déboutonnée nouée au-dessus de son nombril et à des talons vertigineux. *Comment parvenait-elle à marcher avec ça ?* Elle qui se plaignait des quelques centimètres à ses pieds, elle se trouvait ridicule en comparaison de la jeune mexicaine. Nikki ressemblait à une déesse avec ses longues jambes bronzées et les tatouages qui zigzaguaient sur ses bras, s'enroulaient autour de ses côtes et disparaissaient dans son short. Elle était éblouissante. De plus, contrairement à Christina, elle faisait fi des œillades insistantes dont la gent masculine la couvrait : au lieu de s'en agacer, elle s'en satisfaisait et en jouait. Christina ne put s'empêcher de la fixer, impressionnée. Si seulement elle avait le quart de sa confiance ! *Au moins, à côté d'elle, je passe complètement inaperçue.*

— Tu es splendide ! Ce look te va à ravir, *chica*. Ça change de l'allure sanguinolente de la dernière fois !

— Pareil pour toi, sourit la concernée.

— Pas vraiment. Je portais aussi des vêtements moulants et des talons, c'est juste que cette fois, je suis sous un meilleur jour. On va boire un verre ? Je t'invite !

Elle ne lui accorda pas l'occasion de refuser que déjà, elle l'entraînait vers le comptoir et poussait les malheureux qui s'y étaient agglutinés. Christina écarquilla les yeux quand elle escalada le bar. *Bon sang, mais qu'est-ce qu'elle fiche ?*

— Du calme, *chica*. Je travaille ici, se gaussa-t-elle. Je t'avais dit que j'étais barmaid, non ?

— Tu… Tu travailles ici ?

— Carrément. Enfin, j'ai pris ma soirée à cause du message de « tu-sais-qui », ajouta-t-elle dans un murmure. Mais sinon, c'est là que je passe la plupart de mes soirées. Maintenant, bois ça.

La lieutenante hésita face au shot qu'on lui tendait. Était-ce bien judicieux de boire en pleine mission ? Elle devait avoir les idées claires pour ne pas se faire éliminer.

— Allez ! Juste un. Amuse-toi un peu, cet endroit est parfait pour ça. Et puis, on dirait qu'on est les premières arrivées, alors détends-toi avant qu'ils ne rappliquent, ça n'te fera pas de mal !

— Je ne sais pas…

— Sérieusement, Chris. Tu ne t'es pas éclatée avec une copine depuis combien de temps ?

« Une copine » ? Elle n'en avait pas beaucoup. Du moins, plus depuis qu'elle avait quitté le lycée. Christina avait un petit cercle d'amis. *En fait, c'est plutôt un triangle, je n'en ai pas assez pour faire un cercle*, pensa-t-elle avec une grimace. Elle avait perdu l'habitude de s'entourer : au fil du temps, elle avait rapidement compris que les êtres aimés finissaient par partir ou changer et, pour se protéger, elle avait décidé de peu s'attacher. *Laisser les gens entrer, c'est leur donner l'occasion de nous briser. Et puis, dans mon métier, comment pourrais-je m'y risquer ? On utiliserait mes proches contre moi, pour me menacer.* L'existence qu'elle menait n'était pas de tout repos et elle ne pouvait pas prendre le risque de mettre qui que ce soit en danger. Ce serait égoïste.

— Depuis une éternité, avoua-t-elle. Mais…

— Pas de « mais ». Quel gâchis ! Allez, *chica*, cul sec. Ça va brûler un peu, mais tu vas voir, ça va vite te réchauffer.

Les femmes n'étaient pas nombreuses à l'école de police, si bien qu'elle avait pris l'habitude de rester avec les hommes, en particulier avec James. Devait-elle se fier à Nikki ? Une part d'elle, profondément enfouie, le souhaitait. La compagnie de Nicole avait quelque chose d'agréable.

Durant une fraction de seconde, elle observa la barmaid qui lui souriait chaleureusement, les yeux rieurs et brillants, et songea qu'avoir une amie n'était peut-être pas une mauvaise idée. Quand Nikki la considérait ainsi, emplie de joie et visiblement sincère, Christina avait la sensation qu'elle pouvait être autre chose qu'une fille brisée. Il suffisait qu'elle le veuille.

— Seulement si tu bois avec moi, alors.

— Me priver de ces boissons gratuites ? Jamais. Allez, santé !

Nikki sautilla d'excitation et trinqua avec elle avant d'avaler la liqueur ambrée. Après une demi-seconde d'hésitation, la lieutenante l'imita et savoura à son tour la brûlure de l'alcool.

— Je constate qu'on s'amuse bien, ici, cingla une voix bourrue.

Reid se positionna près de Christina en croisant les bras. La jeune femme sursauta puis fronça les sourcils : n'était-il pas censé se mettre sur son trente-et-un, lui aussi ? *On est dans un club, c'est vrai, il ne va pas porter un smoking... Mais tout de même ! Il aurait pu faire un effort.* Enveloppé d'un large sweat-shirt rouge qu'il avait accordé à son nouveau bandana – sa marque de fabrique –, il tenait une bière et contemplait Nikki. Se connaissaient-ils, tous les deux ? L'Hispanique avait l'air amusé et attendait que le Blade ose lui parler, ce qu'il ne fit pas. Leur conversation silencieuse passait essentiellement par leur regard.

Après plusieurs minutes de bataille visuelle, Nikki finit par tourner la tête et Reid se racla la gorge :

— On est tous dans un carré qu'on a privatisé, on vous attendait. Comme vous l'avez compris, la deuxième épreuve débute et le temps presse.

— Tu veux un cocktail ? lui proposa la barmaid, comme si elle n'avait pas entendu.

— Tu te moques de moi, Nicole ? Qu'est-ce que je viens de dire ?

Ils ne venaient pas de se rencontrer, ça, Christina était prête à le parier. La familiarité avec laquelle ils s'entretenaient en était la preuve. Qu'y avait-il entre eux ? Nikki posa l'index sur l'épaule du trentenaire, mais celui-ci la repoussa agressivement, les yeux lançant des éclairs.

— Arrête ça. Pas ici, siffla-t-il durement.

— Quand, alors ?

— Tu n'vois pas qu'on n'est pas seuls ?

La concernée les examina tour à tour, abasourdie. *Qu'est-ce qu'il se passe, ici ?* Reid tourna vivement les talons en marmonnant entre ses dents. De son côté, Nikki se massa les tempes et soupira :

— Désolée pour ça. Ce n'était pas prévu.

— Mmh… J'ai raté un épisode ?

— Non. Reid peut être un imbécile, parfois. Désolée.

Christina lui remplit rapidement un shot et lui tendit le verre ; les rôles s'étaient inversés. Elle ignorait leurs antécédents, toutefois, sa nouvelle alliée semblait particulièrement touchée par le rejet qu'elle venait d'essuyer. Son sourire s'était fané et son excitation envolée.

— Bois ça et filons avant qu'ils commencent sans nous.

— Merci.

— Tu es sûre que ça va aller ?

— Ouais. Je suis juste… Enfin, peu importe. J'aurai une discussion avec lui. Il faudra bien qu'il me reparle un jour.

En silence, les deux jeunes femmes se dirigèrent vers le groupe qui entourait Cole et Reid. Tandis qu'elles s'installaient sur les banquettes en cuir rouge – à moins qu'elles ne soient noires ?

C'était difficile à affirmer dans cet océan de couleurs –, Nikki chuchota à l'oreille de sa voisine :

— Est-ce qu'on pourrait garder pour nous ce qui vient de se produire ? Je n'ai pas très envie que ça s'ébruite... Si ça se sait, Reid risque d'avoir des soucis et... Après ce que j'ai fait, je ne veux pas en rajouter une couche.

Ce qu'elle avait fait ? Christina ne comprenait pas tout, néanmoins elle accepta d'un hochement de tête.

Peu de femmes aspiraient à rejoindre un gang. Pour cette initiation, elles n'étaient que trois : à part Nikki et Chris, il n'y avait qu'une inconnue dans le fond. L'officière se demandait ce qui poussait des membres de la gent féminine à vouloir intégrer un milieu aussi misogyne et dangereux. Ce qui l'y avait conduite était sa vendetta, mais qu'en était-il d'elles ? Elle n'était assurément pas l'unique recrue à avoir des secrets. Était-ce pour Reid que Nicole désirait être une Blade ? Chris brûlait de curiosité.

— Bienvenue à tous au *Cielo*, les accueillit Cole. Ce soir est important, chers amis, car il s'agit de celui de l'avant-dernier test !

Une vague de murmures fébriles parcourut les douze néophytes. Ils avaient accompli un tiers de leur initiation et savoir que leurs efforts étaient sur le point d'aboutir leur insufflait davantage de détermination et de courage. *J'y suis presque. Encore un peu et je serai l'une des leurs.*

Une chaleur nouvelle et agréable se répandit dans ses veines et Christina battit des paupières au moment même où les néons bleutés se mirent à rougeoyer. Sous les flots colorés, la peau de Cole semblait pourpre et les taches de lumière qui parcouraient son visage parurent brusquement être du sang. Ébranlée, la jeune femme ferma les yeux et, quand elle les rouvrit, l'image de James se superposa à la réalité. Le choc la fit tituber en arrière, mais le visage de James ne disparut pas : il continuait de remplacer celui du Blade. Un glapissement lui échappa en distinguant les coulées chatoyantes qui suintaient le long de la tempe de son partenaire, là où la balle qui l'avait tué s'était logée. *Oh, mon Dieu.*

James tourna la tête vers elle et la considéra durant de longues secondes. Ses yeux, vides et fixes, la glaçaient. Incapable d'esquisser le moindre mouvement, elle haletait ; l'air du night-club était devenu trop lourd, elle étouffait. Sa vision se troubla, embuée de larmes. *Ce n'est pas réel, ce n'est pas réel... Ce... N'est... Pas... Réel...,* se répéta-t-elle.

Remarquant le désarroi de sa voisine, Nikki s'enquit :

— Chris ? Tu vas bien ?

À l'instant où la main de la brune se posa sur l'épaule raide de Christina, le temps se fissura puis explosa en millions de fragments. L'oxygène qui avait quitté ses poumons les remplit à nouveau et les nitescences envoyées par les projecteurs virèrent au violet. Lorsqu'elle reposa le regard sur l'illusion, Cole s'était réapproprié ses traits.

— Eh, Chris ?

— Oui, oui, tout va bien.

— On dirait que tu as vu un fantôme.

C'est un peu ça, oui, pensa-t-elle en frissonnant. Elle brûlait tant d'impatience à l'idée de revoir son coéquipier qu'elle n'avait pas imaginé que ce serait dans ces conditions. Encore en état de choc, elle se frotta le visage et soupira en concentrant son attention sur les Blades qui les avaient réunis.

Ces médicaments lui manquaient plus que jamais. Le sang battait encore furieusement dans ses tempes, presque aussi fort que la musique assourdissante qui pulsait dans les basses, et ses poings étaient douloureusement serrés. Un comprimé l'aurait aidée à tenir le choc.

Non. Je n'ai pas besoin d'eux pour me sentir bien. Je ne suis pas une droguée, je ne finirai pas comme Kelly Greese. Si seulement c'était aussi facile à dire qu'à faire ! Sa rationalité et sa peur lui exposaient deux discours différents. Greese a eu raison de me confisquer les pilules, j'aurais tout gâché. C'est une bonne chose. Une bonne chose. Je dois juste… M'accoutumer. Oui, c'est ça, m'accoutumer.

— Si nous vous avons amenés ici, c'est pour une raison particulière : nous nous situons en terre ennemie, expliqua Reid. Eh oui, nous n'avons pas choisi cette boîte de nuit par hasard : elle appartient aux Shadows, nos rivaux.

Ces derniers mots arrachèrent brusquement Christina à ses pensées. Elle se rappelait avoir lu ce nom quelque part dans les notes de James ; le schéma qu'il avait esquissé lui revint immédiatement en mémoire. On pouvait dénombrer quatre gangs en ville : les Blades, les Shadows, les Red Snakes et les Women Ghosts. Et si les Red Snakes étaient les alliés des Blades, ce n'était pas le cas des deux autres clans. Les Women Ghosts ne désiraient s'associer à aucun groupement d'hommes et les Shadows, eux, ne cachaient pas l'antagonisme qu'ils cultivaient à l'égard des Blades.

Chaque bande s'était approprié un quartier de New York, mais tous nourrissaient le même désir d'agrandir leur territoire afin de développer leur clientèle. Les Red Snakes, majoritairement spécialisés dans la vente d'armes, étaient si performants dans ce domaine que le trafic de drogues n'était plus une priorité. Les autres coteries étaient cependant plus gourmandes, en particulier celles des Blades et des Shadows, qui avaient concentré leur activité sur le commerce de substances illicites. De nombreuses fois, la police avait dû intervenir lors de rixes de rue, alertée par des civils blessés et terrifiés. Entre eux, les gangs ne s'appréciaient pas spécialement, mais les Blades et les Shadows se détestaient et souhaitaient plus que le monopole : ils aspiraient à l'annihilation totale et définitive de l'autre. Le fait que les Blades s'introduisent chez leur principal ennemi n'annonçait rien de bon et Christina craignait que la soirée ne se termine dans un bain de sang.

— Ils ignorent que nous sommes ici et nous n'avons aucun intérêt à ce qu'ils le découvrent : s'ils le font, ils attaqueront, et s'ils attaquent, il y aura des morts. Des deux côtés. Comme vous

vous en doutez certainement, chaque gang cache son business illégal derrière un établissement légal pour blanchir l'argent et avoir une couverture. L'un des endroits des Shadows, c'est ce club. Ils cachent leurs produits quelque part au sous-sol, dont une nouvelle drogue que leurs associés viennent de créer, quelque chose de déjanté qui rendrait le trip des consommateurs plus fort. Ils ont commencé à la répandre et on doit arrêter la diffusion avant que ça ne gagne en popularité et qu'ils ne nous détrônent. Votre mission est donc simple, petits néophytes : vous allez vous assurer que ce nouveau prototype ne circule pas en le leur volant. Vous êtes douze, alors on va vous diviser en deux groupes de six, dirigés par Cole et moi. Les premiers à réussir la mission accèdent à la troisième épreuve.

— Méfiez-vous, les Néo, ajouta rapidement Cole. Les Shadows sont aussi cruels que nous et le sont encore plus envers les nôtres : ils ne feront qu'une bouchée de vous. Ramenez-nous le matos et ne vous faites pas tuer. La mort entre nos mains sera plus douce qu'entre les leurs.

— Parce que si on ne réussit pas, vous allez nous tuer ? glapit quelqu'un.

— On vous avait prévenus, sourit Reid. C'est l'entrée chez nous ou la mort, on ne laisse aucun témoin.

Nikki se mordait la lèvre. Regrettait-elle son choix d'intégrer les Blades ? Son visage était impénétrable, elle fouillait la foule du regard et observait les recrues. À l'instar de Christina, jaugeait-elle ses adversaires en se demandant lesquels périraient cette nuit ?

Cole sépara la horde en deux et ordonna à ceux qu'il supervisait de le suivre, tandis que Reid rassembla sa troupe autour de lui. Christina se surprit à prier pour que Nikki soit avec elle : être en présence d'une connaissance chaleureuse la rassurait. Par chance, ce fut le cas et le soulagement l'envahit.

— Si vous vous débrouillez bien ce soir, aucun de vous ne mourra. C'est un travail de groupe, il suffit qu'un seul rate sa tâche pour que tous échouent. C'est aussi ça, l'objectif de ce test : créer un lien entre vous.

— Comment veux-tu qu'on gagne ? grommela un quidam, dans le fond. On se coltine toutes les nanas de l'initiation alors que Cole, lui, n'a pris que des mecs ! On part avec un handicap.

— Je te demande pardon ? s'indigna Nikki, les yeux plissés. C'est le fait d'avoir des abrutis dans ton genre qui nous fait partir avec un handicap.

Elle n'avait pas tort. *Quel idiot !* La troisième femme de la bande, silencieuse jusqu'ici, se racla la gorge et lança sèchement :

— Vous êtes bouchés ou quoi ? C'est un job d'équipe, on doit être solidaires. Arrêtez de vous crêper le chignon comme des gamins et écoutez, vous nous faites perdre du temps précieux. Il est hors de question que la team du blondinet maigrichon gagne à cause de nos différends, donc fermez-la avant que je ne vous fasse taire moi-même.

Christina prit le temps d'observer sa comparse pour la première fois. C'était une jeune fille aux cheveux relativement sombres et courts, dont le nez était percé. Contrairement à la lieutenante, elle avait renoncé aux robes et portait un pantalon en cuir, de grosses bottes noires et un *crop top* déchiré qui dévoilait un nouveau piercing, cette fois-ci au nombril.

— Daniela a raison, trancha Reid avant de se tourner vers l'agitateur. Et pour te répondre, le fait d'avoir ces charmantes demoiselles est en fait un avantage. Vous devez accéder au sous-sol, mais celui-ci est très surveillé et est doté d'un système de verrouillage. Il faudra dérober la clef à l'un des Shadows. Or, dans un night-club, se faire aborder par une femme est chose commune ; les hommes ont moins tendance à soupçonner les roueries de ces dernières.

Était-ce une impression ou son regard s'était posé sur Nikki une seconde de trop ? *Il s'est clairement passé quelque chose entre ces deux-là.*

— L'une d'entre vous va ainsi se charger de séduire le type qui garde le pass d'entrée. Et ce sera toi, décréta le Blade en pointant Christina du doigt. Tu vas te débrouiller pour le lui prendre et nous le faire parvenir.

— Moi ?

Elle s'était presque étouffée avec sa salive. Ses yeux s'étaient tellement agrandis qu'ils manquaient de sortir de leur orbite.

— Oui, toi. Tu es parvenue à mettre une raclée à Steven, alors tu peux bien gérer un guignol qui ne pensera qu'à fourrer son nez entre tes seins.

— Je… *Quoi ?*

Mais il ne lui portait déjà plus aucune attention. Pourquoi elle ? Bon sang, elle n'avait pas dragué qui que ce soit depuis une éternité et lui, il lui demandait de charmer un criminel. Rien que ça. L'alcool qu'elle avait ingurgité quelques minutes auparavant remonta le long de son œsophage et, avec envie, elle regarda l'issue de secours.

Reid enrôla Daniela et le machiste pour désactiver les caméras de l'étage inférieur. Le plan était simple : Christina devait s'arranger pour s'emparer du pass magnétique de l'un des Shadows, puis le confier à Nikki tandis que Daniela et l'autre type court-circuitaient le système de sécurité. Pendant ce temps, les deux recrues restantes, des jumeaux – Jason et Duke – devaient mettre hors d'état de nuire les sentinelles chargées de protéger la porte. Le groupe devait ensuite pénétrer l'entrepôt du sous-sol et dérober la marchandise avant que d'autres Shadows ne débarquent. Selon Reid, il leur faudrait une dizaine de minutes avant qu'ils ne constatent le dysfonctionnement des appareils de surveillance. *Tout ça avant que le groupe de Cole ne s'en charge, bien sûr.* Tout reposait sur Chris. Si elle n'avait pas la clef, ils perdaient et périraient tous. *Pas de pression.*

— Des questions ? interrogea le leader. Bien. Au travail, alors. Ne me décevez pas et... Ne mourez pas.

La fin de sa phrase était clairement destinée à Nikki, avec qui il échangea un regard insistant. Il semblait sur le point d'ajouter quelque chose, mais il finit par secouer la tête et taper dans ses mains :

— Que le spectacle commence ! Maintenant, à vous d'agir, je vous abandonne ici. Cole et moi serons dehors, à attendre le matériel.

Quoi ? Il s'en va ? La panique enfla en Chris, qui déglutit difficilement. Ils étaient livrés en pâture. Daniela prit la parole en se tournant vers Nikki :

— Voici mon numéro. Bipe-moi quand on t'aura confié le pass, ce sera le signal pour qu'on désactive les caméras. Quand elles seront désactivées, nous aurons peu de temps pour agir donc j'enverrai les autres se charger des gardes. Rejoignez-nous deux minutes après que vous les aurez vus quitter la pièce, ça paraîtra moins suspect. Quant à vous, continua-t-elle en désignant Jason et Duke, pas d'arme : les coups de feu risquent d'attirer l'attention. Le plus sûr, c'est de les étouffer, c'est plus silencieux.

Le calme et la rigueur de Daniela étonnaient Christina. Elle ne semblait pas très sympathique, mais elle avait le mérite de savoir ce qu'elle voulait. Peut-être devrait-elle faire de celle-ci une deuxième alliée.

Allez, Chris. Prends aussi les choses en main.

— On se sépare, poursuivit la lieutenante. Jason, Duke, restez sur la piste de danse et faites comme si vous vous amusiez pour vous fondre dans la masse. Attendez que Daniela vous fasse signe.

— Oui, on ne doit pas nous voir ensemble, acquiesça Duke – à moins que ça ne soit Jason ?

— *Go.*

CHAPITRE 10

« Le cadavre d'un ennemi sent toujours bon. »
*— **Vitellius.***

— Descends un peu ton décolleté.

— Sérieusement ? gémit Chris.

Nikki opina en poussant un verre vers sa camarade dépitée. L'homme que Reid avait désigné comme leur cible était installé au bar, entouré de femmes pendues à ses lèvres. Christina grimaça en avalant cul sec le shot qu'on lui avait apporté.

— Tu serais beaucoup plus douée que moi pour cette tâche, se plaignit-elle. Tu ne veux pas y aller à ma place ?

— C'est toi qui as été choisie. Les règles sont les règles. Maintenant, affiche ton plus beau sourire et montre à ces pouffes avec qui Monsieur Pass va finir la nuit.

— Je ne passerai pas la nuit avec ce type.

Cette idée la révulsait. Elle était policière, pas poule de luxe. Elle détestait Reid pour le rôle qu'il l'obligeait à endosser.

— Oui, mais ça, lui ne le sait pas ! se réjouit sa voisine en lui adressant un clin d'œil. La clef électronique doit se trouver dans les poches de sa veste, débrouille-toi pour y glisser tes mains et donne-la-moi discrètement, je resterai quelques pas derrière vous.

— Je déteste être une femme-objet, maugréa-t-elle avec un soupir.

— C'est ça ou être une femme morte. D'ailleurs, sans vouloir te stresser, on attend plus que toi et si tu ne récupères pas ce qu'il faut rapidement, on va se faire doubler et on risque de finir la soirée dans un cercueil…

— J'ai compris, j'ai compris. J'y vais.

— Voilà ! Laisse sortir la *zorra* qui sommeille en toi !

Christina attrapa la boisson de Nikki puis la vida d'un trait sous les yeux consternés de cette dernière. Après avoir essuyé les restes d'alcool qui perlaient sur ses lèvres, elle se dirigea vers le bar en faisant claquer ses talons. *Tu es une femme fatale, Chris. Une putain de femme fatale. Tu peux y arriver. Non, tu vas y arriver. Ce serait trop bête de mourir en si bon chemin, pas vrai ?* La vodka lui réchauffait l'estomac et lui donnait un peu plus de courage. Elle ignorait ce que Nikki voulait dire par « zorra » – ses cours d'espagnol du lycée étaient loin derrière elle –, cependant, elle n'était pas certaine de vouloir le savoir.

Monsieur Pass était encerclé par des groupies aux tenues aussi aguicheuses que la sienne. Elles riaient aux éclats et se penchaient tant en avant que leur poitrine sortait presque de leur bustier. *Pathétique. Où est leur dignité ? Tout ça parce que ce type a un peu d'argent et qu'il se donne un genre de bad boy dangereux.* Après avoir inspiré profondément, Christina se fraya un passage parmi elles.

— Le spectacle est fini, dégagez.

Les concernées cessèrent de pouffer et la toisèrent d'un mauvais œil. Loin d'être effrayée, l'officière croisa les bras, fit claquer ses talons et posa la main sur l'épaule de sa cible, qui garda le silence en l'observant avec un mélange de curiosité et d'amusement.

— Il a une copine, continua-t-elle.

— Où ça ? Je ne la vois pas.

— Devant toi, Barbie. Elle vient d'arriver. Maintenant, déguerpissez.

— On était là avant toi ! lança une autre.

Sa voix était si aiguë qu'elle lui agressait les tympans. Agacée d'être ainsi ralentie, Christina soupira et songea aux propos de Nikki : *« Laisse sortir la* zorra *qui sommeille en toi ! »* Alors, saisissant le cocktail de celle qui lui barrait la route, elle le renversa sur la luxueuse robe de la mégère et afficha un rictus faussement navré :

— Mince, que je suis maladroite ! Tu devrais vite nettoyer ça si tu ne veux pas que la tache reste. Une si belle tenue, hors de prix qui plus est…

L'intéressée poussa un couinement paniqué et se précipita vers les toilettes en marmonnant des injures à son égard. Chris gloussa et se tourna vers ses autres concurrentes. *Et une de moins. Qui est la suivante ?* Quand elle s'empara d'une nouvelle boisson, les jeunes femmes esquissèrent un pas en arrière.

— Il fait chaud ici, vous ne trouvez pas ? On dirait bien qu'on a toutes besoin d'un bon rafraîchissement…

Elles finirent par battre en retraite. La brune soupira de soulagement. *Enfin !*

— Impressionnant, sourit sa cible. Cela dit, je ne me rappelle pas avoir de copine.

Elle retint une grimace et s'assit sur le tabouret libre à côté du sien. En s'installant, elle prit le temps de croiser les jambes de façon séductrice. *Au moins, ces talons inconfortables me font des jambes interminables.*

— Vous aviez l'air de vouloir un peu de tranquillité donc je me suis dit qu'il serait judicieux de vous aider.

— C'est vrai que bien que charmantes, ces demoiselles étaient un peu étouffantes. Et si je vous offrais un verre pour vous remercier ?

Un sourire enjôleur illuminait son visage. Dans d'autres circonstances, elle aurait pu céder à son charme et se laisser bercer par les promesses silencieuses qu'elles lisaient dans ses iris. Après tout, il n'était pas beaucoup plus âgé qu'elle et dégageait quelque chose de magnétique. C'était un bel homme : les cheveux noirs, il possédait de grands yeux verts et de hautes pommettes qui accentuaient ses traits finement ciselés. De plus, la chemise noire qu'il portait soulignait la musculature de ses épaules et contrastait avec la clarté de ses iris. Il n'y avait pas à dire, il était plaisant à regarder. Toutefois, l'agent Lang n'oubliait pas qui il était. Un Shadow. Un criminel. Mais surtout, il était sa cible.

— Avec plaisir, mentit-elle en refoulant la répugnance qui l'assaillait.

À présent qu'elle était parvenue à l'approcher, elle devait trouver un moyen de le fouiller sans qu'il ne s'en aperçoive. Aussi discrètement que possible, elle chercha Nikki dans la foule et la distingua à quelques tables de là. *« Bien joué ! Continue comme ça ! »,* semblait-elle dire, les pouces en l'air.

L'inconnu posa la main sur son genou droit et elle dut lutter contre l'instinct qui lui hurlait de la rejeter. Lorsqu'il se pencha en avant et effleura son lobe du bout des lèvres, la chaleur de son souffle lui arracha un frisson.

— D'ordinaire, les preux chevaliers sont des hommes sur leur cheval blanc, mais je suis bien heureux qu'il s'agisse d'une princesse aussi ravissante que vous.

Un sourcil arqué, elle retint un ricanement moqueur. *C'est donc ça, sa technique de drague ?* En guise de réponse, elle sourit et lui offrit une vue plus avantageuse sur son décolleté profond, posant à son tour les doigts sur sa cuisse.

— Enchantement partagé.

Il la prenait pour une « princesse » sans se douter une seconde qu'elle était en réalité un dragon.

Il lui tendit un cocktail qu'elle accepta sans pour autant y toucher ; elle avait vu beaucoup trop de documentaires pour ne pas soupçonner qu'une drogue y avait été mélangée. Pour détourner son attention, elle s'approcha et rangea une mèche rebelle derrière l'oreille de sa proie en s'attardant volontairement sur sa peau brûlante. Elle était si proche que les effluves de son parfum musqué lui chatouillaient les narines. La main de Monsieur Pass remonta sur sa jambe et, d'une lenteur exquise, il commença à tracer des cercles invisibles sur son épiderme. Ce contact inapproprié la déstabilisa et fit naître en elle une chaleur traîtresse. *Bon sang !* Elle n'avait pas été touchée sensuellement depuis une éternité et son corps, visiblement avide, le lui rappelait. Elle se maudit intérieurement.

Allez, Chris. Ne sors pas de ton personnage. Au moins, cette réaction te donne plus de crédibilité.

En levant le menton, elle aperçut James par-dessus l'épaule de sa cible et se figea aussitôt. Ce dernier la toisait en secouant douloureusement la tête, les lèvres pincées. Il paraissait répugné par ce qu'il voyait. Cette vision lui fit l'effet d'une douche froide. *Tu n'es pas réel. Non, tu n'es pas réel...* Christina expira profondément et se concentra sur l'homme qui commençait à effleurer voluptueusement l'intérieur de son avant-bras. *Ne te laisse pas distraire.* Monsieur Pass plongea ses yeux émeraude dans les siens et lui décocha un sourire ravageur, ce qui révéla une fossette qu'elle n'avait pas distinguée jusque-là. D'une voix doucereuse, il demanda :

— Et si on allait autre part pour... poursuivre cette discussion ?

Il continuait de lui chatouiller la peau en s'aventurant de plus en plus haut sur sa cuisse. L'œillade qu'il coulait à sa poitrine ne lui avait pas échappé non plus. *Ne le frappe pas tout de suite. Éloigne-le des indiscrets et prends-lui cette foutue carte.*

— Que dirais-tu des... toilettes ? chuchota-t-elle lascivement à son oreille. Je suis plutôt pressée d'avoir... cette conversation.

Puisqu'il avait les mains baladeuses, elle décida de se livrer au même jeu. En se levant, elle s'appuya sur son buste et toucha son torse d'un air espiègle avant de laisser ses doigts glisser lentement vers la boucle de sa ceinture. Une lueur nouvelle brilla dans les prunelles du brun, qui se dressa à son tour. Mutin, il encercla la taille de la jeune femme et n'hésita pas à placer une paume sur ses fesses pour la guider. Christina s'obligea à ne pas esquisser de mouvement de recul et se laissa guider. *S'il ne retire pas tout de suite ses sales pattes, je vais lui couper le bras*, gronda-t-elle en son for intérieur.

En se dirigeant vers le fond de la boîte de nuit, elle pria pour que Nikki les suive et la voit s'en aller.

— Tu avances vite, dis donc !

— Je suis un peu pressée, c'est vrai...

Ce n'était pas un mensonge : elle avait hâte d'en finir avec lui, aussi séduisant soit-il. Monsieur Pass dut prendre cette confession pour une invitation, car il raffermit sa prise sur le derrière de la lieutenante et son sourire s'élargit. *Ce mufle apprécie ce qu'il touche !*

Christina pressa le pas et le poussa à l'intérieur des toilettes mixtes ; par chance, la voie était libre. Le soulagement l'envahit.

— Enfin seuls, soupira-t-elle.

— Oh, oui, enfin !

Sur ces mots, le grand brun se jeta sur ses lèvres, si brusquement qu'elle en perdit l'équilibre. Prise en sandwich entre lui et le lavabo qui s'enfonçait douloureusement dans son dos, elle sentit la panique l'assaillir. Il était plus lourd qu'il n'y paraissait.

— Pas si vite, mon coco !

Ni une ni deux, la jeune femme leva le genou et l'enfonça entre les jambes de sa cible, qui se plia en deux dans un cri de surprise et de douleur. L'incompréhension se lisait encore dans son regard lorsqu'elle lui décocha un violent crochet dans la mâchoire. Puis, tout aussi vivement, elle profita de sa confusion et empoigna sa tignasse sombre avant de l'envoyer contre l'évier. Le heurt fut si brutal qu'il en perdit connaissance et s'effondra sur le carrelage poisseux. Du sang coulait de son front ouvert. Christina grimaça. Elle y était peut-être allée un peu fort.

— Désolée, beau gosse, mais tu manquais cruellement de manières.

La mission était cependant loin d'être terminée. À l'instant où elle s'accroupit à sa hauteur et commença à fouiller ses poches, le battant des toilettes s'ouvrit à la volée. C'était Nikki.

— Ça va ? s'enquit-elle. Tu as trouvé le pass ?

La concernée ne répondit rien et continua son exploration. Rien dans la veste du type. Pareil pour le pantalon. Bon sang, où était cette fichue clef ? Elle grommela et palpa le corps immobile de sa victime, à la recherche d'une quelconque irrégularité qui trahirait la présence du pass magnétique sous ses vêtements. *Là !* Quelque chose de rigide et rectangulaire dans la chaussette gauche de l'évanoui.

— Bingo !

— Bien joué, *chica*. Maintenant, on se tire.

Nikki ne lui laissa pas l'occasion de parler que déjà, elle se précipitait vers la sortie. Christina la suivit au pas de course après avoir lancé un dernier regard par-dessus son épaule, là où gisait le brun. Le réveil n'allait pas être des plus agréables pour lui.

※

Le reste de l'équipe les attendait déjà quand elles gagnèrent le sous-sol. Dans l'immense corridor éclairé par des néons rouges, Christina distingua plusieurs corps inconscients aux pieds de Jason et Duke ; ce n'est qu'en se rapprochant qu'elle se rendit compte qu'une balle était logée dans le crâne de chacun d'eux. Ils avaient les yeux figés et grands ouverts, cette vision lui arracha un frisson d'horreur.

Daniela tapa du pied et roula des yeux, visiblement agacée :

— Pas le temps de contempler. Les caméras sont coupées, le temps nous est compté. On se bouge !

Nikki lança le pass à Jason, positionné devant l'entrée de l'entrepôt secret des Shadows. Le rouquin le fit glisser sur le moniteur qui émit des bips consécutifs. Tout le monde semblait retenir son souffle. *Dépêche ! Dépêche !* Enfin, une lumière verte clignota et, dans un grincement sourd, les portes coulissèrent et leur ouvrirent le chemin.

Duke frappa joyeusement dans la main de son jumeau et s'engagea le premier dans le vaste dépôt. Christina eut l'impression de pénétrer dans la caverne d'Ali Baba et hoqueta de surprise en remarquant les montagnes de blocs de cocaïne qui les entouraient. Il y en avait partout, si hautes qu'elles menaçaient de les engloutir vivants. Des paquets compacts entourés de ruban adhésif étaient empilés sur des palettes de bois. Ici et là, des amoncellements de ballots épais et des caisses remplies de sachets, parfois de poudre blanche, parfois de résine de cannabis. Dans le fond, des rayonnages entiers débordant de lots de pilules colorées – de l'ecstasy ! – ; la policière en elle était révoltée.

— Mec, c'est le paradis ici ! se réjouit Jason en secouant son frère. T'as vu tout ce matos !

— On s'en fout, imbécile, admonesta Daniela. On n'est pas là pour ça. Lâche cette enveloppe.

— Qu'est-ce qu'on prend ? les interrogea Christina, les sourcils froncés. Comment on reconnaît le « nouveau produit » dont nous a parlé Reid ?

C'était une bonne question. C'était censé être inédit, or, tout ce qu'elle voyait, c'étaient des drogues déjà répertoriées et connues du public. Un mauvais pressentiment lui nouait l'estomac, quelque chose n'allait pas, elle le sentait.

Le groupe se dispersa afin d'explorer les lieux et d'inspecter les gros cageots installés près des étagères de comprimés. Il n'avait eu aucune information sur le fameux « nouveau produit » : était-il sous forme de gélules ? De poudre ? Se fumait-il ? Devait-on se l'injecter directement ? Le groupe n'en savait rien.

— On a de la compagnie ! cria quelqu'un.

Et merde. Les Shadows étaient plus rapides que prévu.

Elle avait perdu Nikki de vue, les jumeaux commençaient à s'affoler et Daniela jurait en se massant les tempes.

— On ne peut pas sortir d'ici sans le matos ! hurla celui qui avait qualifié les filles de « désavantage ».

Le machiste avait raison : s'ils partaient sans, ils échoueraient et se feraient tuer. Toutefois, s'ils restaient, le même sort leur était réservé… en pire.

Dans le couloir, les bruits se rapprochaient ; les ennemis qui accouraient étaient nombreux. Bien plus nombreux qu'eux. Elle était prête à parier qu'ils étaient lourdement armés.

— Qu'est-ce qu'on fait ?

Les regards s'étaient tournés vers Daniela, qui avait pris les commandes dès le départ de Reid. Elle triturait nerveusement le piercing de son nez et paraissait à court d'idées, déchirée entre le souhait de contenter les Blades et l'instinct qui lui hurlait de sauver sa vie. La jeunesse de celle-ci frappa soudainement Christina, qui comprit que sous ce maquillage charbonneux et ce rouge à lèvres noir se cachait quelqu'un de bien moins âgé qu'elle ne l'imaginait. Elle ne devait pas avoir plus de vingt ans, peut-être dix-huit ou dix-neuf.

Réfléchis, Chris. Réfléchis. Si James avait été là, il aurait trouvé une solution. C'était toujours dans les moments de panique qu'il en trouvait. *Réfléchis. Réfléchis.* Elle refit défiler les propos de Reid dans son esprit. Il lui suffisait d'un indice, un…

Tout à coup, l'illumination.

— Brûlez tout !

— Pardon ?

— On nous a demandé d'empêcher la circulation de cette drogue. Certes, pour ça, on devait la voler, mais on n'a plus trop le temps, là. Au moins, on désavantagera les Shadows en leur grillant toutes leurs marchandises et en faisant d'une pierre deux coups !

Une détonation la fit taire. Elle eut à peine le temps de se jeter sur le côté qu'une nouvelle balle sifflait dans sa direction.

Ils étaient là.

Telles des ombres, ils s'étaient introduits dans l'entrepôt et les avaient encerclés. Les coups de feu pleuvaient soudain sur les recrues ; ils venaient de partout, d'en haut, d'en bas, de gauche, de droite... Ils étaient encerclés. Christina retint un cri quand l'un des projectiles lui égratigna la joue et s'échoua dans l'un des paquets derrière elle, puis elle rampa vers une caisse pour ne pas être à découvert. Autour d'elle, des déflagrations et des bruits de pas. Un sachet de cocaïne explosa et des milliards de particules blanches s'envolèrent.

Il était trop tard pour le produit réclamé par Reid. Peut-être était-il même trop tard pour échapper aux Shadows.

Christina ferma les yeux et se glissa près d'une palette, se servant d'elle comme bouclier de fortune. Où était la sortie ? Des larmes d'impuissance lui brûlèrent la rétine et l'image d'un James ensanglanté lui apparut. Si elle mourait, elle ne pourrait jamais le venger.

Quelqu'un la saisit brutalement par le col et la tira en arrière, là où une demi-seconde plus tard, une balle frappa le sol. La jeune femme valdingua et manqua de trébucher, mais l'individu qui l'avait sauvée l'aida à tenir debout ; c'était l'un des jumeaux.

— On doit se barrer d'ici ! s'époumona-t-elle en guise de remerciement, la voix difficilement audible au milieu des pétarades.

— On peut pas ! Ils ont fermé la porte ! On est piégés !

Une vocifération retentit et à quelques mètres d'eux, le macho s'écroula, touché de plein fouet par un projectile. Christina plaqua une main contre sa bouche pour étouffer un cri. *Concentre-toi, Christina ! Tu ne peux plus rien faire pour lui. Concentre-toi sur ta survie !* Elle réfléchissait à toute vitesse.

— O-On peut toujours essayer de forcer l'ouverture. C'est… C'est toi qui as le pass ?

Le rouquin opina ; ce n'était donc pas à Duke mais à Jason qu'elle devait la vie.

— Oui, mais je ne pars pas sans mon frère !

— Si on reste, on va mourir !

Un visage inconnu apparut dans leur champ de vision et Chris comprit en discernant son arme qu'il n'était pas d'humeur amicale. C'était un Shadow. Cette fois-ci, c'est elle qui aida son camarade en l'attirant vers elle.

— Cours ! s'égosilla-t-elle.

Désarmés, ils n'étaient pas de taille face à un Glock chargé. Ils s'enfuirent vers la sortie, zigzaguant entre les montagnes de drogues, assourdis par les déflagrations et le sifflement menaçant des balles à leurs oreilles. Ils couraient, couraient…

Mais leurs assaillants étaient plus nombreux et plus rapides.

L'un d'eux surgit de nulle part et plaqua Jason à terre. Un autre saisit Christina par les cheveux et tira si fort qu'elle en perdit quelques-uns. Elle s'époumona et trébucha contre une palette. Des échardes s'enfoncèrent dans sa peau. Elle n'eut pas l'occasion de se redresser qu'un pied lui frappa la mâchoire et qu'un second vint lui écraser le dos pour la forcer à rester aplatie sur le ventre.

Je vais mourir.

Elle eut beau se débattre, il lui était impossible de se lever. Du coin de l'œil, elle aperçut Jason, dans le même état qu'elle, lui aussi immobilisé. Il saignait du nez tandis qu'elle crachait du sang. Un énième assaut l'accabla et lui brouilla la vue, la semelle dure sur son dos lui broya la colonne et la souffrance la scinda en deux.

Le silence, plus effrayant encore que le mugissement des armes, s'installa jusqu'à ce que seuls des gémissements et des respirations haletantes ne se fassent entendre.

Je vais mourir. Je suis désolée, James. Je n'ai pas réussi. Je vais mourir.

Alors, la lieutenante ferma les yeux. Incapable d'esquisser le moindre mouvement, elle attendit que la mort cueille son dernier souffle. Pourtant, rien ne vint.

Du moins, c'est ce qu'elle crut.

Elle rouvrit les paupières.

La première et dernière chose qu'elle distingua avant que les ténèbres ne l'enserrent fut le canon fumant pointé vers elle.

Ensuite, la douleur explosa dans son crâne et elle ne vit plus rien.

CHAPITRE 11

« Je voudrais que tu comprennes ce qu'est le vrai courage. C'est savoir que tu pars battu d'avance et, malgré cela, agir quand même et tenir jusqu'au bout. »
— **Harper Lee.**

Je ne suis pas morte.

La première chose que Christina sentit en papillonnant des cils fut la douleur vivace qui déployait ses ailes dans ses côtes et qui se propageait dans son corps meurtri. Un gémissement franchit la barrière de ses lèvres et le goût âcre et métallique du sang dans sa bouche la fit émerger de la brume épaisse qui avait envahi son esprit. Elle avait l'étrange sensation d'avoir la tête bourrée de coton.

Pourquoi ne pouvait-elle pas bouger ?

Quel que soit l'endroit où elle se trouvait, il faisait sombre et froid. Une ampoule nue grésillait au plafond et plongeait la pièce dans une obscurité intermittente. Sa mâchoire lui faisait mal ; par instinct, elle fut tentée d'y porter la main, mais la morsure brûlante des cordes à ses poignets lui rappela son impuissance. Elle plissa les yeux pour tenter de distinguer ce qui l'entourait, les sens en alerte. *Reste calme, Chris. Ne cède surtout pas à la panique.*

De taille moyenne, la pièce ressemblait aux salles d'interrogatoire qu'elle avait l'habitude de côtoyer – à la différence que cette fois-ci, c'était elle qui était attachée. Aucun meuble ne venait l'égayer ; il n'y avait que Chris, la pénombre et le froid qui lui arrachait des frissons. La chaleur du night-club lui manquait, finalement.

Pourquoi l'avaient-ils laissée là, les chevilles et les poignets sanglés ? Elle avait beau tirer, la corde ne cédait pas, au contraire, elle s'enfonçait davantage dans sa peau tuméfiée et rougie. Elle lui coupait la circulation et, à chaque tentative de libération, lui meurtrissait la chair. En dépit de la souffrance, Christina persista. Où était le couteau qu'elle avait dissimulé dans ses bottes ? Ses chaussures avaient mystérieusement disparu et la saleté du sol avait noirci ses plantes de pied. *Bon sang !*

— Ça ne sert à rien de te débattre, fillette.

Christina sursauta violemment quand une ombre surgit dans son dos pour se positionner face à elle. Cagoulé, l'inconnu à la voix de baryton croisa les bras sur son torse et lui accorda une œillade méprisante.

— Libère-moi et je te montrerai qui de nous deux est la fillette.

En guise de réponse, elle obtint une gifle qui manqua de lui dévisser la nuque. Elle fusilla le quidam du regard et lorgna avec envie le couteau et le pistolet à sa ceinture. Elle reconnaissait les ornements sur le manche du canif : elle les avait elle-même taillés à l'école de police. Cette enflure avait osé lui voler son propre opinel.

— Je ne crois pas que tu sois en position de faire la maligne, joli cœur.

Elle grimaça. Croyait-il l'impressionner avec ces surnoms ridicules ?

Comme s'il avait compris qu'elle n'était pas franchement épatée par son petit numéro, il dégaina le poignard et joua avec de sorte que la lame accroche la lumière.

— Si tu me donnes les informations que je désire, je t'épargnerai peut-être. Tu es plutôt pas mal dans cette robe et je me ferais un plaisir de te…

L'homme cagoulé se tut. Christina lui avait craché au visage.

Pendant un bref instant, il se demanda si la jeune femme avait réellement expectoré puis, constatant que c'était le cas, il sortit de sa torpeur et s'essuya rageusement la joue, par-dessus la laine de sa cagoule. Une lueur nouvelle brillait dans ses iris abyssaux. Sa prisonnière sut à la seconde où il posa le regard sur elle qu'elle allait le payer. Son instinct ne la trompait pas car, derechef, il frappa. L'assaut fut plus abrupt que le précédent et faillit renverser la chaise sur laquelle elle était attachée. Des taches sombres dansèrent dans son champ de vision. Son assaillant n'était peut-être pas très grand, mais ses paumes faisaient le double des siennes.

— C'est sûr que c'est plus facile de cogner quand l'adversaire ne peut pas se défendre, le tança-t-elle en ignorant le sifflement de son oreille gauche.

Une partie de son esprit la sommait de ne pas agir aussi impétueusement tandis qu'une autre refusait de mourir dans la soumission. Cagoule Noire attrapa durement son menton et emprisonna son visage afin qu'elle ne puisse regarder que lui. Il serrait si fort sa mâchoire qu'elle craignait qu'il ne la lui broie d'une pression.

— Qui t'envoie ? siffla-t-il d'une voix menaçante.

Elle garda le silence. L'irritation brûlait au fond de ses prunelles, il paraissait sur le point de la claquer à nouveau.

— J'ai dit : qui t'envoie ?

Silence.

— Parle ! Tu étais avec les Blades, pas vrai ? Tu es de mèche avec eux !

Il pouvait continuer de la frapper et de hurler, elle ne dirait rien. Elle n'était pas assez bête pour avouer : en découvrant qu'elle venait du camp ennemi, le Shadow risquait de se montrer plus cruel encore. Il la tuerait aussitôt, or, elle devait trouver un moyen de lui échapper.

— Parle ou crève, fillette.

Il avait enfoncé la lame du couteau au creux de son cou et appuyait suffisamment pour que du sang perle. Christina ne montra aucun signe de douleur ou de peur, elle se contenta de le dévisager avec la même insistance dont il faisait preuve.

— Crache le morceau !

Il fit pression sur le couteau et le remonta doucement le long de sa peau, de sa jugulaire jusqu'à son oreille. Christina se tendit aussitôt : une pression de plus et il lui tranchait la gorge. Constatant qu'elle ne comptait toujours pas s'exprimer, il frappa une nouvelle fois, le canif en main. La jeune femme ferma les yeux et étouffa un gémissement quand la lame laissa une entaille sanguinolente sur sa joue droite.

— Très bien. Puisque tu refuses obstinément de balancer tes copains, je vais t'y forcer.

Aussi vif que l'éclair, il fondit sur elle et lui poignarda la cuisse. L'acier lui déchira la chair, s'enfonça péniblement dans ses muscles tendus et transperça son quadriceps. La douleur fut si violente qu'elle lui brouilla la vue et lui arracha l'oxygène des poumons. Chaque respiration lui coûtait. Quelqu'un s'époumona et Christina comprit que le hurlement provenait de sa propre gorge en sentant ses cordes vocales trembler. Avec un sourire carnassier, son bourreau retira l'objet d'un coup sec ; elle dut utiliser toutes les fibres de son être pour ne pas s'égosiller de plus belle. Cependant, ses yeux remplis de larmes la trahissaient. La souffrance courait dans ses membres tel du feu liquide et alors qu'elle luttait contre la douleur, le cagoulé revint à la charge : à l'instant où elle cessa de crier, il lui asséna un violent crochet dans la tempe. La puissance du heurt fit trembler les pieds de la chaise et l'attaque qui suivit fit valdinguer le meuble en arrière.

— Qui t'envoie ?

— Personne. Je suis indépendante.

Elle entendit le cinglement des baskets contre le carrelage avant même de les voir. Ensuite, son assaillant posa le pied sur sa poitrine.

— Mensonge ! Tu n'étais pas seule dans le hangar souterrain !

Il appuyait sur son plexus solaire suffisamment fort pour qu'elle en ait le souffle coupé. Elle haleta et, après un pas en arrière, il prit son élan et lui envoya un coup dans les côtes. Puis dans la mâchoire. Elle manqua de s'étouffer avec le sang dans sa bouche. La jeune femme tenta de se relever, mais la chaise l'en empêchait. Elle jura. Si elle voulait se battre et avoir la chance de survivre, il fallait qu'elle s'en débarrasse.

L'individu cagoulé remit son siège droit.

— Toujours décidée à te taire, fillette ?

Tu peux le faire, Chris. Libère-toi de tes liens. Cela ne devait pas être si compliqué. Mais comment ? Elle avait les poignets attachés dans le dos et les chevilles ligotées.

— Je vois. Puisque je ne suis pas assez convaincant, je connais des instruments qui, eux, achèveront de te faire entendre raison.

— Des in-instruments ?

— On va bien s'amuser, tu verras. Enfin... surtout moi. Toi, tu seras trop occupée à hurler.

Ce fou avait des outils de torture. Elle devint blême et il ricana en tournant les talons.

— Profite bien de ce court moment de répit, joli cœur. J'arrive tout de suite.

Sur ces mots, il quitta la pièce.

Le cœur de Christina battait la chamade. Quel sort lui réservait-il ? Comptait-il lui couper la langue ? L'électriser jusqu'à ce qu'elle avoue ? La noyer ? La panique l'envahit : il n'y avait rien dans cette salle qui pouvait la sauver. Rien. *Je refuse de mourir. Je refuse de mourir, bon sang !*

En remuant, elle le sentit soudain. Le clou qui dépassait du dossier de la chaise. Elle en aurait pleuré de soulagement. *Cela devrait faire l'affaire pour couper la corde.* La jeune femme se pencha vivement et tordit les bras de sorte que ses mains soient au niveau de l'objet. *Vite, vite ! Il va revenir d'une minute à l'autre !* Le souffle court, elle frotta les cordages contre le métal. Encore et encore. Si vivement qu'elle s'en fit mal aux épaules. *Cède, bon sang, cède !* Une minute passa et enfin, les câbles abîmés par les frictions s'effilochèrent et se déchirèrent. Elle était presque libre.

Au loin, elle perçut le sifflotement joyeux de celui qui s'impatientait de la torturer.

La peau de ses avant-bras était rouge, mais elle ignora la morsure de la douleur, bien trop heureuse d'être maîtresse de ses mains. Aussi promptement que possible, elle s'attela aux attaches sur ses chevilles et les dénoua. Sa cuisse continuait de saigner et quand elle se mit debout, la plaie à vif la lança.

Tiens bon, Chris. Ce n'est qu'une entaille. Juste une minuscule entaille. Tu peux marcher même si ça te fait souffrir. Tu peux même courir. Sors-toi de là.

Les bruits de pas qui retentissaient dans le couloir se rapprochaient. À défaut de détenir une arme, elle avait la chaise, alors sans réfléchir, elle l'attrapa et se colla derrière la porte.

Cagoule Noire entra dans la pièce et chercha sa victime du regard, prêt à lui arracher la vérité. Il esquissa un pas, tourna la tête…

Christina frappa de toutes ses forces, si fort que le bois se brisa entre ses mains.

Son geôlier vacilla, lâcha son sac et s'effondra à genoux en se tenant l'arrière du crâne.

— Sale petite…

Pas question de lui laisser l'occasion de la mutiler une deuxième fois. Sans même réfléchir, elle leva le genou et l'envoya dans le nez de son assaillant. Ce dernier, loin d'abandonner le combat, lui agrippa la cheville et la tira vers lui en fauchant la jambe blessée de la jeune femme. Elle s'écroula.

— Je suis plus fort que toi, fillette, siffla-t-il en se mettant à califourchon sur elle.

— Ouais, eh bien moi, je suis plus en colère ! déclara-t-elle en lui adressant un violent coup de tête. Et… ne… m'appelle… pas… fillette ! *Ah !*

Il avait le crâne dur. Pourtant, elle continua jusqu'à ce qu'il esquisse un mouvement de recul et lui laisse le champ libre. Des morceaux de bois brisés gisaient ici et là ; Christina s'empara de l'un d'eux et frappa. Une, deux, trois, quatre fois… Du sang gicla sur ses doigts et enfin, Cagoule Noire s'affaiblit suffisamment pour qu'elle puisse s'extraire de sa prise et le repousser. Encore sonné par les assauts de sa proie, il porta la main à sa tempe écarlate et jaugea sa paume rouge avec ahurissement, comme s'il n'arrivait pas à croire qu'il avait été touché.

Christina lui asséna un ultime coup de bâton.

— Fais de beaux rêves, sale type.

Ces mots furent les derniers qu'il entendit avant d'être propulsé dans les ténèbres.

La jeune femme lâcha finalement son arme de fortune. Sa poitrine se soulevait irrégulièrement et son souffle haché était désormais l'unique son qui venait troubler le silence lugubre de la pièce.

Avait-elle tué cet homme ? Non. Il respirait toujours. Étrangement, cette idée la réconfortait : elle n'était pas devenue une meurtrière. Elle n'était pas comme eux.

Il fallait qu'elle sorte d'ici, elle déciderait de la suite de son plan plus tard, une fois en sécurité. Tandis qu'elle se dirigeait vers la porte en boitant, elle observa sa cuisse meurtrie et le sang qui dégoulinait le long de son tibia et gouttait au sol. Elle devait stopper l'hémorragie, sans quoi elle perdrait trop de sang. Les dents serrées, elle s'agenouilla à la hauteur du quidam, lui vola son tee-shirt et l'enroula autour de sa plaie de sorte à la comprimer. Ensuite, elle reprit le canif qui lui avait été volé et le pistolet. Elle préférait ne pas avoir à l'utiliser, mais si les choses se corsaient, elle aurait de quoi se défendre.

Les lieux étaient déserts. Elle ignorait où ils l'avaient emmenée, mais si elle en croyait les plans affichés au croisement de deux corridors, elle se situait au troisième étage. Un bâtiment désaffecté, peut-être ? Elle passait devant des portes closes qu'elle scrutait avec crainte, angoissée à l'idée que l'une d'elles s'ouvre et que des Shadows en sortent.

Christina rasait les murs. Une enjambée après l'autre, elle progressait dans le couloir silencieux en se concentrant sur sa respiration. Trois mètres la séparaient de l'issue de secours ; elle n'avait plus qu'à la franchir pour s'élancer dans les escaliers et gagner le rez-de-chaussée. L'espace d'un instant, elle songea à ses camarades. Avaient-ils aussi été emprisonnés ? Se cachaient-ils derrière ces battants clos ? L'image de Nikki s'imprima dans son esprit et elle imagina le pire : que lui était-il arrivé ? Elle ne l'avait pas revue depuis *El Cielo*...

Un hurlement déchira subitement le silence ouaté, arrachant la lieutenante à la bulle dans laquelle elle s'était cantonnée. Les yeux écarquillés, elle se figea. Avait-elle rêvé ? *Non.* Le cri retentit à nouveau, plus vibrant cette fois. Ensuite, plus rien. La gorge nouée, elle songea ô combien le silence était effrayant. Il l'était plus encore que les vociférations.

Sans trop savoir pourquoi, elle s'approcha de la porte la plus proche, celle de laquelle le bruit semblait provenir. Malgré la peur qui lui retournait les entrailles et la voix qui lui hurlait de s'enfuir tant qu'elle en avait l'occasion, elle s'obligea à coller l'oreille contre le battant, à l'affût du moindre son.

Elle ne se le pardonnerait jamais si elle n'agissait pas. Après tout, en revêtant l'uniforme, elle avait accepté le devoir qui incombait aux forces de l'ordre. Servir et protéger. Elle avait prêté serment. Elle inspira et épongea la sueur sur sa nuque. Tendue à l'extrême, elle attendit que son cœur s'apaise quand un énième hurlement s'éleva et fit trembler la cloison. Christina le prit pour un signal et entra vivement, le Beretta dirigé droit devant elle.

Après cela, tout se passa très vite. Trop vite.

Un homme de dos visait le front de l'un des jumeaux. Les sanglots étouffés de Duke – ou de Jason –, ses paupières closes, résignées à accueillir la mort. Le sang qui coulait le long de sa tempe et de sa lèvre fendue.

Elle se remémora les entraînements à l'école de police, ces heures entières passées à viser une cible mouvante, le tremblement du manche entre ses paumes quand survient la détonation… Elle se souvint de l'odeur du canon fumant, des trous alignés dans le cercle noir, là où aurait dû se situer le cœur de la victime…

Elle savait quoi faire. Elle s'était livrée à ces gestes tant de fois qu'elle n'y réfléchissait plus. Pourtant, jusqu'alors, elle n'avait visé que des silhouettes en carton. C'était différent. *Servir et protéger*. C'était sa mission première. Sauver des vies. Alors, bon sang, pourquoi restait-elle paralysée ?

Ses membres connaissaient les manœuvres, c'était mécanique, instinctif. Elle pressa la gâchette. Le tireur ne la vit pas arriver. Il n'y eut pas de bruit assourdissant, pas de déflagration violente, c'était un silencieux. Aucun son trahissant le coup fatal, seulement le crissement des pieds de la chaise quand le Shadow s'affaissa sur le rouquin. Celui-ci ouvrit les yeux, déconcerté. Son regard se porta sur son bourreau, étalé sur lui, puis sur celle qui l'avait sauvé. Il ne prononça aucun mot, le choc semblait lui avoir ôté la voix. Christina ne parlait pas non plus. Elle était incapable d'esquisser le moindre mouvement.

Elle venait de prendre une vie, pour la première fois.

— D-Détache-moi… S'il te plaît, détache-moi.

La lieutenante s'extirpa de sa léthargie. Pas le temps de s'apitoyer et de réaliser l'ampleur de son acte. Pas le temps de penser. Agir, vite. Sortir, vite.

— Tu as fait ce qu'il fallait, Christina. Christina ? Dépêche-toi. S'il te plaît.

Bien que calme, la voix du jeune homme était pressante. Avait-il déjà vu la mort d'aussi près ? La concernée coupa les cordes qui l'emprisonnaient et, aussi naturellement qu'il aurait retiré une brindille de son pull, il repoussa le corps qui pesait sur lui.

— Content que tu sois arrivée à temps. On se sauve la mise chacun son tour, visiblement, ajouta-t-il avec un maigre sourire.

— Jason ? comprit-elle.

— En personne. Viens, on s'en va. Tu as trouvé une sortie ?

Elle acquiesça :

— Il y a une issue de secours au b-bout du couloir. On devrait p-parvenir à quitter cet enfer en prenant les escaliers.

Jason récupéra l'arme à la ceinture de celui qui l'avait battu et se dirigea vers le corridor, mais constatant que Christina ne le suivait pas, trop occupée à considérer le cadavre à ses pieds, il lui attrapa doucement la main.

— Je sais que c'est dur, mais tu as fait ce qu'il fallait, OK ? On est tous passés par là et je te promets qu'on en rediscutera. Pour le moment, on doit se tirer d'ici, d'accord ?

— Tu... Tu as déjà tué ?

Il opina et la traîna vers le fond de la galerie sombre. La pression qu'il exerçait autour de ses doigts la rassurait et la faisait se sentir moins seule. Il avait raison : elle réfléchirait à cela plus tard.

— Tu es blessée, remarqua-t-il quand elle grimaça. Ce sont eux qui t'ont fait ça ?

— Oui.

— Monte, souffla-t-il en se baissant.

Il voulait la porter. *Pourquoi ?* Jason dut saisir son incompréhension car il poursuivit :

— On sera plus rapides. De plus, tu m'as sauvé la vie, alors si je sors d'ici vivant, toi aussi. Je t'en dois une.

Des bruits de pas se firent entendre, quelqu'un approchait. La lieutenante n'attendit pas plus et accepta son offre. Jason n'avait pas tort : il était assez fort pour la porter et courir en la tenant. Elle ne pouvait pas refuser, elle *devait* vivre.

Ni une ni deux, le grand rouquin s'élança et franchit l'issue de secours, Chris sur le dos. Cette dernière s'agrippa à ses épaules et serra les dents pendant qu'il courait et sautait de marche en marche. Chaque bond donnait la nausée à la jeune femme qui se cramponnait maladroitement à lui, le cœur battant.

Plus qu'un étage et ils étaient sortis d'affaire.

Les escaliers étaient en béton et si elle craignait que son compagnon trébuche, il n'en fit rien : il était plus agile qu'elle ne le soupçonnait.

Une poignée de secondes plus tard, il poussait l'immense porte en fer qui conduisait à l'extérieur. La brise nocturne leur fouetta les joues et fit virevolter leurs cheveux. Jason renforça sa prise autour des jambes de son acolyte et se remit à courir.

Au loin, des silhouettes familières se profilaient. Ce n'est que lorsqu'elle entendit Jason jurer qu'elle releva la tête et découvrit le visage tuméfié de Nikki, qui les attendait auprès de Reid, Cole et une poignée d'autres recrues.

— Qu'est-ce que vous faites là ? s'étonna-t-elle pendant qu'on la posait par terre.

— C'était ça leur deuxième épreuve, répondit Nikki en s'agenouillant à sa hauteur. Qu'est-ce qu'il t'est arrivé ?

Mais elle ne répondit pas à cette interrogation, préférant se tourner vers Cole et Reid.

— Comment ça, c'était *ça*, la deuxième épreuve ?

Nul ne pipa mot. Elle explosa :

— Je vous parle !

— Le test ne portait pas sur votre capacité à piller l'ennemi, mais sur votre loyauté, expliqua finalement Reid. On voulait voir si vous nous dénonceriez face à nos rivaux en vous sentant pris au piège. Ceux qui nous ont balancés se sont fait tuer, seuls ceux qui se sont tus ont réussi l'évaluation.

— Vous voulez dire que si je n'avais pas maîtrisé le sale type qui m'a planté un couteau dans la cuisse, il m'aurait laissé la vie sauve parce que je n'aurais rien dit ?

Cole approuva et Christina jeta un regard à Jason, qui baissa vivement les yeux. Celui qui le maintenait prisonnier était sur le point de l'abattre... ce qui signifiait que le rouquin avait parlé. Il avait dénoncé les Blades. « *Tais-toi* », la suppliait-il silencieusement. Seuls eux connaissaient la vérité, à présent.

Elle changea de sujet, abasourdie par les propos que tenaient les leaders :

— Donc ces gens qui nous ont attaqués... C'était des faux Shadows ?

— Exactement. C'était des Blades. D'ailleurs, *El Cielo* n'est pas la propriété de nos adversaires, mais la nôtre. L'entrepôt que vous deviez voler est à nous. Tout ça... C'était une mise en scène, sourit Reid.

Le téléphone de Cole bipa. Quelques secondes plus tard, il déclara d'un air satisfait :

— L'épreuve est terminée, on vient de me dire que les dernières recrues ont vendu la mèche et ont, de ce fait, été exécutées. Félicitations à tous, vous venez de passer le deuxième test avec succès. Vous avez survécu.

— Où est mon frère ? le coupa soudainement Jason. Où est Duke ?

Jason haussa le ton et continua de chercher son jumeau, le visage fendu par l'inquiétude. Il eut beau scander son nom, il n'obtint aucun retour.

— Où est Duke ? répéta-t-il.

— Désolé, mon pote, finit par souffler Cole. Il a craché le morceau, il est mort. Mais t'inquiète, tu te feras de nouveaux frères en intégrant les Blades.

Jason tomba à genoux. Il ne cria pas. Ne bougea pas. Son silence retentissait plus fort que le hurlement qu'il ne poussait pas.

La douleur qui s'échappait de lui envahit le groupe. Christina, quant à elle, posa la main sur son épaule. Il la rejeta d'un coup sec.

Il ne restait plus que six recrues, alors qu'en entrant dans le night-club, ils étaient douze. Cela fit froid dans le dos de Christina. La moitié d'entre eux avait été assassinée.

— Tout le monde debout. Le jour se lève et une longue journée se profile à l'horizon, décréta Reid après s'être fébrilement raclé la gorge. Le troisième test approche.

— Aujourd'hui ? s'étrangla quelqu'un.

— Eh oui, aujourd'hui. Ce soir, vous serez morts... ou vous deviendrez des Blades.

CHAPITRE 12

« Les véritables monstres ne sont jamais totalement dépourvus de sentiments. Je crois qu'en fin de compte c'est ça, et non pas leur aspect, qui les rend si effrayants. »
— ***Stephen King.***

Elle avait ôté une vie.

En acceptant l'uniforme, elle s'était faite à l'idée qu'un jour, elle y serait contrainte. Ce qu'elle ignorait en revanche, c'était qu'elle le ferait sans son uniforme. Stephen lui avait toujours dit que lorsque cela arriverait, il serait présent, prêt à l'écouter et effacer la nausée qui lui soulèverait l'estomac. Mais il ne l'était pas. Assise à l'arrière de cette fourgonnette, la tête entre les genoux et la bouche remplie par le goût du sang, Christina était seule.

Serrée entre Nikki et Jason, elle respirait difficilement tandis que Cole les conduisait vers le repaire des Blades. Ceux qui avaient survécu à la deuxième épreuve avaient été entassés dans la camionnette puis installés sur des bancs en métal froids. Si Reid était resté à leurs côtés pour les surveiller, la jeune femme n'en était pas plus rassurée : alors qu'on les amenait droit dans la gueule du loup, elle ignorait quelle direction ils empruntaient et, par conséquent, n'avait aucun moyen de retenir le chemin pour s'enfuir le moment venu. Seuls les Blades officiels connaissaient l'adresse du quartier général et, n'étant encore que des recrues, ce privilège ne leur était pas accordé.

— Eh, *chica* ? Ça va, toi ? Tu n'as pas dit un mot depuis qu'on a démarré, chuchota Nikki.

Christina mit du temps avant de relever le menton. Sur ses genoux, ses mains étaient moites. Elle avait envie de lui répondre, de dire quelque chose, n'importe quoi, mais sa gorge était bien trop serrée. À quelques centimètres d'elles, Jason sanglotait silencieusement et tentait tant bien que mal d'étouffer le son entre ses paumes. La vision du rouquin, les yeux fermés et les joues baignées de larmes, força la lieutenante à tourner la tête. Elle se retenait de l'imiter.

Des raisons de pleurer, elle en avait plein. D'abord, elle avait perdu son meilleur ami et partenaire, qu'elle ne cessait de revoir encore et encore dans les instants les plus inattendus, hantée par son souvenir. Ensuite, la blessure à sa cuisse lui faisait un mal de chien et le vulgaire garrot qui comprimait l'hémorragie manquait de céder, et enfin, elle avait tué quelqu'un. Cet acte lui collait à la peau et, quand elle observait le sang sur sa peau, elle ne pouvait s'empêcher de songer à celui qu'elle avait fait couler. Ses doigts sentaient encore la poudre.

Quand Nikki lui saisit la main, Chris sursauta. Le tremblement qui s'était emparé d'elle s'intensifia, mais elle parvint à serrer les dents pour empêcher leur claquement de vibrer dans sa tête. Reid et Cole savaient qu'elle avait éliminé l'un des leurs et, contrairement à elle, ils s'en souciaient peu. « *C'était un risque* », avait déclaré Cole en haussant les épaules. « *Ils savaient dans quoi ils s'embarquaient et honnêtement, ils n'en valaient pas la peine. Ceux qu'on a sélectionnés pour se faire passer pour des bourreaux étaient en période d'essai après avoir merdé* », avait-il continué avant que Reid ne lui ordonne de se taire. Elle avait beau se répéter qu'elle n'avait pas eu le choix, elle était incapable de contenir la culpabilité qui lui empoisonnait le sang.

Le silence dans le véhicule était pénible, voire pesant. Les recrues respiraient tout aussi irrégulièrement qu'elle et avalaient durement leur salive, comme s'ils essayaient de chasser la boule qui obstruait leur gorge. En fin de compte, savoir qu'elle n'était pas la seule à souffrir la rassura. Sans prendre la peine de se cacher, la jeune femme scruta tour à tour les individus qui l'entouraient. Outre Nikki et Jason, elle reconnaissait uniquement Daniela, les deux autres survivants devaient appartenir à l'équipe de Cole. De douze, ils étaient passés à six. La moitié d'entre eux avait succombé et elle, elle était toujours là. Une part d'elle s'estimait heureuse d'être en vie, mais l'autre était engourdie, comme anesthésiée. Elle peinait à garder son esprit en place et ses pensées lui échappaient, volaient en éclats. Tout ce qu'elle retenait, c'était qu'elle avait réussi la deuxième épreuve et que la troisième – et dernière – se déroulerait en fin de matinée. L'aube s'était levée et ils avaient à peine quelques heures pour retrouver leurs forces et affronter le test final. Ensuite, ils deviendraient des Blades à part entière.

— Vous pouvez être fiers de vous, déclara subitement Reid. Vous avez fait du bon boulot, surtout mon équipe ! ajouta-t-il en adressant un clin d'œil aux siens. Ce n'était pas facile, mais vous l'avez fait et si vous continuez comme ça, ce calvaire se terminera ce soir. J'ai conscience que vous êtes un peu secoués, mais ça passera. Je vous le promets. Vous ne regretterez pas d'avoir tenu.

En prononçant sa dernière phrase, il jeta un regard vers Nikki. Ce geste n'échappa ni à Christina, ni à Daniela. La concernée, quant à elle, se contenta de pincer les lèvres et de contempler ses mains, les joues rosées. Ce n'est qu'à cet instant que Chris remarqua qu'elle n'était pas la seule à avoir été blessée : les phalanges de Nikki saignaient et ses vêtements déchirés laissaient entrevoir des coupures superficielles.

— Pour ceux qui sont dans un sale état, on vous emmènera à l'infirmerie. Après ça, vous rejoindrez les autres dans le dortoir qui vous est réservé, et ce jusqu'à ce qu'on vienne vous chercher pour l'ultime examen.

— Est-ce qu'on va récupérer les affaires que vous nous avez volées ? l'interrogea finalement Daniela, les bras croisés.

De manière assez surprenante, la brune s'était exprimée sur un ton clair et déterminé, presque sec. Le carré plongeant qu'elle arborait était devenu hirsute, mais son expression était restée la même qu'avant leur enlèvement : froide, fermée, mais résolue.

Elle n'avait pas de temps à perdre. Peu osaient s'adresser à un Blade de la sorte. Avec les sillons noirâtres de mascara sous ses yeux et le rouge à lèvres sombre à moitié étalé sur sa joue droite, Daniela ressemblait à une guerrière rescapée. *Je n'arrive pas à croire qu'elle ait également survécu*, songea Christina. *Elle doit être sacrément forte, elle aussi. Pourtant, si je ne l'avais pas vue en action durant notre mission, je ne l'aurais jamais cru. Le macho qui avait dit que les femmes étaient un handicap doit se retourner dans sa tombe !*

— On vous les rendra dès que vous aurez réussi la troisième épreuve.

— Quoi ? s'insurgea la plus jeune, mais visiblement la plus téméraire du groupe. J'espère que c'est une blague ! Qui vous permet de prendre nos téléphones ?

Merde. Dans le feu de l'action, Christina n'avait pas remarqué qu'en plus de ses bottes, on lui avait dérobé sa veste, où elle avait justement glissé son smartphone. Heureusement que Greese l'avait sécurisé et qu'elle avait supprimé les indices compromettants.

Reid ne répondit rien et Chris prit la parole pour la première fois depuis une éternité :

— Quand est-ce qu'on pourra rentrer chez nous ?

Elle maudit le chevrotement de sa voix et se mordit l'intérieur de la joue. Et si on leur interdisait de regagner leur logement ? Elle souhaitait découvrir l'identité de Chaos, mais l'idée de vivre parmi ces criminels la répugnait et l'emplissait d'appréhension. Si elle était contrainte de séjourner dans le dortoir des recrues pour une durée indéterminée, elle devrait redoubler d'efforts pour maintenir sa couverture.

— Bonne question, Brown. Vous y serez autorisés une fois que vous serez des nôtres, mais ça ne durera pas.

— Ça ne durera pas ? répéta-t-elle sans comprendre.

— Évidemment ! La majorité des Blades séjournent au même endroit : cela nous permet de nous mobiliser plus rapidement en cas de besoin et de nouer des liens plus forts. On est une famille, après tout ! Et les familles, ça reste ensemble, n'est-ce pas ? C'est pourquoi vous emménagerez à la suite de votre dernière épreuve, une fois que les dortoirs seront aménagés.

— Le QG est assez grand pour contenir *tous* les membres du gang ? l'interrogea Daniela d'un air dubitatif. Alors que vous êtes plus d'une centaine ?

— Tu marques un point. En réalité, ne restent au QG que les nouveaux membres et le noyau dur des Blades, ainsi que quelques autres membres.

Le « noyau dur » ? Quelque chose fit tilt dans l'esprit de la lieutenante, qui quitta enfin ses paumes moites des yeux. Reid parlait certainement du cercle privé de Chaos, de ceux qu'on pouvait qualifier de « gens de confiance », voire de « haut gradés ». C'était l'occasion d'entrer parmi les proches du leader et de le démasquer.

— Pourquoi ? releva Christina en arquant un sourcil. Pour mieux surveiller les nouveaux et s'assurer qu'ils ne font pas de vague ?

— En partie, mais c'est surtout pour souder les liens. Pour que vous rencontriez d'autres membres et qu'un sentiment particulier vous unisse les uns aux autres. N'oubliez pas une chose, les Néo : en devenant des Blades, vous entrez dans une grande famille et dans le milieu, on n'hésite pas à tuer et à mourir pour ses frères. Durant cette période de transition où vous resterez dans le QG en partageant des chambres et en apprenant à connaître votre nouvel environnement, on continuera à vous entraîner et on fera tout pour vous souder et s'assurer de vos compétences.

— J'imagine qu'on sera autorisés à regagner nos logements une fois qu'on ne sera plus considérés comme des « Néo » mais comme des Blades à part entière, ajouta Daniela, dont le ressentiment était partagé par la totalité des passagers.

— Tu as tout compris, concéda Reid.

La lieutenante s'obligea à garder pour elle les plaintes qui se bousculaient sur sa langue et détourna les yeux. Près d'elle, Nikki ouvrit la bouche, visiblement sur le point de s'exprimer quand la camionnette freina sèchement, propulsant les recrues vers la cabine du conducteur. Ils étaient arrivés.

Tour à tour, les recrues se firent bander les yeux puis guider à l'intérieur du QG. En silence, elles durent monter des marches en s'accrochant à la rambarde puis s'engagèrent dans un long corridor. Ce n'est qu'au bout d'une dizaine de minutes et après qu'une porte eut claqué qu'elles furent autorisées à se défaire des bandeaux.

La pièce était spacieuse. Des lits de camp avaient été disposés ici et là, dépourvus de draps, coussins ou couverture, et une fontaine à eau avait été placée dans le coin gauche, prête à l'emploi. Les deux garçons dont Christina ignorait le nom se ruèrent sur les gobelets tandis que Reid s'adossa contre un mur.

La jeune femme se massa les tempes, en proie à une migraine viscérale. Son corps était épuisé, mais son esprit, lui, continuait de tourner à mille à l'heure. Elle regarda avec envie les lits de camp et se surprit à craindre le sommeil, terrifiée à l'idée d'être hantée par ses propres actes. Nikki lui lança un regard inquiet. *« Tu tiens le coup ? »,* paraissait-elle lui demander du bout des lèvres. La concernée opina malgré la boule qui lui obstruait la gorge. Le mensonge était évident. Non, elle ne « tenait pas le coup » ; elle n'espérait qu'une chose : se retrouver seule pour se laisser aller à ses larmes. La fatigue la rendait davantage irritable et les émotions qui l'assaillaient, bien trop violentes, lui donnaient la sensation de se noyer.

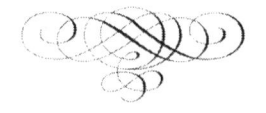

Lorsqu'elle revint de l'infirmerie, prise en sandwich entre Reid et Daniela, Christina découvrit le dortoir plongé dans un étrange mutisme. La plupart de ses camarades s'étaient allongés sur leur couchette et profitaient de leurs derniers instants de repos. Ce n'était pas le cas de Nikki, qui l'attendait assise par terre, deux verres d'eau devant elle.

— Ça a été ? l'interrogea-t-elle dès qu'elle fut assez proche. C'était comment, l'infirmerie ?

— Petit. Ils ont désinfecté ma plaie, m'ont mis ce bandage et ils m'ont renvoyée ici après m'avoir questionnée.

Son interlocutrice fronça les sourcils et chuchota :

— Sur quoi ?

— Sur la personne que j'ai… tuée.

Ces mots étaient difficiles à prononcer. Y songer la rongeait, mais l'exprimer à voix haute… Cela rendait la chose plus réelle. Plus atroce. Presque instinctivement, elle observa ses mains, pourtant immaculées. Elle s'attendait presque à y voir du sang. Elle n'arrêtait pas de penser à ce qu'elle avait fait. Elle n'avait pas eu le choix, mais… Et si cet homme avait une famille ? Des enfants ? Peut-être qu'ils l'attendaient encore, impatients de lui raconter leurs rêves…

— *Stop*. Arrête de te torturer, Chris. Ce qui est fait est fait, OK ? Tu ne peux plus retourner en arrière, de toute façon. Tu as fait le bon choix.

— Facile à dire, marmonna l'intéressée en se frottant les paupières. Est-ce que tu as déjà… Enfin… Tu sais…

— Est-ce que j'ai déjà pris une vie ? Oui.

Elle sursauta, la bouche tellement ouverte que sa mâchoire manqua de se décrocher. La tête penchée sur le côté, elle scruta les traits de sa voisine à la recherche d'un sourire taquin, de malice, mais le visage de celle-ci restait sombre. Alors, elle ne mentait pas… Nikki n'avait pas la mine d'une meurtrière, mais elle non plus, après tout. *Les apparences sont trompeuses.*

— Pour tout t'avouer, c'est même arrivé plusieurs fois.

Plusieurs fois ? Nouveau soubresaut et mouvement de recul imperceptible. Christina attendit la suite en luttant contre l'instinct qui lui hurlait de prendre ses jambes à son cou. Les recrues avaient-elles déjà toutes assassiné ? *Je ne vois pas pourquoi ça te surprend*, lui souffla sa conscience.

— Est-ce que je t'effraie ?

— N-Non. Tu devais bien avoir une raison.

Du moins, elle l'espérait. Ses mains étaient crispées et ses muscles tendus à l'extrême. Autour d'elles, les autres dormaient ; seule Daniela paraissait éveillée et serrait entre ses paumes une figurine. Les écoutait-elle ?

— J'ai tué mon beau-père quand j'avais quinze ans, confessa Nikki sans sembler éprouver le moindre regret. J'ai grandi dans un quartier qu'on pourrait qualifier de « défavorisé », alors dès mon plus jeune âge, ma mère m'a inscrite à des cours de boxe. Je n'étais pas très en symbiose avec l'école, alors je passais la majorité de mon temps en salle, à m'entraîner. C'est là que j'ai rencontré Reid ; j'avais treize ans, lui quinze. On est rapidement devenus amis et… Enfin, peu importe. Avec le temps, la boxe est devenue ma catharsis et alors que je commençais à me faire un nom dans le milieu et à enchaîner les matchs, ma mère a arrêté de financer mes leçons. Elle s'est mise avec le sale type qui vendait des clopes en bas de la rue et qui la frappait quand elle ne lui obéissait pas. Un pervers immonde qui passait ses journées à boire. Ce sale con nous volait tout notre fric et dès que ma mère avait le dos tourné, il en profitait pour peloter ma petite sœur. Un jour, je l'ai surpris. Edda pleurait, mais lui, il riait et lui demandait de se déshabiller. Il était complètement bourré et ma sœur, elle, elle sanglotait. J'ai vu rouge et j'ai sauté sur ce fumier. Je n'ai même pas réfléchi, je l'ai frappé. Je l'ai frappé jusqu'à ce qu'il ne puisse plus rire, jusqu'à ce que mes mains deviennent rouges et que mes phalanges craquent. Ensuite, ma mère, interpellée par le bruit, a tenté de nous séparer, en vain. Elle a dû appeler Reid à la rescousse et quand il est arrivé, c'était trop tard, le gros porc était mort. Moi, j'étais là à le fixer, et Edda, elle, elle s'était tue. C'était le pire silence de ma vie.

La voix de Nikki se brisa et ce n'est qu'à cette seconde que Christina remarqua ses yeux brillants de haine et de larmes.

— Reid nous a aidées à enterrer le corps. Il n'arrêtait pas de me demander si j'allais bien, mais… C'était le cas. Je ne regrettais pas et d'ailleurs, je n'ai toujours aucun remords. Ce type méritait de crever après ce qu'il… Ce qu'il…

Nikki cessa de parler lorsque sa compagne la serra dans ses bras, en silence. Durant de longues secondes, elles restèrent ainsi, l'une contre l'autre, sans pleurer ni s'exprimer, puis au bout d'une éternité, Nikki se détacha et essuya rageusement ses cils humides.

— Je comprends. Mais… Pourquoi m'avouer tout ça ?

— Pour voir si tu comptes me laisser après ça, j'imagine. Pour vérifier si tu es digne de confiance.

Sa franchise était aussi surprenante que tranchante. Nikki était un drôle de personnage et, aussi étrange soit-il, Christina s'en sentait proche. Sans doute parce qu'elle était ce qui se rapprochait le plus d'une amie et qu'elle savait que peu importe ce qu'elle ferait, elle ne la jugerait pas. Nikki n'était pas du genre hypocrite, cela faisait d'elle quelqu'un de brut, mais surtout de loyal.

— Je n'ai pas beaucoup d'amis et, pour m'approcher, il faut le mériter, ajouta l'hispanique. Je t'apprécie et bizarrement, j'ai l'impression qu'on se ressemble un peu toutes les deux.

— Je n'ai pas peur de toi.

— Tu devrais. Contrairement à toi, je n'ai pas de scrupule à éliminer qui que ce soit quand c'est nécessaire. Mais ça viendra, tu verras.

— Tu n'es pas une criminelle. Tu as tué cet homme car il abusait de ta sœur. Je crois que j'aurais fait pareil dans de telles circonstances.

— Qu'en est-il des autres personnes dont j'ai pris la vie, alors ?

Elle ne répondit rien. Nikki soupira :

— C'est ce que j'essaye de te faire comprendre, *chica*. On a tous des facettes sombres ici. Reid, les recrues, moi... Mais toi aussi. Peut-être toi plus que les autres, qui sait ? On ressent tous cette violence noire, celle qui nous écrase les tripes et nous force à commettre l'irréparable. Parfois c'est par sadisme, d'autres fois par vengeance. Ce que je veux dire, c'est que tu n'as pas à rester bloquée sur ce que tu as fait car personne ne te jugera ici. Je suis sûre que certains ont fait bien pire.

Onze heures sonnèrent et Cole apparut dans l'embrasement de la porte, vêtu d'une nouvelle chemise hawaïenne qui tranchait avec le Glock à sa ceinture. Avec un sourire enjôleur, il leur fit signe de le suivre.

L'ultime épreuve les attendait.

Daniela était la première réveillée, elle sauta sur ses pieds et se plaça devant le Blade, visiblement prête à en découdre et à affronter le dernier examen. Christina, quant à elle, fut plus lente à se lever : il lui fallut dix bonnes secondes pour réussir à sortir de la brume cotonneuse dans laquelle le sommeil l'avait plongée. Elle n'avait pas beaucoup dormi, mais cette sieste lui avait permis de se remettre de ses émotions. Un mélange de détermination et de colère rugissait dans sa poitrine et lui donnait le courage d'avancer. Une part d'elle la suppliait cependant de faire demi-tour et quémandait les pilules qu'elle avalait autrefois ; James lui manquait plus que jamais. Quelques heures auparavant, elle l'avait vu à cause de l'alcool ; désirait-elle de nouveau faire face à cette vision ensanglantée ? Elle n'avait pas pu lui dire adieu, mais en intégrant les Blades, elle le rendrait fier. Elle aurait sa vengeance. Chaos n'avait qu'à bien se tenir.

Reid les rejoignit devant une porte close et croisa les bras sur son torse en regardant tout le monde sauf Nikki. Ce n'est qu'après s'être gratté la gorge qu'il décréta :

— C'est le moment, les Néo. Vous allez vous mettre en file indienne et entrer dans la pièce un par un. Le troisième test est plus facile que les autres : vous n'aurez qu'à nous dire la vérité. C'est une sorte d'examen d'admission et si vous avez les bonnes réponses, vous resterez en vie.

— Nous allons nous assurer que vous êtes dignes d'intégrer le gang, poursuivit Cole. Nous allons vérifier vos intentions et, attention, ne vous croyez pas plus malins que nous en mentant car vous en serez incapables. Nous vous avons concocté une espèce de sérum de vérité implacable.

Un sérum de vérité ? Christina retint le hoquet de surprise qui lui parcourut la gorge et pria pour que personne n'ait remarqué la façon dont elle avait blêmi.

Daniela fut la première à passer. L'entretien dura une dizaine de minutes puis la porte s'ouvrit sur Reid, qui fit signe à Jason d'entrer. Quand il entrouvrit le battant, la lieutenante Lang ne put s'empêcher de remarquer que celle qui l'avait précédé n'était plus dans la salle. L'avait-il exécutée ? Un frisson d'horreur dansa sur son échine en songeant qu'elle n'avait rien entendu. Lorsque vint le tour de l'un des hommes dont elle ignorait le nom, elle se tourna vers Nikki :

— Qu'est-ce qu'ils leur demandent, à ton avis ?

Toutefois, cette dernière n'eut pas l'occasion de répondre : une déflagration tonitruante les interrompit. *Un coup de feu.* Un cri suivit, puis un bruit sourd. Celui d'un corps qui tombe ? Ensuite, Cole jura et retrouva ses collègues à l'intérieur de la pièce. Il en ressortit une poignée de secondes plus tard, l'inconnu négligemment jeté sur l'épaule. Une traînée de sang gisait sur le carrelage gris. Tandis que Christina écarquillait les yeux et plaquait une main contre sa bouche, Cole maugréa à l'encontre du cadavre qu'il transportait, se plaignant de sa lourdeur et des taches qu'il laissait sur sa chemise flambant neuf.

— Brown, à toi, ordonna Reid.

Aucun d'entre eux ne paraissait surpris par la scène ; seule la jeune femme restait plantée sur place, coite de stupeur et d'horreur.

— Christina ! Bon, tu viens ? On va pas y passer deux heures ! s'impatienta le Blade.

La vocifération lui fit l'effet d'un électrochoc et, après avoir échangé une œillade avec Nikki et pris une profonde inspiration, elle pénétra dans la salle d'interrogatoire.

La porte se referma sur elle dans un *clac* angoissant. La gorge serrée, elle observa les lieux. La pièce ressemblait à celle dans laquelle elle s'était réveillée lors de la deuxième épreuve, à l'exception que plus de monde l'y attendait. Au centre, une table rectangulaire avait été installée ; sur celle-ci, une seringue. Autour du bureau, trois chaises : une pour elle et, face à sa place, Reid et un inconnu à la barbe hirsute.

— Assieds-toi. Maintenant, exigea le quidam.

L'angoisse faisait frétiller ses doigts et lui donnait des démangeaisons. Christina s'exécuta à contrecœur, les fesses sur le bord du siège pour pouvoir bondir et s'enfuir si nécessaire. Les lèvres pincées, elle s'ordonna de rester immobile tandis que le barbu attrapait son menton afin de dégager son cou. *Ne bouge pas*. Elle sentit alors la piqûre aiguë et serra les dents pendant que le liquide jaune se propageait dans ses veines affolées. La bouche soudain pâteuse, elle cligna des paupières pour chasser les points noirs qui venaient lui obscurcir la vision, mais tout commença à tanguer.

Le monde tournait.

Et tournait.

Et tournait encore.

Elle s'accrocha si fort à son siège que ses doigts pâlirent. Tout vacillait devant elle, elle avait la désagréable sensation de se balancer dans un rocking-chair. *Qu'est-ce qu'ils ont mis dans ce truc ?* La drogue engourdissait ses sens. Elle gémit et peu à peu, l'univers retrouva sa stabilité.

— Tu te sens comment ?

C'était Reid. Elle pencha la tête sur le côté et toussa. Sous cette lumière, elle relevait des détails qu'elle n'avait pas distingués chez lui. Sa peau brune brillait et lorsqu'il se mouvait, ses muscles roulaient délicieusement sous sa peau. Elle avait envie de lui toucher le biceps pour vérifier s'il était aussi dur qu'il y paraissait.

— J'ai l'impression de flotter. Ce n'est pas si terrible, finalement. C'est un peu comme être pompette… Sans l'être, ricana-t-elle doucement.

Chris ! Reprends-toi ! La voix de la raison peinait à se frayer un chemin dans son crâne. Tout y résonnait si fort… *N'oublie pas pour qui tu fais ça.* Dans un élan de conscience, l'image de James s'imprima derrière ses paupières et elle se mordit la langue pour se forcer à être mentalement présente. *Ne te laisse pas engourdir. Tu as préparé tes réponses, ne les oublie pas !* La petite voix avait raison. Elle crispa les poings si fort que ses ongles s'enfoncèrent dans ses paumes, y laissant un demi-cercle sanguinolent. La douleur éveillait ses sens léthargiques.

— Commençons. Comment est-ce que tu t'appelles ?

— C-Christina.

Il suffisait de garder pour elle son nom de famille. *C'est bien. Continue. Favorise les réponses courtes.*

— Connais-tu des Blades dans ton entourage ?

— Non.

— As-tu déjà tué ?

— O-Oui.

— Serais-tu prête à recommencer ?

Elle songea à James et à son désir de le venger, puis planta son regard dans celui de Reid :

— Oui.

— Accepterais-tu de mourir pour nous ?

— Je suis capable de mourir pour ma famille.

Ce n'était pas un mensonge. Après tout, ce n'était pas sa faute s'ils croyaient qu'elle parlait d'eux en évoquant les siens.

— Pourquoi est-ce que tu veux nous rejoindre ?

Silence. Elle serra les poings plus fort et le sang perla sur ses ongles. Dire la vérité sans trop en dire. Mais comment ? Ils attendaient. Elle se racla la gorge pour gagner du temps, mais sa langue se défit avant même qu'elle n'eût l'occasion de la retenir :

— Pour me venger.

— Te venger ? De quoi, au juste ?

— Je…

Allez, Chris ! Bon sang, dis quelque chose ! Ses sens s'engourdissaient ; elle battit rapidement des paupières.

— Mon ami a été tué par un gangster. Sous mes yeux. Je n'ai rien pu faire et je sais… Je sais qu'en intégrant les Blades, je serai en mesure de punir le responsable.

— Sais-tu de qui il s'agit ?

— Non. Je l'ignore.

— Alors pourquoi rejoindre les Blades, en particulier ?

Mens ! Mens ! Elle jouait nerveusement avec les pans de sa robe déchirée. Reid fronçait les sourcils d'un air suspicieux. La panique grandit en elle et fit battre son cœur plus fort. *Pense à James, James, James, James.*

— Parce qu'il n'y a que vous qui puissiez m'apprendre à mener ma vendetta… Je… J'ai besoin… de vous… Vous êtes forts et…

Elle luttait contre les mots qui se bousculaient sur ses lèvres. La transpiration gouttait le long de sa nuque moite. Elle serra les cuisses, se griffa l'avant-bras pour rester maîtresse de ses paroles. *James, James, James, JAMES.*

— C'est un Shadow !

Elle avait presque arraché leur nom de sa bouche. Désespérément, douloureusement. Elle transpirait tant l'effort était considérable. *Toudoum, toudoum, toudoum.* Les pulsations de son cœur étaient irrégulières et violentes. Mentir avec un fond de vérité. Elle en était capable. *Allez !*

— Je n'ai pas vu son visage, mais je sais que c'en était un, il… Il s'en est pris à mon ami et j'ai conscience que vous… Vous êtes les mieux placés pour vous battre contre eux. Ce sont vos ennemis, pas vrai ? Et ce sont mes ennemis aussi maintenant. Je veux leur peau. Je veux les détruire et je veux trouver leur chef car c'est lui qui dirige les hommes qui l'ont abattu comme un chien. Je vais... Je vais leur faire p-payer.

Elle haletait. Reid s'était détendu et se caressait le menton d'un air pensif. Des taches brunes dansaient dans le champ de vision de la jeune femme.

— Dernière question. Si tu réponds correctement, tu es des nôtres, Brown.

— J-J'écoute.

— Il pleut à torrents et tu es avec un camarade, déclara le barbu. Tu n'as qu'un parapluie et il te dit qu'il va tomber malade. Que fais-tu ?

— Pardon ?

— Que fais-tu ? répéta durement Reid.

Elle se frotta les oreilles comme si elle avait mal entendu, mais les deux Blades ne bougèrent pas. Elle n'avait pas rêvé cette interrogation loufoque.

Plusieurs possibilités s'offraient à elle. Si elle gardait le parapluie, elle serait considérée comme égoïste, or, dans un gang, l'esprit d'équipe devait primer. Toutefois, elle était persuadée que si elle donnait l'objet, cela ferait d'elle une faible. Que dire ?

Soudain, l'illumination. L'esprit d'équipe, bien sûr !

— J'abandonne le parapluie et je reste sous la pluie avec mon frère de gang. Parce qu'on est une famille et qu'on vit tout ensemble. Le meilleur comme le pire.

Silence.

Son cœur rata un battement, puis deux. Avait-elle eu le bon réflexe ?

Reid se leva et se pencha vers elle, si près que le bandana du jeune homme lui chatouilla le front. Elle retint son souffle et il sourit en frappant dans ses mains :

— Bienvenue parmi nous, Brown.

Ensuite, tout se passa très vite : on lui fit emprunter la porte en face d'elle, une issue différente de celle qu'elle avait empruntée pour entrer, et on lui tapa dans le dos en riant.

Elle avait réussi.

Elle avait réussi, bon sang !

Le loup était entré dans la bergerie.

CHAPITRE 13

« C'est de penser que, toi, tu puisses mourir qui rend mon monde si petit. »
— **Iván Repila.**

En entrant dans l'antichambre, la première chose que Christina remarqua fut la manière dont la lumière tamisée caressait la peau couleur ivoire de Jason. Les yeux plissés, la jeune femme observa les lieux, scrutant avec attention les losanges de lumière orange qui dansaient au plafond et le sofa en « U » sur lequel Daniela et Jason étaient installés. Une vague de soulagement l'envahit en les distinguant et l'esquisse d'un sourire fragile fit trembler ses lèvres gercées. *Ils sont en vie.* Tandis que le rouquin bondit sur ses pieds pour se précipiter vers elle, Daniela lui adressa un regard perplexe et avoua d'un air agréablement surpris :

— Je ne pensais pas que tu survivrais.

— Je suis plus solide que j'en ai l'air.

— On s'en fout ! On a réussi ! s'écria Jason en la serrant dans ses bras. On est des Blades !

L'étreinte étonna la lieutenante Lang, qui se raidit automatiquement. Malgré l'envie de s'en défaire, elle patienta jusqu'à ce qu'il la lâche de lui-même, la moue gênée.

— Vous savez ce qu'on attend ? les interrogea-t-elle en fixant l'unique issue, c'est-à-dire celle qu'elle avait empruntée pour entrer.

— La fin de l'épreuve, déclara Daniela en se levant à son tour, les mains sur les hanches. Ensuite, on va avoir droit à un petit extra.

— Un petit extra ?

— Notre cadeau de bienvenue, si tu veux. J'espère que vous n'avez pas peur des aiguilles.

Elle avait assorti sa phrase d'un rire moqueur et d'un clin d'œil. De quoi parlait-elle ? Christina suivit du regard la cadette du groupe tandis que celle-ci regagnait sa place et croisait les jambes avec un sourire satisfait. Que savait-elle qu'eux ignoraient ? Alors que la lieutenante s'apprêtait à lui poser davantage de questions, Jason lui saisit le poignet pour l'en empêcher et bredouilla :

— On peut discuter ?

— Euh... Bien sûr.

Daniela les examinait trop fixement pour que cela ne paraisse pas suspect. Elle voulait leur montrer quelque chose, mais quoi ? Bien qu'elle fût entraînée par le jeune homme pour une conversation dont elle ignorait le sujet, l'attention de l'officière était portée sur la cadette du groupe. Cette dernière jouait avec les mèches sales de son carré plongeant et mimait un pistolet avec ses doigts en le pointant dans leur direction.

— Christina ? Tu m'écoutes ?

— Pardon, oui, oui. Que se passe-t-il ? marmonna-t-elle en arrachant difficilement son regard à celui de la brune.

Ils baissèrent la voix.

— J'ai entendu ce que tu as dit à Nikki, dans le dortoir. Ils t'ont interrogée sur l'homme que tu as abattu. Est-ce que... Est-ce que tu leur as dit la vérité ?

— Si ta question est de savoir si j'ai avoué l'avoir tué alors qu'il s'apprêtait à t'éliminer alors la réponse est non, Jason. Ils ne savent pas que tu... Que tu as parlé. J'ai simplement dit qu'il était sur mon chemin et que j'étais contrainte de m'en débarrasser pour passer. Tu n'as rien à craindre.

L'intéressé poussa un soupir de soulagement. Au même moment, une détonation retentit et déchira le silence ouaté. Les nouveaux Blades se figèrent, le sang de Christina ne fit qu'un tour.

Nikki !

Après elle, ils ne restaient plus que deux recrues : l'homme de l'équipe de Cole et son amie. Et si c'était sur Nikki qu'on venait de tirer ? La gorge nouée, elle s'approcha du battant et y colla l'oreille dans l'espoir d'entendre un nom, une voix, un indice... En vain.

— Je crois que ta copine a de sérieux ennuis. Ben alors, elle n'a pas révisé ses leçons ? Ce serait si dommage qu'elle ne soit plus là pour livrer à Reid ses petits regards secrets, hein ?

Christina fit violemment volte-face, les dents serrées. Cette fillette méritait sérieusement d'être recadrée. Elle brûlait d'envie de lui faire avaler le fichu sourire narquois qu'elle arborait.

— Je peux savoir ce qui te prend, Daniela ?

C'était Jason qui s'était exprimé.

— Il me prend que je ne suis pas idiote. Je vois beaucoup de choses et je fais rapidement les liens.

— Nikki n'est pas morte.

— Si elle continue à se placer en travers de ma route, je peux t'assurer qu'elle le sera, siffla-t-elle brusquement.

— Mais qu'est-ce que tu racontes, à la fin ?

Elle ne comprenait plus rien. De quoi parlait Daniela ? Les sourcils froncés, elle n'esquissa pas le moindre mouvement lorsque la tatouée s'approcha en adoptant une démarche prédatrice. Ses piercings luisaient dans la pénombre, elle était si proche que la lieutenante pouvait sentir les effluves de son parfum : un mélange de sang et de rose.

— Reid est à moi, chuchota-t-elle froidement. Tu peux la prévenir : si elle s'approche de *mon* mec, elle verra la mort de trop près pour y échapper.

Puis, comme si de rien n'était, elle s'éloigna en affichant un grand sourire, laissant derrière elle une Christina pantoise et un Jason perplexe. De nouveau assise sur le sofa rouge, elle se servit un verre d'eau et ne leur adressa plus aucun regard.

L'officière Lang ne savait plus quoi penser. Daniela avait-elle des vues sur Reid ? Ils ne se connaissaient pourtant que depuis peu. À moins que le Blade soit *réellement* son « mec ». Mais alors, qu'en était-il de Nikki ? La jeune femme avait clairement fait comprendre qu'elle était là pour lui. *Je vais devoir lui poser la question*, songea Chris. Quelque chose clochait et la policière en elle brûlait de découvrir quoi.

— Cette nana ne m'inspire pas confiance, lui souffla Jason en désignant discrètement Daniela.

— À moi non plus.

La porte de l'antichambre s'ouvrit à brûle-pourpoint, arrachant un sursaut à ses occupants. Quelques secondes plus tard, trois silhouettes se profilèrent dans l'embrasure et c'est avec soulagement que Christina reconnut celle de Nikki.

— Bravo à tous, vous avez réussi !

Si tout le monde fixait les nouveaux venus, la lieutenante scrutait attentivement Reid. Qui regarderait-il en premier ? La réponse lui arriva rapidement lorsque celui-ci lança une œillade discrète à Nikki, puis à l'ensemble du groupe. Daniela pinça les lèvres en s'en apercevant à son tour ; si des yeux pouvaient tuer, alors il n'y aurait eu aucun survivant.

— Cependant, je dois vous avertir que l'épreuve n'est en réalité pas finie, commença-t-il en ignorant les protestations qui s'élevèrent aussitôt. Il vous reste une étape avant de devenir officiellement des Blades : le tatouage.

— Le *quoi* ? s'étrangla Chris.

Daniela avait parlé d'une aiguille. Un hoquet de stupeur la secoua et elle se retourna automatiquement vers la concernée, qui lui adressa un énième sourire carnassier. Elle savait. Mais comment ?

— Un tatouage, c'est un peu radical, non ? continua-t-elle d'une voix étouffée.

— Non.

Christina se mordit la langue pour contenir un cri de rage et d'impuissance. *Je ne veux pas me faire marquer. Si seulement ça partait au bout de quelques douches... Mais non, je vais le garder toute ma vie. Bon sang !* Elle se massa nerveusement l'arête du nez.

Elle aurait dû s'en douter. Les tatouages étaient monnaie courante dans ce milieu. Elle pâlit en s'imaginant arborer la marque visible de son affiliation aux Blades. Que penseraient ses collègues quand elle les reverrait ?

— Ils sont où vos tattoos, à vous ? demanda Jason.

Cole se gaussa en relevant son tee-shirt, dévoilant aux yeux curieux la peau tendue de son abdomen. Il leur fallut une poignée de secondes pour repérer le couteau tatoué sur ses côtes. *« Blade » signifie « lame »... La lame d'un couteau*, comprit-elle. C'était une marque discrète, assez petite et fine pour ne pas être distinguée au premier regard. *C'est donc ça, leur symbole d'adhésion !* Si elle se rappelait correctement les notes de James, chaque gang avait une distinction particulière : les Red Snakes avaient un serpent sur l'avant-bras droit, les Women Ghost leurs initiales, les Shadows un imposant « S » sur la nuque et les Blades des poignards aiguisés.

— Contrairement aux autres, on ne met jamais nos tatouages en évidence, ça évite de se faire repérer trop facilement par les flics. On les place là où les vêtements couvrent habituellement la peau et... Vous voulez connaître un secret ? murmura Cole tandis que tous hochaient activement la tête. On a une technique secrète pour que les poulets ne reconnaissent pas nos haut-gradés.

Il venait de capter l'attention de Christina. Elle tendit l'oreille un peu plus intensément que les autres.

— Seuls les Blades « normaux » ont un tatouage qui se voit. Comme vous le savez, ceux qui font partie du cercle restreint de notre chef ont un statut particulier et possèdent un signe de ralliement imperceptible, expliqua Cole avant de se tourner vers Reid. Pourrais-tu enlever ton pull ? (Il pointa son torse et demanda aux recrues :) Alors, est-ce que vous voyez quelque chose ?

— Euh... Sa peau ? tenta maladroitement Jason.

— Et maintenant ? ajouta le blond en sortant une lampe à UV de sa poche.

Tous hoquetèrent de surprise en voyant un couteau se dessiner et luire sur le pectoral de Reid. *Ils ont des tatouages invisibles !* La technique ne manquait pas de ruse. *Si le cercle privé de Chaos se fait choper, la police aura beau les examiner sous tous les angles, ils n'auront aucun moyen de prouver que ce sont des Blades puisque leur symbole aura été effacé puis tracé à l'encre invisible.* Cette mise en scène démontrait un second élément : Reid faisait partie des proches de Chaos.

— Impressionnant, n'est-ce pas ?

— Est-ce que ça veut dire que seuls ceux qui ont cette marque spéciale savent qui est notre chef ?

Christina s'était posé la même question que Nikki. Elle aurait également voulu l'énoncer à voix haute, mais elle craignait d'attirer les soupçons.

— Tu as tout compris ! Maintenant, veuillez-vous asseoir, on va vous marquer.

— Attendez ! J'ai, hum, un souci.

— Qu'est-ce qu'il y a, Nikki ?

Reid avait prononcé son nom avec une douceur qui ne parût pas plaire à Daniela.

— J'ai déjà un couteau tatoué, marmonna-t-elle avec embarras en montrant son épaule. Le même que le vôtre, à l'identique.

— Eh bien tu es dispensée, soupira Cole.

Le barbu qui avait interrogé Christina apparut et posa son matériel sur le sofa. Visiblement, il s'agissait du tatoueur attitré du gang.

— Comment se fait-il que tu aies déjà une lame ? l'interrogea la lieutenante pendant que Jason et Daniela s'installaient.

— C'est une longue histoire.

— Ça tombe bien : on a du temps avant que mon tour n'arrive. Alors, tu m'expliques ?

— Tu te souviens quand je t'ai dit que Reid et moi devions avoir une discussion ? Je pense que tu t'en doutes, mais… Il s'est passé quelque chose entre nous, susurra-t-elle en évitant de regarder l'intéressé. Comme je te l'ai expliqué, on a grandi ensemble, dans le même quartier, et on a toujours été proches… Reid était mon meilleur ami. Mais les choses se sont compliquées.

— C'est-à-dire ?

— On a commencé à sortir ensemble, pendant un an. Je suis tombée amoureuse de lui, mais je remarquais qu'il était souvent absent et qu'il favorisait le gang à moi… Pour lui, c'était sa priorité, j'ai donc décidé de lui montrer que je pouvais être impliquée aussi, si je le désirais. Je suis partie me faire tatouer le même signe que lui, je pensais que ça lui ferait plaisir et que ça nous rapprocherait, mais il a pété un câble. Il n'arrêtait pas de répéter que j'aurais beau faire tout ce que je voulais, je ne serais jamais de son monde car je n'étais pas une Blade.

— Alors tu as décidé de passer l'initiation pour devenir l'une des leurs, saisit Chris.

— C'est exact. Le problème, c'est que le jour où je suis arrivée avec ce couteau sur l'épaule, il m'a larguée et il a totalement disparu de ma vie. Entrer chez les Blades est devenu l'unique moyen de le revoir et d'arranger les choses. J'ai passé deux mois à trouver comment passer les épreuves et enfin, je l'ai revu… Mais lors de la deuxième épreuve, quand je suis arrivée la première, on a pu discuter et il… Il m'a dit… Il m'a dit qu'il était avec une autre femme.

— Daniela, soupira son amie.

— Q-Quoi ?

Elle s'était étranglée avec sa salive et avait les yeux exorbités. En comprenant que Reid n'avait pas donné l'identité de sa nouvelle copine à Nikki, Christina se maudit intérieurement. Nikki n'était pas la seule à avoir rejoint un gang pour être auprès de Reid : c'était aussi le cas de Daniela.

— Qui t'a dit ça ? Chris, je te parle ! Qui t'a dit ça ?

— Daniela elle-même, quelques minutes avant que vous ne rappliquiez, bredouilla-t-elle d'un air désolé. Elle avait un message pour toi : si tu t'approches encore de son mec, elle te tue. Je pensais qu'elle délirait.

— Je vais tuer cette petite garce.

Après avoir empêché Nikki de fondre sur Daniela, Christina avait dû subir le marquage. *La première fois que j'ai été tatouée, ça faisait moins mal,* grommela-t-elle intérieurement. Cela avait été rapide : le barbu était un expert, mais la douleur de l'aiguille, elle, n'était toujours pas passée. Dire qu'elle se baladait dans les rues de New York avec un signe de gang ! *Heureusement que ce tatouage est bien dissimulé. Si je ne le montre pas, aucun moyen pour autrui de le découvrir à cet endroit, dans le bas du dos.* Si Stephen l'apprenait, il la tuerait. *Stephen...* Depuis quand ne lui avait-elle pas donné de nouvelles ? Instinctivement, elle dégaina le téléphone qu'on lui avait rendu et vérifia sa messagerie. Quinze appels manqués : cinq de Stephen, dix de Greese. *Greese ?* Que lui voulait-il ?

Cole les avait tour à tour déposés dans leur quartier et jusqu'ici, elle n'avait pas eu le courage d'allumer son cellulaire. Peut-être aurait-elle dû. Les derniers messages reçus dataient de ce matin et provenaient de Malcom : « *Tu n'es pas rentrée cette nuit, Miss Gin* », « *Eh oh ?* », « *Miss Gin !* », « *Toujours en vie ?* », « *Appelle dès que tu peux. Pas que je m'inquiète, mais... Appelle* », « *Bon sang, tu sais répondre aux appels ?* », « *Appelle !* ». Les vingt textos qui suivaient étaient similaires. Christina sourit en songeant qu'il s'était alarmé et entama la rédaction d'un SMS qu'elle envoya aussitôt : « *Je viens de finir l'initiation. Longue histoire. Te raconte ce soir. Ramène du gin si tu n'es pas déjà chez moi, j'en aurais bien besoin* ».

Son corps entier la faisait souffrir : d'abord sa cuisse, et ensuite, son poignet. *Sans parler des courbatures et du manque de sommeil.* Elle rêvait d'une douche chaude et d'une sieste de huit heures d'affilée. Et d'un casse-croûte, aussi. Se battre et fuir, cela lui ouvrait l'appétit.

Elle franchit la porte d'entrée avec un soupir.

— Il y a quelqu'un ?

Personne ne lui répondit. *J'aurais pourtant pensé trouver Greese.* La jeune femme claqua la porte derrière elle et retira sa robe déchirée et maculée de taches sombres, savourant avec bonheur la chaleur de son appartement. Il n'allait sûrement pas tarder, cela lui laissait une dizaine de minutes pour se doucher. *Parfait !*

Christina croisa son propre reflet dans le miroir et grimaça. En sous-vêtements, elle se dirigea vers sa chambre.

Et hurla.

— Mais c'est mon peignoir ! s'exclama-t-elle soudain.

Allongé sur son lit, Malcom Greese se redressa et mit un terme à sa discussion téléphonique avant de lui adresser un sourire innocent.

— Tu avoueras qu'il me va mieux qu'à toi, non ? badina-t-il sans cacher l'attention qu'il portait à son corps dévêtu. Cette vision m'avait manqué !

— Greese, bon sang !

— Quoi, tu veux que je le retire ? J'accepte, mais je te préviens : je n'ai rien en dessous. Toujours envie de le récupérer ?

— T-Tu es nu ?

Elle jura et prit le chemin de la salle de bains, perdue entre l'ébahissement et le soulagement de voir un visage familier.

— Je vais me laver. Quand je sors, tu as intérêt à être habillé ! Et à m'avoir servi un verre !

Sur ces mots, elle s'enferma à double tour et pénétra dans la cabine de douche.

— Inutile de fermer à clef, entendit-elle derrière le battant. Aucune serrure ne me résiste.

— Greese !

— Je rigolais ! se défendit-il en s'éloignant. Ou pas.

Cela lui avait fait un bien fou. Après avoir enfilé un pantalon ample qui ne frotterait pas contre sa blessure, elle gagna le salon et découvrit Malcom tenant une bouteille de gin et un paquet de chips.

— Je n'aurais jamais cru être si contente de voir cette moue malicieuse.

— Et moi donc !

Il avait revêtu son éternel costume et ses chaussures italiennes, mais cette fois-ci, il s'était débarrassé de ses lunettes de soleil, laissant à Christina l'opportunité de se perdre dans ses yeux vairons. Intriguée, la jeune femme s'approcha et contempla les reflets irisés qui dansaient dans ses prunelles aux couleurs différentes. Un œil vert et un œil bleu.

— Pourquoi est-ce que tu les caches toujours ? souffla-t-elle en rétrécissant à nouveau la distance qui les séparait.

— Parce qu'ils ont tendance à perturber et j'aime qu'on soit concentré en ma présence.

— Je les trouve très beaux.

Cette remarque sembla troubler Greese, qui recula sur le canapé. Au bout de plusieurs secondes de silence, Christina finit par l'y rejoindre et gémit quand sa cuisse la tirailla.

— Qu'est-ce qu'il t'est arrivé ? s'enquit son invité.

— Rien de grave. Juste un coup de poignard.

— Pardon ?

— Si je ne te connaissais pas, j'aurais juré voir de l'inquiétude briller dans tes iris, Greese.

— Enlève ton pantalon.

— Oh, non. Tu ne vas pas recommencer ?

— Christina, retire-le. Ça pourrait s'infecter.

— On m'a déjà soignée.

— Il faut refaire le bandage toutes les deux heures au moins. Et oui, j'ai vu que tu en portais un en arrivant, même si je dois bien avouer que tes sous-vêtements rouges ont volé le reste de mon attention.

Ses joues s'embrasèrent aussitôt. Malcom s'accroupit à sa hauteur et posa une main sur son tibia. La chaleur de sa paume transperçait le coton du pantalon de Christina. Toute trace d'humour avait disparu de ses traits.

— Laisse-moi jeter un coup d'œil. S'il te plaît, Miss Gin.

Elle hésita, perdue dans le regard qu'il lui lançait ; elle y décelait un mélange surprenant de douceur et d'appréhension. Il s'inquiétait pour elle. Malcom Greese s'inquiétait pour elle. Depuis quand ?

— Tu m'aimes bien, hein ? le taquina-t-elle en souriant.

— Non, mentit-il en riant doucement. Maintenant, enlève ton pyjama pendant que je vais chercher une trousse de secours.

Elle n'était pas étonnée qu'il sache où elle la rangeait, elle était persuadée qu'il connaissait l'emplacement de chaque objet de son appartement. Et étrangement, ça ne l'embêtait plus autant qu'avant. Bien que ce soit difficile à admettre, elle devait reconnaître qu'elle était heureuse de l'avoir trouvé à son retour. Après tout ce qui lui était arrivé, la solitude aurait été plus meurtrière que tous les coups. Le soutien de Malcom lui était plus précieux qu'elle ne l'aurait souhaité. Assise en culotte sur le canapé, les genoux sous le menton, Christina réfléchit ô combien la valeur des choses n'était pas dans la durée, mais dans l'intensité. Elle était en vie et partageait une bouteille de gin avec l'homme le plus recherché de l'État alors qu'elle venait d'intégrer un gang. Rien que ça.

Et pour la première fois depuis des semaines, elle se sentait revivre.

— Eh, Miss Gin, ça va ?

— Plus que je ne l'aurais cru, en fait.

Elle battit des paupières, la vision troublée par les larmes.

— Ce n'est pas l'image que tu donnes, vu d'ici.

— Je vais bien. J'ai juste eu une soirée mouvementée. Non, une semaine mouvementée. Non, un *mois* mouvementé, rit-elle tristement. D'ailleurs, je ne sais pas pourquoi je ris, mais je crois que j'ai juste besoin de rire, là.

Il lui tendit la bouteille comme s'il comprenait et elle prit plusieurs lampées. La boisson coulait le long de son menton et de sa gorge, mais elle s'en fichait : tout ce qui importait était la brûlure de l'alcool dans son œsophage.

— Et si tu me racontais ce qu'il s'est passé, hein ?

Alors c'est ce qu'elle fit. Pendant qu'il retirait ses bandages et pansait ses plaies, Christina lui relata comment elle avait dû séduire Monsieur Pass, puis la façon dont les faux Shadows les avaient encerclés. Elle lui avoua la terreur qui lui avait soulevé les entrailles en se réveillant totalement immobilisée, la force qu'elle avait ressentie en gagnant le combat puis le dégoût, la culpabilité et l'horreur quand elle avait pressé la gâchette. Elle lui décrit le corps de l'homme qu'elle avait tué et la manière dont l'oxygène avait quitté ses poumons en même temps que la vie quittait le corps de sa victime. Elle lui expliqua le stratagème des Blades et la dernière épreuve qui l'avait contrainte à puiser dans ses forces intérieures. Elle lui confessa qu'elle ignorait comment elle avait réussi à mentir et qu'elle était heureuse d'avoir survécu. Et elle pleura. Les larmes coulaient toutes seules et rien ne pouvait les contenir. Elle ne fut pas interrompue, pas même durant les pauses où elle se servait du gin. Jamais, un jour, elle n'aurait cru que Malcom Greese pouvait être une oreille attentive.

Quand Christina termina son récit, elle haletait.

— Et comment est-ce que tu te sens, maintenant ?

— Je crois que je réalise tout juste ce qu'il m'est arrivé. Et je suis vraiment contente d'être en vie.

— Tu n'as pas l'air joyeuse. Sans vouloir te vexer.

— Je ne suis pas malheureuse, en tout cas. Peut-être que tu as raison. Toute cette histoire, ça a au moins l'avantage de me faire me sentir vivante. J'ai l'impression d'être sortie de l'engourdissement et de la haine qui me caractérisaient il y a plusieurs semaines.

— Mais tu n'es toujours pas heureuse.

— Non, effectivement. Mais j'aimerais l'être. J'ai comme… Comme cette sensation que tout file entre mes doigts, que je suis derrière cette vitre et que tout se passe très vite. Plus que jamais, je me rends compte que la vie est courte et… J'ai envie… Non, j'ai *besoin* de plus que ça. Je ressens cette urgence, tu vois ? L'urgence du bonheur. Ça me manque.

L'alcool lui déliait la langue et plus elle prononçait ces mots à voix haute, plus ils prenaient de sens. Malcom s'assit par terre, devant elle, et s'empara de la bouteille presque vide. Les pensées brouillées par la chaleur qui tourbillonnait en elle, Christina songea qu'il portait les lèvres à l'endroit où les siennes s'étaient posées quelques secondes plus tôt. Cette idée la réchauffa davantage et elle sourit maladroitement.

— Perds le contrôle, Miss Gin. Depuis que je te connais, tu es dans la retenue, toujours derrière cette « vitre ». J'ai conscience que ces derniers temps, elle sert à te protéger, mais ce que tu sembles oublier, c'est qu'elle t'isole aussi. Alors, lâche les rênes et perds le contrôle. Tu verras, ça te fera du bien.

— Quand est-ce que Malcom Greese est devenu si sage ?

— Je l'ai toujours été. D'ailleurs, j'ai plein d'autres qualités !

Elle rit en marmonnant qu'il était idiot et en lui frappant l'épaule. Un sourire naquit sur les lèvres du jeune homme.

— J'ai peur, avoua-t-elle à mi-voix.

— De quoi ?

— De ce que je peux ressentir. D'ouvrir les vannes et d'être engloutie par le tsunami.

— Ce n'est pas une faiblesse, Christina. Tu en ressortiras plus forte.

Il l'avait appelée par son prénom. Dans sa bouche, cela sonnait merveilleusement bien, c'était doux et mature. Presque symphonique.

— Je crois que j'ai trop bu, rit-elle.

— Pourquoi ?

Il était dans le même état qu'elle.

— Parce que j'ai envie de t'embrasser, tout à coup.

— Tout le monde a envie de m'embrasser.

— Greese !

— Quoi ? C'est vrai !

L'atmosphère autour d'eux paraissait vibrer. Malgré les piques d'humour de Malcom, son visage restait sérieux.

Ils s'étaient subrepticement rapprochés l'un de l'autre, toutefois elle ignorait qui avait fait le premier pas. Si c'était elle, elle ne s'en était pas aperçue ; elle était envoûtée par ses prunelles qui la happaient, troublée par la chaleur de son haleine légèrement alcoolisée. Et son corps… Il était près, si près. Christina avait perdu toute contenance et là voilà qui soudain se sentait vacillante. Papillon attiré par le feu, elle devinait que ses ailes brûlaient. Et elle s'en fichait.

« Perds le contrôle. »

Elle avait peur, mais la tentation était plus forte. Lorsqu'il posa les mains sur ses hanches pour l'attirer à lui, sans briser leur contact visuel, elle n'émit aucune protestation. Elle était en transe, ardente et glacée en même temps. Une part de son esprit lui hurlait d'arrêter, qu'elle le regretterait, mais l'autre la sommait de continuer, qu'il valait mieux vivre avec des regrets que des remords.

Tout ce dont elle parvenait à prendre conscience, c'était le corps de Greese pressé contre le sien. Il l'observait comme si soudain, tout avait de l'importance ; il la regardait comme personne ne l'avait regardée auparavant. Ce n'était pas de l'amour, mais ses gestes étaient emplis d'une certaine tendresse. Elle lisait dans ses iris une fascination étrange et, en dépit de la voix qui lui murmurait de baisser les yeux pour échapper à cette œillade de braise capable de la consumer, elle ne put s'y résoudre. Elle ne respirait plus, et quand il l'allongea sur le sofa et se pencha pour plaquer ses lèvres contre les siennes, elle ne le repoussa pas. Elle ne le chassa pas non plus au moment où ses doigts brûlants explorèrent sa peau dénudée, chatouillant son tatouage.

« Tu es sûre ? », demanda-t-il en silence. Elle acquiesça et l'attira plus près encore, prête à se laisser engloutir par le brasier qui grandissait en elle.

Le monde explosa en mille nuances de couleurs.

CHAPITRE 14

*« Il y a des amours qui ne te décevront jamais,
parce qu'ils n'ont rien promis mais te donneront tout. »*
— ***Augustin Degas.***

Elle avait envie de vomir.

Christina massa ses tempes douloureuses et resserra la couverture contre sa poitrine dénudée, la gorge serrée. Comment était-elle arrivée dans son lit ? La dernière chose dont elle se souvenait était…

— Oh, mon Dieu. *Greese !*

Ce dernier poussa un grommellement inaudible et roula sur le côté. Complètement abasourdie, la jeune femme observa, les yeux écarquillés, la vision qu'offrait son dos musclé. La nausée reprit de plus belle ; la lieutenante hoqueta et s'éloigna au maximum de celui qui partageait son lit, les doigts si serrés autour du drap qu'ils en devinrent exsangues.

Pitié. Faites qu'il ne soit pas nu. Faites qu'il ne soit pas nu !

Le souffle haché, elle souleva la couette et étouffa un cri de stupeur. Elle rabattit aussitôt le plaid et bondit hors du lit.

Non seulement Malcom ne portait aucun vêtement, mais elle non plus.

Finalement, l'agréable songe qui avait rythmé sa nuit avait été plus qu'un rêve. *Nuit ?* Elle coula un regard au réveil numérique et constata qu'il était vingt heures. Elle avait retrouvé son appartement vers quatorze heures et avait passé son après-midi avec Greese, pour finalement s'endormir. *Oh, mon Dieu. Très bien, Chris, réfléchis. Ce moment était vraiment – du genre, vraiment – agréable, mais est-ce que tu regrettes ?*

— Tu comptes rester encore longtemps plantée là, à me dévisager ?

Prise en faute, elle sursauta et esquissa un pas en arrière, les joues pivoine.

Lorsque son compagnon se redressa sur le matelas, la couverture glissa le long de son torse et s'arrêta sur ses hanches, dévoilant une plastique presque parfaite. Christina détourna automatiquement les yeux tandis que les évènements de l'après-midi tourbillonnaient dans son esprit. Conscient de l'embarras de la jeune femme, Malcom se gaussa et s'extirpa des draps avec la grâce d'un félin ; cette fois-ci, la brune fit entièrement volte-face, gênée au point d'espérer que le sol s'ouvre sous ses pieds.

— Tu peux regarder, tu sais ? Il n'y a rien que tu n'aies pas vu tout à l'heure.

— La ferme, Greese. Va t'habiller. Maintenant.

— D'accord, mais je vais devoir passer devant toi. Au cas où tu l'aurais oublié, tous nos habits sont restés au salon…

Il se moquait d'elle sans s'en cacher. D'ailleurs, il prenait un malin plaisir à déambuler de la sorte ; elle lui jeta un coussin et il explosa de rire en l'évitant aisément.

— Gr… Malcom, attends !

Devait-elle continuer de l'apostropher par son nom de famille alors qu'ils avaient partagé une telle intimité ? Elle s'empourpra en se mordillant nerveusement la lèvre inférieure. Qu'est-ce qui lui avait pris d'ainsi céder à la tentation, bon sang ? À présent, elle était certaine qu'il n'arrêterait plus de la taquiner avec cet épisode.

Le concerné se figea en plein mouvement et se tourna lentement – trop pour que ce soit naturel –, un sourire narquois placardé sur le visage.

— Oui ?

— Un café, ça ne te tenterait pas ?

Il fallait qu'elle remette de l'ordre dans ses idées.

— Si, bonne idée !

— Génial, alors prépare-m'en un aussi pendant que tu y es, le coupa-t-elle avec un sourire innocent.

Il sembla hésiter puis, après avoir ri, il accepta en lui criant qu'elle l'avait bien eu. Dès qu'il disparut de son champ de vision, elle soupira et se précipita vers son armoire, à la recherche du pyjama le plus couvrant qu'elle ait en sa possession. *Hors de question de montrer un centimètre de peau supplémentaire. Il s'est suffisamment rincé l'œil !*

Quand elle le rejoignit dans la cuisine, le trentenaire avait enfilé son bas de pantalon, mais avait laissé sa chemise ouverte. Elle roula des yeux et se maudit intérieurement lorsqu'ils s'attardèrent une seconde de trop sur le corps de Malcom.

— Je ne sais pas pour toi, mais tout ça, ça m'a ouvert l'appétit ! On commande quelque chose ? Mine de rien, ton frigo n'est pas bien rempli.

— Parce que tu comptes rester ? Ici ? Dans mon appartement ? Après… Eh bien…

— Relax, Miss Gin. J'ai juste faim. Il n'y a que toi qui paniques vis-à-vis de ce qu'il s'est passé il y a quelques heures. Tout va bien entre nous, notre alliance tient toujours.

— Pour tout t'avouer, je croyais que tu étais du genre à filer avant que ta conquête ne se réveille, admit-elle avec une grimace.

— Oh, c'est le cas ! D'ordinaire, je ne mélange pas plaisir et affaires, mais… Que veux-tu ? La situation nous a échappé.

Dès qu'elle le regardait, la scène se rejouait dans son esprit : elle revoyait ses lèvres le long de son cou, elle revivait l'ardeur si douce mais pourtant si pressante, la façon dont ses caresses avaient laissé d'agréables picotements dans leur sillage…

Stop. Arrête d'y penser, Chris. Elle croisa les bras en espérant qu'ils serviraient de remparts entre Malcom Greese et elle.

— Ce qui est fait est fait. Bref, tu la bois, cette tasse ?

S'il percevait son trouble, il n'en montrait rien : il se contenta de se jeter sur le canapé et d'allumer la télé avec une aisance surprenante. C'était comme s'il avait répété ce geste plusieurs fois par le passé, comme si les lieux n'avaient plus aucun secret pour lui. Christina fronça les sourcils.

— Qu'est-ce que tu faisais déjà chez moi ? le questionna-t-elle en s'asseyant finalement à une distance raisonnable de lui.

— Tu m'as envoyé un message, non ? Pour que je vienne. Alors c'est ce que j'ai fait.

— Tu avais l'air installé depuis un moment quand je t'ai retrouvé en peignoir, remarqua-t-elle. Avoue, Greese. Combien de temps as-tu passé dans mon appartement en mon absence ?

Il hésita et prit une gorgée de café pour gagner du temps. Le sourire qui lui échappait ne laissait pas de doute, elle soupira et se frappa le front en ne sachant pas si elle devait rire ou s'énerver.

— Je ne l'ai jamais quitté, admit-il au bout de plusieurs secondes.

La jeune femme s'étouffa avec sa boisson. *Pardon ?*

— Entre l'instant où je suis partie dans cette satanée boîte de nuit et celui où je suis rentrée, tu n'es pas parti ?

Il voulut remplir sa bouche de chips afin d'avoir une excuse pour ne pas répondre aux prochaines interrogations, cependant la lieutenante parut prévoir cette action car elle s'interposa. Dans son élan, elle en oublia même la distance de sécurité qu'elle s'était imposée et fit face à un Malcom beaucoup trop proche. Elle recula en toussant nerveusement.

— Explique-toi ! Et je t'interdis de te défiler ! J'ai une arme, lui rappela-t-elle.

— Oui, dans ta chambre.

— Je pourrais te tuer. J'en suis capable. Je suis une super tireuse !

Qui tentait-elle de convaincre, elle ou lui ? Malcom ne paraissait pas effrayé le moins du monde, au contraire : son sourire s'agrandissait à chaque seconde, dévoilant la fossette à son menton.

— Si tu me voulais vraiment mort, je le serais, Miss Gin, plaisanta-t-il.

— Effectivement, tu le serais.

— Mais je ne le suis pas.

— *Encore*, le corrigea-t-elle en roulant des yeux. Tu ne l'es pas *encore*.

Un silence étonnamment confortable s'installa entre eux. La télé bourdonnait en arrière-plan et le café leur brûlait les doigts, mais ils restaient immobiles, à quelques centimètres l'un de l'autre. Christina était en mesure de percevoir les effluves de son parfum, elle se surprit à le humer pour que l'odeur s'ancre dans ses poumons.

— Alors, tu me racontes ?

— J'ai des petits ennuis, marmonna-t-il en se redressant sur le sofa. Quelqu'un me cherche et personne ne pensera à me trouver ici.

— Je croyais que les gens avaient peur de toi et pas l'inverse ? Tu n'es pas censé être le Diable, le grand méchant loup ? se gaussa-t-elle.

— Je n'ai pas « peur ». Je pourrais briser la nuque de cet imbécile sans ciller.

À son ton, elle devina qu'il ne plaisantait pas. Cela ne la surprenait plus, elle savait pertinemment qui était Malcom Greese. Plus étonnant encore : cela ne la dérangeait plus non plus, elle s'était accoutumée aux multiples facettes de cet homme. Restait à comprendre s'il s'agissait d'une bonne chose…

— Le problème, poursuivit-il en haussant les épaules, c'est que je ne peux pas.

— Pourquoi ? Tu as une soudaine montée de conscience et d'humanisme ? se moqua-t-elle.

— Non, parce que l'idiot qui me cherche, c'est ton beau-père.

Christina ne riait plus. Elle pantelait.

— Stephen en a après toi ? Pourquoi ? Il sait ? Pour nous ?

— Qu'entends-tu par « nous » ? Notre alliance ou notre petite aventure ? Quoique, dans les deux cas, je pense qu'il voudrait me tuer…

— Je suis sérieuse !

— Moi aussi, Miss Gin.

— Alors, cesse de sourire !

— Peu importe. Rassure-toi, je ne toucherai pas à un cheveu de Daniels – enfin, s'il en avait sur le crâne.

— Greese ! s'écria-t-elle, l'exaspération dans la voix. Pourquoi Stephen te cherche ?

— Il me traque *tout le temps*, Miss Gin. Détends-toi. J'aurais cru qu'après notre après-midi tor...

— Non, ne dis pas le mot !

— Torride, mais délicieux, tu le serais davantage !

La jeune femme poussa un cri d'agacement tandis que son voisin éclatait d'un rire chaud et contagieux. C'est de manière naturelle que sa tête trouva appui sur l'épaule du criminel qu'elle appréciait malgré elle.

— Tu devrais voir ta tête.

— La ferme, Greese.

— On commande une pizza ?

Elle accepta et finit son café d'un trait pendant qu'il passait un appel à la pizzeria la plus proche.

Parler de Stephen lui rappelait qu'elle ne lui avait pas donné de nouvelles depuis une éternité. La croyait-il toujours en vacances ? En dépit de l'appréhension qui lui serrait l'estomac, elle s'empara de son téléphone et, à défaut de l'appeler, elle lui envoya un long message d'excuse. Elle prétexta ainsi avoir été accaparée par sa merveilleuse cure de soleil et s'être fait de nouveaux amis. *Nouveaux amis...* Son regard s'attarda sur Malcom, adossé à l'îlot central, le téléphone coincé entre l'épaule et l'oreille. *Nouvel ami.* Nouveau quelque chose, en tout cas. Ce qui s'était produit entre eux n'était pas sérieux, ils en avaient tous deux conscience, mais il y avait ce « mais ». Quelque chose s'était formé. *Non.* Elle comprit soudain. *Quelque chose s'est brisé. Ma vitre.*

— Elle arrive dans quinze minutes. Tu aimes le fromage donc j'ai demandé un supplément, ne t'en fais pas. Par contre, pas de gin. On a un peu forcé dessus et de l'eau ne te fera pas de mal.

Elle acquiesça et le scruta, le menton enfoncé dans la paume. Il connaissait bon nombre de détails à son sujet et elle se rendait compte qu'elle ne pouvait pas en dire autant de son côté. Que savait-elle réellement de Malcom Greese ? Certes, elle n'ignorait pas qu'il s'agissait d'un malfrat que ses clients surnommaient « le Diable » et qu'il avait trente-et-un ans, toutefois des zones d'ombre subsistaient. Qu'aimait-il ? Qui était-il vraiment ? Il avait tant de facettes que toutes les appréhender s'avérait impossible. *Et pourtant*, songea-t-elle, *ça ne m'empêche pas de lui faire confiance.* Elle avait découvert le Greese attentionné et attentif tout comme le Greese sarcastique et taquin, mais combien d'autres y en avaient-ils ?

— Qui es-tu ? susurra-t-elle sans s'en rendre compte. Qui se cache véritablement sous ces ensembles élégants ?

— Je... Quoi ?

La confusion de Malcom était évidente. Les sourcils froncés, il passa une main dans ses cheveux hirsutes et fixa son hôte dans l'attente qu'elle approfondisse.

— Je me rends compte que tu as connaissance d'énormément d'éléments me concernant, expliqua-t-elle d'une voix gênée. Le truc, c'est que je n'ai pas l'impression de te connaître plus que ça.

Il éclata de rire et lui ébouriffa les cheveux.

— C'est normal ! Je n'en montre pas beaucoup. As-tu oublié que je suis loin d'être un citoyen modèle et que tu es de la police ? D'ailleurs, c'est certainement pour ça que tu te poses autant de questions. Enfin, peu importe. Tu n'as pas la sensation de me connaître, mais tu en sais déjà plus que la plupart des gens.

— Comme quoi ?

— Mes goûts. On a à peu près les mêmes puisque j'ai vidé *et* ton frigo *et* tes placards. Ensuite, mon passé.

Kelly. Cela lui revint instantanément en mémoire. Il avait eu une sœur accro aux médicaments, c'était la raison pour laquelle il avait tant insisté pour qu'elle cesse de prendre les siens. Les iris de Greese s'étaient obscurcis, la douleur du souvenir lui avait ravi son sourire.

— Désolée. J'ignore pourquoi je m'interroge autant, tout d'un coup.

— C'est parce qu'on s'est bien amusés, déclara-t-il en levant les bras au ciel.

— Oh, tu ramènes tout au sexe !

— Non mais c'est vrai ! se défendit-il vivement. Vous les femmes, dès que vous couchez avec quelqu'un, l'incertitude vous submerge et vous commencez à vous poser toutes ces questions qui finissent par vous rendre dingue. Laisse-toi simplement porter par le moment.

Il marquait un point. *Peut-être qu'il a raison.* Elle rit à son tour, elle était ridicule.

— En tout cas, je te préfère comme ça, décréta-t-il subitement.

— C'est-à-dire ?

— Avec ce tatouage sexy au creux des reins...

Il avait remarqué le couteau dans le bas de son dos !

— Et en train de rire. Le look gangster te sied à merveille. Beaucoup plus que le côté flic !

— Tu dis ça parce qu'en tant que policière, je peux te passer les menottes.

— Au contraire... J'adorerais que tu me les passes.

Il accompagna sa phrase d'un clin d'œil complice et, derechef, ils rirent ensemble.

Quand le livreur sonna et qu'elle lui ouvrit, Christina croisa son reflet dans le miroir.

Elle rayonnait.

CHAPITRE 15

« Il n'y a pas de hasard... Il n'y a que des rendez-vous qu'on ne sait pas lire. »
— **Jérôme Touzalin.**

Le lendemain matin, Greese était parti. Il n'avait laissé aucun mot, aucun message, les draps défaits et le carton de pizza vide étaient les seules traces de sa présence passée. Il s'en était allé sans dire « au revoir », mais Christina ne lui en voulait pas : les instants qu'ils avaient partagés lui avaient redonné du courage et l'avaient plongée dans un agréable sentiment de joie et de sécurité. Elle se sentait intouchable.

Bien qu'une partie d'elle-même continue de penser à James, elle ne regrettait pas ; toucher ou penser à un autre homme ne sonnait plus comme une trahison. James n'était plus, et Christina devait aller de l'avant. Bientôt, elle découvrirait l'identité de Chaos et elle vengerait la mémoire de son ex-coéquipier. La quiétude était proche et elle s'en réjouissait. Après tout, elle avait accompli le plus difficile en survivant à l'initiation des Blades. *Bientôt*, songea-t-elle en caressant la photo de James et elle, sur son étagère. *Je ne t'oublierai jamais. Je me sens presque en paix. Quand tout ça sera enfin terminé, je pourrai avancer pour de bon. Mais je te le promets : je te vengerai. Je suis déterminée.*

Une semaine passa sans que la jeune femme n'ait de nouvelles de Greese. Les doutes l'assaillaient et elle se questionnait souvent, se demandant s'il allait bien. Pourtant, elle ne lui envoya pas de message, trop effrayée à l'idée qu'il ne la trouve trop collante. Alors, elle attendit sans trop espérer. Elle commençait à le connaître.

Son téléphone bipa enfin et brisa le silence qui s'était installé dans l'appartement. *Les Blades !* Les chambres des nouveaux membres étaient prêtes à les accueillir, elle avait une demi-heure pour préparer sa valise avant que quelqu'un vienne la chercher. Christina toucha instinctivement la lame fraîchement tatouée au creux de ses reins ; la phase deux de son plan était en marche.

Au même moment, son smartphone émit un second *bip* strident et, alors qu'elle croyait découvrir un nouveau message du gang, elle remarqua l'identité de l'expéditeur : Malcom. « *Cole m'a appris que vous les rejoigniez aujourd'hui. Ne te fais pas tuer en si bon chemin, tu es proche du but. P.S. : n'oublie pas le carnet que je t'ai demandé de voler à Don. Les choses n'ont pas changé.* » Suivi d'un autre SMS : « *... Enfin, pas totalement.* » Un sourire incontrôlé prit possession de ses traits et elle se mordit la lèvre. Elle n'avait pas oublié le service qu'elle lui devait et Greese le savait parfaitement. Était-ce sa façon de subtilement garder contact ?

Le chauffeur envoyé par les Blades était arrivé pile à l'heure, une berline noire attendait au pied de l'immeuble. Christina tira sur sa valise pour avancer plus rapidement et à peine eut-elle le temps de s'approcher du véhicule que déjà la vitre descendait pour dévoiler l'identité du conducteur.

— Toi ? s'exclama-t-elle, la bouche grande ouverte.

C'était Monsieur Pass.

Les yeux écarquillés, elle examina les contusions sur son visage et sa lèvre tuméfiée puis grimaça, envahie par la culpabilité. Alors qu'elle s'attendait à ce qu'il explose de colère et jure de se venger, le brun lui ouvrit la portière et lui fit signe de monter. Aucune once de colère n'obscurcissait ses traits, il n'affichait qu'un amusement évident.

— Tu dois l'admettre, le destin a tendance à nous réunir, sourit-il en tapotant le siège passager.

— Ouais, marmonna-t-elle, peu convaincue. Ne confonds pas le destin avec la poisse.

Pourquoi ne lui en voulait-il pas ? Les gestes marqués par l'hésitation, Christina rangea sa valise dans le coffre et s'installa côté passager ; le couteau qu'elle avait dissimulé contre son ventre était glacé et, pour ne pas s'égratigner, elle s'obligea à rester bien droite sur le siège. Près d'elle, Monsieur Pass l'examinait sans se cacher. Les contusions et les meurtrissures sur son visage ne lui enlevaient pas de charme, au contraire.

Au bout de plusieurs secondes, le quidam cessa de la regarder et fit démarrer la berline. Et si Christina se faisait violence pour ne pas l'épier, elle sentait que lui ne se gênait pas pour l'observer du coin de l'œil. Il souriait toujours. Bon sang, pourquoi n'arrêtait-il pas ?

— En jean, tu n'es pas mal non plus, signala-t-il lorsqu'ils s'arrêtèrent à un feu. Moins que dans ta robe, mais pas mal non plus.

Qu'était-elle censée répondre à cela ? Gênée, elle se racla la gorge et posa la première interrogation qui lui venait à l'esprit :

— Tu ne vas pas me bander les yeux ?

— Pourquoi ? Tu es une Blade, maintenant.

Je suis policière aussi, cela dit.

La voiture se remit en marche dans un vrombissement puissant. Une partie de sa conscience lui soufflait de rester sur ses gardes, qu'il s'agissait peut-être d'un piège.

— Tu n'es pas fou de rage, constata-t-elle finalement. Je m'attendais à ce que tu le sois.

Les yeux verts de Monsieur Pass brillèrent plus fort quand il éclata de rire.

— Pourquoi ? Parce que tu m'as séduit puis attaqué et que j'ai été réveillé par un type qui avait vomi partout ?

— Euh... Oui. Ça me semble être une bonne raison d'être en colère.

— Tu as été maligne et j'avoue que ça m'a impressionné. En fait, j'ai plutôt envie d'apprendre à te connaître davantage. Tu m'intrigues, *Christina Brown.*

Il savait comment elle s'appelait. Comment ? Elle était persuadée de ne pas le lui avoir dit lors de leur rencontre au bar. Contre sa peau, la lame devenue tiède la démangea. S'il tentait de l'agresser, aurait-elle le temps de la dégainer ? La jeune femme se mordit nerveusement l'intérieur de la joue et se poussa un peu plus contre la portière verrouillée. Monsieur Pass se gaussa et rangea une mèche noire derrière son oreille. Il ne paraissait pas sur le point de bondir.

— Je ne suis pas un harceleur, si c'est ce que tu imagines ! rit-il. Ton identité m'a été communiquée en même temps que ton adresse, mais j'ai découvert que c'était toi seulement en te voyant sortir du bâtiment. Christina Brown. C'est joli, un peu banal, mais joli.

Elle ricana fébrilement quand il déclara qu'elle avait un nom commun et fit mine de se gratter la nuque. Le silence s'installa peu à peu dans l'habitacle ; la lieutenante en profita pour se tourner vers la vitre. Il fallait absolument qu'elle retienne l'itinéraire du QG. Si un problème s'annonçait, cela lui serait utile.

— Tu ne me demandes pas comment je m'appelle ? la questionna-t-il. Tu n'es pas bien bavarde, Chris – je peux t'appeler Chris, n'est-ce pas ? –, tu l'étais plus au bar !

À vrai dire, elle s'en moquait. Tout ce qu'elle souhaitait était d'échapper à ce véhicule et à l'embarras que cette discussion provoquait en elle. Monsieur Pass avait l'air sympathique et gentil, toutefois elle ne parvenait pas à se défaire de l'image de ses mains qui se baladaient sur ses hanches dans les toilettes d'*El Cielo*, juste avant qu'elle ne l'assomme. Elle avait été troublée par lui et il l'avait senti. *Tout ça parce que je n'avais pas connu de flirt depuis une éternité !* Monsieur Pass était un bel homme, c'était évident, mais Christina se rendit subitement compte qu'elle était devenue insensible à son charme. Un autre bellâtre occupait ses pensées.

La berline prit l'intersection qui suivait. Ils avaient dépassé Madison Avenue.

— Eh, je te parle !

— Oh, je sais. Je t'ignore.

— *Aoutch*. Tu es dure.

En s'apercevant qu'elle avait pensé à voix haute, la jeune femme plaqua une main contre ses lèvres et écarquilla les yeux. *Mince*. Il n'avait pas mérité cette rudesse. Par ailleurs, elle devait se montrer astucieuse : désormais, elle était l'une des leurs et plus elle se lierait à eux, plus elle obtiendrait des informations sur Chaos. Monsieur Pass avait peut-être connaissance de détails précieux.

— Désolée. Vraiment. Je suis un peu de mauvaise humeur, marmonna-t-elle.

— Sale nuit ?

Malgré le nœud dans sa gorge, il fallait qu'elle poursuive cette discussion. Allez ! Il n'est pas méchant, tu aurais pu tomber sur pire. Il a l'air séduit, tu n'as qu'à en profiter pour lui tirer les vers du nez. Sa conscience n'avait pas tort : elle ignorait pourquoi, mais il semblait particulièrement conquis par elle. Elle devait en jouer.

— Assez, mes blessures me font encore mal.

C'était faux : l'entaille à sa cuisse était en bonne voie de cicatrisation ; par chance, son bourreau n'avait pas frappé assez profondément pour l'endommager. Elle titubait encore parfois, mais la douleur était beaucoup moins forte qu'avant. D'ici quelques jours, elle serait entièrement remise.

— Oh, c'est vrai. Le tatouage. Il brûle toujours ? J'ai une crème dans ma chambre, elle pourrait te soulager, déclara-t-il, les yeux trop brillants pour que ça ne soit pas suspect.

Le tatouage. Elle l'avait complètement oublié.

— Oui, c'est ça. L'endroit où il a été fait est particulièrement sensible. Où est le tien ?

C'était le moment de savoir s'il lui serait utile. Reid avait certifié que les rares qui appartenaient au Cercle de Chaos possédaient un tatouage invisible. Si celui de Monsieur Pass était fait à l'encre noire, alors cela prouverait qu'il n'était qu'un simple Blade.

— Ah, ça, tu aimerais le savoir !

Elle avait envie de jurer. Le brun semblait d'humeur taquine, il prenait ça pour un jeu. Elle grommela discrètement et s'approcha un peu plus près de lui pour le mettre en confiance. Du coin de l'œil, elle constata que la berline s'enfonçait vers la périphérie de la ville. Où allaient-ils ? Ils roulaient depuis au moins dix minutes.

— Allez, dis-le-moi ! fit-elle en posant délicatement la main sur son avant-bras.

— Seulement si tu fais pareil.

— Marché conclu : il se situe au creux de mes reins.

Le visage du conducteur s'illumina en pensant à l'emplacement, ce qui fit grimacer sa passagère. *J'espère qu'il ne m'imagine pas nue.*

— Le mien est à l'arrière de ma cuisse.

Sous son jean, donc. Elle grogna, déçue de ne pas pouvoir vérifier la visibilité de la marque.

La voiture dépassa le théâtre Apollo et la lieutenante comprit qu'ils étaient à Harlem.

— Nous sommes bientôt arrivés. Tu vas adorer le QG, c'est immense.

— Ah oui ?

— Ouais. L'avantage, c'est qu'on est à quelques minutes d'Harlem River donc pour faire des petits footings, c'est pratique.

Ou pour balancer des corps au fond de l'eau, songea-t-elle amèrement.

— Toi aussi, tu y vis ?

— J'ai une chambre là-bas, oui.

Cela signifiait que sa position était suffisamment haute pour qu'il y séjourne. *À moins qu'il fasse partie de la poignée de « simples Blades » qui y logent.* La berline s'arrêta devant la façade d'un bâtiment qui faisait l'angle de la rue. C'était un édifice comme un autre : grand, des pierres marron clair, des balcons en ferraille rouge. Les appartements se trouvaient au-dessus d'une boutique et d'un marchand de burgers, l'*Express Delifood*.

— C'est... ici ? hésita-t-elle.

— Quoi ? Tu t'attendais à quelque chose de plus impressionnant ?

C'était effectivement le cas. Christina était frappée par la banalité des lieux. Les habitants du quartier avaient-ils conscience de l'identité de leurs voisins ?

— Les Blades occupent tous les logements de cet endroit ?

— C'est exact. Vu de l'extérieur, ça ressemble à des studios normaux, mais en réalité, tout a été réaménagé. À l'intérieur, il y a une salle d'entraînement, des dortoirs, des cuisines, des chambres... C'est une espèce d'endroit communautaire géant, même si la plupart des pièces servent à entreposer les armes et la drogue. D'ailleurs, petit conseil : ne t'y aventure jamais seule. Ça m'est arrivé à mes débuts et ils ont cru que je voulais en voler, j'ai passé une semaine dans une pièce sans fenêtre.

Le souvenir n'était pas agréable, il faisait la moue.

— Bon, tu viens ? Je vais te faire visiter.

Il avait garé la voiture dans un parking public et se dirigeait désormais vers l'entrée de l'immeuble. La porte d'entrée possédait un digicode.

— Au fait, je m'appelle Don.

Christina retint le code : *15800B*. Puis soudain, elle réalisa.

— D-Don ?

— Je sais, ce n'est pas courant. C'est un surnom.

Elle déglutit difficilement. Combien y avait-il de chances pour qu'il y ait deux Don dans les Blades ? C'était forcément à lui qu'elle devait dérober le carnet.

— Je vois...

— Si tu es sage, je te dirai peut-être d'où ça vient, ajouta-t-il en lui adressant un clin d'œil charmeur. Tu viens ?

Ils pénétrèrent dans une grande cour déserte sur laquelle donnaient des balcons rouillés avant de faire face à une deuxième porte. Un nouveau code était nécessaire. Inconscient du trouble de sa voisine, Don le composa rapidement : BL1D3s. *Blades*.

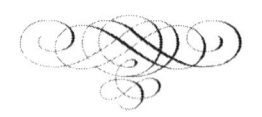

La chambre qu'on lui avait attribuée était proche de celle de Nikki et de Daniela. Don lui avait promptement expliqué le fonctionnement des lieux : le premier étage était celui des dortoirs et des cuisines, le deuxième celui des salles d'entrepôt et de sport, et le dernier était interdit. Christina y soupçonnait la présence de Chaos, mais lorsqu'elle questionna Don, il déclara que c'était parce que le cercle restreint de leur chef y séjournait.

— Chris ? Eh oh, Chris, tu m'écoutes ?

L'intéressée s'excusa brièvement et se tourna vers Nikki, qui lui enjoignait de la suivre et avançait d'un pas pressé. Ses bottes à talons claquaient prestement contre le carrelage.

— Reid nous a convoqués, il veut discuter. D'ailleurs, je rêve où le mec qui t'a accompagnée est le type que tu as assommé ? Celui qui gardait le pass magnétique ?

— C'est bien lui. *Don.* Ça t'est familier ?

Tout comme Daniela, Nikki paraissait savoir beaucoup de choses sur l'organisation du gang – à croire que Reid ne tenait pas sa langue avec les femmes –, ce qui était utile à l'enquête de Chris. Dès qu'elles s'étaient retrouvées, l'hispanique lui avait montré les visages à connaître et avait dressé leur historique avec une facilité déconcertante. Parmi les individus qu'elles avaient croisés en cherchant leur chambre respective, elles n'avaient rencontré que de simples Blades, présents sur les lieux pour une mission, un deal ou parce qu'ils regagnaient leur appartement. Certains membres vivaient au QG, en compagnie des nouveaux et des rares qui appartenaient au Cercle de Chaos, ce qui empêchait Christina et sa voisine de deviner la position de chacun dans la hiérarchie ; les tatouages étaient leur unique indice.

— Il en pince pour toi, c'est sûr, affirma la grande brune en ignorant la dernière partie de la question. Il n'arrête pas de nous regarder.

— Ce n'est pas le seul à nous dévisager. Daniela s'en donne également à cœur joie.

L'évocation de la cadette du groupe tendit immédiatement Nikki, qui grommela quelque chose entre ses dents. Loin devant eux, la concernée leur adressa une énième œillade par-dessus l'épaule, accéléra l'allure puis disparut à l'angle d'un couloir.

— Je n'arrive pas à croire que Reid sorte avec… elle !

Nikki agitait les bras dans tous les sens avec tant de virulence qu'elle manqua de frapper Jason, qui marchait derrière elles.

— Je veux dire, c'est une enfant ! Elle a quoi, dix-huit ans ?

— Elle n'a que deux ou trois ans de moins que nous.

— Reid est beaucoup plus âgé. Il lui faut une femme, pas une *gamine*. Et quand bien même, il n'est pas censé fréquenter qui que ce soit, bougonna-t-elle.

— Ah bon ?

— Ouais. Ceux qui sont proches du grand chef n'y sont pas autorisés. (Elle s'était mise à chuchoter et à regarder partout autour pour s'assurer que personne ne les écoutait.) Du moins, ils doivent lui en parler au préalable.

— Pourquoi ? C'est leur vie, pas celle de Chaos.

— Certes, mais en faisant partie de son cercle privé, ils ont de grandes responsabilités et doivent veiller sur lui, puisque ce sont les seuls à savoir qui il est. Sortir avec quelqu'un, c'est une distraction. En plus, on peut très bien se servir d'eux pour atteindre Chaos.

Exactement ce que j'essaye de faire avec Don, songea la lieutenante. Nikki tremblait de fureur et ses pas devenaient de plus en plus pressés. Elle se sentait trahie. *Je la comprends, si je découvrais que l'homme que j'aime m'avait remplacée...*

— Tu sortais pourtant avec Reid, avant que Daniela...

— Oui, c'est pour ça qu'il voulait garder ça secret et qu'il me répétait de me taire. À part toi, il n'y avait que lui et moi qui étions au courant de notre relation. Tu ne l'as répété à personne, n'est-ce pas ?

À qui voulait-elle qu'elle le dise ? Christina secoua négativement la tête et sa camarade se détendit imperceptiblement. Quelques minutes plus tard, le groupe atteignit ce qui semblait être une cuisine et Nikki fusilla Daniela et Reid du regard, assis l'un en face de l'autre. En la voyant arriver, le Blade coupa court à sa conversation en affichant une moue empreinte de culpabilité. Nikki passa devant eux en les ignorant superbement, ce qui fit glousser Daniela mais fit grimacer son compagnon.

Lorsque les recrues furent au complet – ce qui n'était pas bien difficile, puisqu'elles n'étaient que quatre –, Reid frappa dans ses mains pour attirer l'attention. Il les informa ainsi des règles à suivre dans le QG : interdiction de dévoiler son adresse ou ses habitants à quiconque, impossibilité pour les recrues de sortir sans permission, obligation de participer aux tâches communes...

— En parlant de devoir communautaire, il est temps de commencer la première mission : faire les courses. Nous avons épuisé la quasi-totalité de nos stocks et il faut les renouveler, vous allez donc y aller avec Cole.

Une salve de lamentations parcourut l'assemblée. Christina, quant à elle, ne se plaignait pas ; elle était trop occupée à se demander d'où provenaient les fonds. Sans doute venaient-ils des profits qu'ils tiraient de la vente de drogues, un domaine plus fructueux qu'elle ne souhaitait l'avouer. C'était avec ce même argent sale qu'ils devaient payer le loyer.

— Tu ne viens pas ? maugréa Daniela, qui récolta une œillade incendiaire de la part de sa rivale.

— Non.

— Il a de la chance, soupira Jason, qui s'était faufilé à côté de la lieutenante sans qu'elle ne l'entende. Lui va se la couler douce en réunion alors qu'on va faire tout le boulot.

— Une réunion ? s'étonna-t-elle, piquée de curiosité. Quelle réunion ?

— J'ai entendu dire que les proches de Chaos vont se retrouver au dernier étage à cause d'un problème de business. Les Shadows ont marché sur nos plates-bandes et ont essayé de convaincre les Red Snakes de passer dans leur camp. Je crois qu'ils préparent quelque chose.

Intéressant... Si elle parvenait à échapper à la sortie courses et à épier cette fameuse rencontre, elle serait en mesure d'identifier les membres du cercle privé de Chaos et, avec un peu de chance, de découvrir l'identité du chef lui-même.

— Attends une minute... Comment est-ce que tu es au courant ?

Jason afficha un rictus sardonique, les mains enfoncées dans les poches.

— Tu n'es pas l'unique personne à écouter aux portes. J'ai remarqué que tu t'intéressais beaucoup au fonctionnement du gang et à ceux qui le représentent, marmonna-t-il soudain. Je me suis dit que ça pourrait t'aider.

Une mèche d'un roux flamboyant retombait mollement sur son front et contrastait avec la noirceur de ses iris. Christina se raidit, en proie à une inquiétude soudaine. Se doutait-il de quelque chose ?

— Ne t'inquiète pas, je n'en parlerai pas, ajouta-t-il en décelant son appréhension. On a tous des choses qu'on aimerait que les autres ne découvrent pas, pas vrai ?

Détectait-elle une menace dans son ton ou était-ce simplement de la paranoïa ? Elle avait la sensation qu'il voulait lui faire comprendre que si elle dévoilait son secret, il révélerait le sien. Cette idée lui noua l'estomac.

— Tu devrais être plus prudente, cela dit. On pourrait croire que toi aussi tu prépares un mauvais coup.

Sur ces mots, il fit volte-face et rejoignit le fond de la salle, laissant derrière lui la jeune femme perdue dans ses pensées, blême et confuse.

Elle ne pouvait pas éviter la sortie courses pour épier le rassemblement des Blades, cela attiserait les soupçons, notamment ceux de Jason. Ce faisant, elle lui prouverait qu'il avait raison et le guiderait peut-être vers la vérité. Elle jura. *Saleté de traître*. Et dire qu'elle commençait à l'apprécier !

— Bien, vous avez des questions ? Non ? Parfait ! Il est temps d'y aller, alors. Cole vous attend déjà dehors.

La grande surface dans laquelle ils se rendirent ne se situait pas loin du poste de police où Christina avait travaillé, ce qui l'angoissait. À chaque pas, elle tirait sur la capuche de sa veste et surveillait les alentours ; entre deux rayons, elle craignait de découvrir un visage familier qui la hélerait et trahirait sa couverture. Par chance, cela n'arriva pas.

Cole avait dressé une liste de courses et le groupe s'était divisé en deux pour s'en occuper. Pâtes, boissons, viandes… Ils avaient presque tout rassemblé et se dirigeaient vers la caisse quand quelqu'un saisit le coude de la jeune femme pour la tirer en arrière.

— J'espère que tu as une bonne raison d'être ici et non sur ton île paradisiaque, Christina.

Elle aurait reconnu cette voix entre mille.

Stephen.

CHAPITRE 16

« La vérité est un flambeau, mais un flambeau immense ; aussi nous clignons de l'œil en passant devant lui, de peur de nous brûler. »
— *Johann Wolfgang Von Goethe.*

L'euphorie qui l'avait envahie en revoyant son beau-père avait laissé place à une angoisse naissante.

— Arrête de hausser le ton ! paniqua-t-elle, les yeux exorbités. Tu vas nous faire repérer !

— Repérer ? Par qui ? Bon sang, qu'est-ce que c'est que ce cirque ?

Christina se cacha derrière les rangées de paquets de céréales tandis que Stephen pestait, partagé entre la joie de la revoir, la colère et l'incompréhension. L'irritation dut prendre le dessus car il explosa :

— Je te parle, Chris ! Tu vas m'expliquer ce que tu fais à New York alors que ça fait des semaines que tu es censée être à Malte ?

— Chut, pas si fort ! Ils vont nous entendre !

Elle l'entraîna plus loin dans le rayon et soupira de soulagement en constatant qu'il ne protestait pas. Stephen avait les sourcils si froncés que les rides autour de ses yeux s'accentuaient ; la dernière fois qu'elle l'avait vu aussi agité, c'était lors d'une mission à risque qui avait failli leur coûter la vie à tous les deux, plusieurs mois auparavant.

Les lèvres plissées en une fine ligne inquiète, il lui saisit le poignet pour l'empêcher de fuir.

— Tu boites. Que s'est-il passé ? De qui parles-tu, Chris ? Qui sont ces gens ? Est-ce que tu as des problèmes ? Tu peux tout me raconter, tu le sais ? Peu importe l'identité des individus qui t'effraient, on peut faire face ensemble, tu n'as pas à t'inquiéter.

Il s'était exprimé trop rapidement pour qu'elle comprenne toutes ces interrogations.

Des problèmes, elle en avait cependant des tas. À commencer par lui, qui la retardait en posant beaucoup trop de questions. *Ils vont se rendre compte que je ne suis plus là. Et s'ils nous trouvent…*

— J'ai reçu un petit coup de couteau. C'est une longue histoire…

En le voyant changer d'expression, elle songea qu'elle n'aurait pas dû commencer l'explication par là et grimaça. Par quoi commencer ? Le temps jouait en sa défaveur, elle n'avait pas le luxe de prendre des pincettes. C'est donc de but en blanc qu'elle lâcha :

— Tu te souviens quand je t'ai dit que je comptais faire justice moi-même ? Eh bien c'est ce que j'ai fait. Je t'ai menti pour que tu ne me déranges pas et j'ai passé le test d'intégration des Blades. J'ai décidé de m'infiltrer directement dans le gang pour remonter à Chaos, le démasquer et rendre justice à James. Jusqu'ici, mes projets se passaient plutôt bien – si on oublie le coup de couteau et le tatouage, c'est vrai –, mais si tu me retiens plus longtemps, ils vont se douter de quelque chose et je ne donne pas cher de ma peau s'ils apprennent que je suis une flic sous couverture venue démanteler leur joyeuse petite troupe.

En dépit de sa précipitation, Christina avait pris soin de taire le rôle de Malcom dans ses desseins.

Elle avait parlé vite, bien trop vite pour sa propre bouche ; les mots s'y bousculaient et sortaient par flots intermittents. Ce n'est qu'après avoir conclu sa dernière phrase qu'elle s'autorisa à respirer, le souffle court, les joues rouges et un sourire maladroit placardé sur les lèvres. Stephen, quant à lui, ne paraissait pas certain de savoir quoi faire de toutes ces informations. C'était trop d'un coup. Beaucoup trop.

— Ils t'ont tatouée ? s'écria-t-il.

— Dans le bas du dos, ça ne se voit pas mais t'en fais pas, je...

— Je n'arrive pas à croire que tu aies pu être aussi stupide ! Comment as-tu pu faire une chose pareille ? Mentir tout ce temps ? Entrer dans un fichu *gang* ?

Par réflexe, elle bondit et étouffa ses admonitions en plaquant une main contre ses lèvres. Soudain, une lueur étincela dans ses iris et il la repoussa, complètement abasourdi :

— C'est pour ça que tu avais des faux papiers ! Tu préparais déjà ton coup.

— C'est vrai, acquiesça-t-elle. Et je te promets que je te raconterai tout... Bientôt. Pour l'heure, il ne faut pas que les Blades aient des soupçons. Je suis proche du but, Stephen. Tellement proche ! J'ai plus de détails que tous les informateurs avec qui nous avons pu collaborer jusque-là : je sais comment leur rite initiatique fonctionne... Et même l'adresse de leur QG ! Du moins, à peu près. Certains semblent m'accorder leur confiance, ajouta-t-elle en pensant à Nikki. Ils ne sont pas tous totalement mauvais, il suffit que...

— Tais-toi. Bon sang, souffla-t-il en se massant les tempes. Je n'arrive pas... Mais qu'est-ce qui a bien pu te passer par la tête ?

— Je maîtrise la situation.

— Ah oui ? À quel moment ? Quand tu t'es fait poignarder ? Quand tu as été marquée comme l'une des leurs ? Parce que vu d'ici, tu n'as pas l'air de maîtriser grand-chose !

Elle reçut la critique aussi violemment qu'une gifle.

— Et maintenant, tu es piégée, poursuivit-il furieusement. C'est un gang, Christina ! Tu ne le quitteras pas vivante ! Ce n'est pas une satanée association !

— J'en ai conscience.

Près d'eux, elle entendit quelqu'un demander après elle. Nikki. *Merde.* La respiration sifflante, elle l'attira dans l'allée suivante. Stephen continuait de la morigéner.

— Tu n'as conscience de rien du tout, tu n'es qu'une enfant ! Je refuse que tu meures à cause d'eux, je refuse qu'ils te tuent comme ils l'ont fait avec ta sœur. Comme ils l'ont fait avec James.

Elle accusa le coup et esquissa un pas en arrière, les dents serrées. Son cœur palpitait furieusement dans sa poitrine et les battements de celui-ci étaient assourdissants dans ses oreilles. Les mains moites, elle empoigna le menton de Stephen pour le forcer à la regarder droit dans les yeux.

— Je savais dans quoi je m'embarquais. Ce n'est pas un jeu, ni pour toi, ni pour moi. J'avais *besoin* de ça pour avancer. James le mérite… Le méritait. Malgré tout ça, malgré la marque dans mon dos, je reste la Chris que tu as connue. Je reste la policière que tu as formée. Tout ce que je fais tend à une ambition plus vaste que la vengeance : je vais démanteler le gang de l'intérieur.

— Tu es une imbécile de croire que tu vas y parvenir sans l'aide de quiconque.

Sauf qu'elle n'était pas seule. Un allié l'attendait à l'extérieur : Malcom. Si Stephen l'apprenait, il deviendrait fou. Un renseignement de plus et il partait en vrille.

— Dire que tu t'es lancée dans une mission d'infiltration sans équipe pour assurer tes arrières ! Je ne peux plus te dire de renoncer, marmonna-t-il la voix pleine de déception. Tu t'es trop engagée dans cette enquête pour que ta sortie ne soit pas suspecte. Et puis, j'avais déjà pensé à envoyer quelqu'un les espionner de l'intérieur, mais j'aurais préféré que ce soit quelqu'un d'autre. Un agent plus expérimenté. Tu sors tout juste de l'école de police...

— Justement, mon âge me permet de me fondre dans la masse.

— Je ne me le pardonnerais jamais s'il t'arrivait quelque chose. Ta mère... N'en parlons pas.

Le temps pressait. Était-ce la crinière brune de Nikki qu'elle venait d'entrevoir dans le rayon voisin ?

— Ils m'attendent. Stephen... Tu dois me laisser y retourner.

— Je...

Le quadragénaire paraissait perdu entre son rôle de beau-père et celui de commissaire. Le parent en lui mourait sous les affres de l'angoisse tandis que le policier lui soufflait la nécessité d'avoir un infiltré.

— Tu me tiendras au courant de chacune de tes découvertes. Tous les soirs, tu m'enverras un message. Tous les soirs, Chris.

La concernée hocha vivement la tête. *Vite, vite, vite.*

— Dès que tu auras plus d'indications sur le cercle privé de Chaos et sur le leader lui-même, tu me le diras automatiquement. Et à l'instant où tu connaîtras plus précisément l'adresse de leur QG, nous viendrons te sortir de là. Est-ce que j'ai été clair ?

Elle opina derechef et, alors qu'elle s'apprêtait à s'élancer à la recherche des Blades, il la retint :

— Je t'en prie, sois prudente.

— Toujours.

Mais le fait qu'elle se soit lancée dans cette aventure sans renfort prouvait le contraire.

Le cœur serré, elle s'éloigna de celui qui l'avait élevée en songeant qu'elle n'œuvrait plus totalement seule, désormais. La police la soutenait.

Après cela, elle s'écarta le plus possible et chercha Nikki des yeux. Lorsqu'elle la repéra, elle attrapa le premier aliment qui trônait sur les étagères : des caramels mous.

— Ah, tu es là !

— Où est-ce que t'étais passée ? Tu t'es volatilisée ! la récrimina la brune.

— Oui, je… J'ai vu ça et j'ai craqué, mentit-elle en désignant le paquet de friandises. J'avais envie de sucré.

— Tu aurais pu prévenir ! Les autres sont déjà en caisse.

— Désolée. Les cris du ventre n'attendent pas…

Son rire ne provoqua pas celui de Nikki, qui reniflait en signe de mécontentement.

— Tu aurais au moins pu prendre des chocolats, grommela-t-elle avec écœurement. Je déteste ces trucs.

Le retour s'était déroulé sans encombre. Le silence n'était troublé que par le souffle irrégulier du vent dans les branches. En tête de file, Cole tapa le code de la première porte et s'engagea dans la cour intérieure. Christina suivit le groupe jusqu'à la deuxième entrée quand Cole s'arrêta subitement et leur fit signe de garder le silence tandis qu'il s'approchait précautionneusement du second battant, les muscles bandés.

Que se passe-t-il ?

Son attitude sembla rendre les recrues nerveuses car elles obéirent aussitôt et restèrent en retrait. Toutes, à l'exception de Christina, qui s'avança doucement.

— Cole ?

Quelque chose clochait. Pétrifié, le grand blond scrutait les environs les yeux plissés et la main posée sur sa chemise, là où était cachée son arme. Sa conduite incita la jeune femme à retenir les questions qui lui brûlaient les lèvres. Avec une lenteur presque démesurée, le Blade dégaina son arme et pria silencieusement ceux qui le suivaient de reculer.

La porte à code était entrebâillée, et en examinant un peu plus scrupuleusement le digicode, la lieutenante Lang remarqua plusieurs éraflures. L'écran digital, quant à lui, était cassé. Quelqu'un avait forcé l'entrée.

Le silence qu'elle avait trouvé apaisant en arrivant devint tout à coup bien plus inquiétant.

— Qu'est-ce qu'il se passe ?

Cole rendit un regard hésitant à Nikki puis souffla, les lèvres pincées :

— Quelqu'un s'est introduit ici. Si c'étaient les nôtres, ils auraient simplement tapé le code, mais l'appareil a été broyé et la poignée forcée.

Les paroles de Jason revinrent soudain à Christina : « une réunion à cause d'un problème (…) les Shadows ont marché sur nos plates-bandes. Je crois qu'ils préparent quelque chose ». Et si les Shadows avaient mené un assaut ? Le cœur battant la chamade, Christina tendit la main vers le battant, qui s'ouvrit sans difficulté ; le grincement qu'il produisit lui parut assourdissant dans le silence de mort.

Nikki dut penser la même chose car elle partagea sa grimace et entra la première. À l'intérieur du bâtiment, tout semblait normal. Ils s'engouffrèrent dans la cage d'escalier et se crispèrent en percevant des gémissements étouffés. Les lumières étaient éteintes.

— Vous avez entendu ça ? demanda Jason.

— Ça venait des dortoirs !

Nikki s'était mise à courir, talonnée par Cole. Dans sa course, celui-ci perdit l'équilibre et trébucha. Il jura et, quand Daniela actionna l'interrupteur, elle poussa un hurlement.

Il avait glissé sur une flaque de sang.

Des traces rouges sillonnaient le carrelage gris et des empreintes de mains ensanglantées maculaient les murs. Christina sentit son estomac se soulever. Le courant rétabli, elle observa les lieux et reconnut les meubles du salon : un canapé, une télévision, une console, une table basse…

Et des corps. Beaucoup de corps.

Daniela s'égosilla à nouveau :

— Oh, mon Dieu ! Reid !

C'était un massacre. Parmi les victimes, Christina dénombrait une vingtaine cadavres. L'un deux était celui d'un homme allongé sur le dos, les yeux grands ouverts. Un trou profond était creusé entre ses deux sourcils, il avait été tué à bout portant. Le cœur au bord des lèvres, elle tourna sur elle-même pour analyser le visage des autres dépouilles sans en reconnaître aucun. Il y avait des corps partout, des corps et du sang. Sur les murs, des impacts de balle. Elle déglutit difficilement.

— Il respire encore ! Cole !

Nikki avait brutalement poussé Daniela pour s'agenouiller près de Reid. Ses joues étaient tachées de sang et son tee-shirt blanc était devenu presque entièrement rouge. Daniela pleurait en s'agrippant à son épaule et lui murmurait de s'accrocher.

— Mais recule, tu me gênes ! hurla Nikki.

Elle empêcha sa rivale de s'approcher et pressa la plaie sur l'abdomen du Blade. C'était le seul survivant. Les dents serrées, l'intéressé tenta de se relever, le visage plissé par la douleur.

Cole appela les secours, visiblement aussi effrayé que le reste des recrues.

— Sh-Shadows… attaqués…

— Garde tes forces pour rester éveillé, murmura Nikki. Du renfort va bientôt arriver, on ne va pas te laisser mourir. Tu m'entends ? Reste avec moi, Reid, reste avec moi !

Il ferma les yeux et Daniela, qui avait cessé de sangloter, lui caressa la joue, ce qui lui valut un regard noir de la part de celle qui contenait l'hémorragie.

— V-Vous… comprenez pas… (Prononcer ces mots était une torture, chacun d'entre eux lui coûtait un effort inimaginable qu'il ponctuait d'un râle de souffrance.) Attaque… Shadows…

— Où sont les autres ? demanda Christina.

Elle n'avait vu Don nulle part.

— Ils sont… arrivés pen-pendant la… réunion… ah !

— Reid !

— Reid, s'il te plaît !

Les deux femmes qui se battaient pour lui avaient crié en même temps.

— Reste avec nous, Reid, souffla Christina en se plaçant près de Nikki. Cole a contacté une ambulance, ils ne vont pas tarder, mais tu dois rester avec nous, d'accord ? Continue de nous parler jusqu'à ce qu'ils soient là. Tu dois rester éveillé. Surtout ne… Non ! Ne ferme pas les yeux !

— Ils ont… pr-pris…

— Ils ont pris quoi ? demanda Nikki avec inquiétude. Reid, qu'est-ce qu'ils ont pris ?

— Les noms... Ils ont pris la clef... USB... avec... av-avec les noms... de n-nos alliés... et... d-des endroits... où on... on cache la cargaison...

Cole, qui était revenu, le questionna :

— Ils sont intervenus pendant la réunion, pas vrai ? Est-ce qu'ils ont tué des membres du Cercle ?

Le cercle privé de Chaos, comprit Chris. Les Shadows avaient-ils trouvé le chef par la même occasion ?

— J-Jared e-et Doug... morts... Les... autres vi-vivants... ont pris D-Don avec eux... et A-Al...

Les prénoms que Reid avait cités lui étaient presque tous inconnus. Sauf Don. Elle avait eu raison en soupçonnant son adhésion au club privé du leader des Blades. Les membres de celui-ci étaient donc au nombre de cinq, mais deux étaient morts. Parmi les trois restants, Christina en connaissait deux : Don et Reid. Elle avançait.

Daniela s'égosilla quand son aimé ferma les yeux. Nikki, totalement paralysée, avait les yeux brillants de larmes et tentait d'endiguer les écoulements de sang. Elle tremblait et était devenue blême. Cole posa une main sur son épaule pour la forcer à reculer, mais elle le chassa aussi violemment qu'elle l'avait fait avec sa concurrente.

Dehors, aucune sirène ne hurlait. Les secours avaient-ils bien été contactés ? Nikki dut aussi s'interroger car elle se tourna vers Cole :

— Tu as bien appelé ? Il se vide de son sang…

Elle avait les vêtements trempés et les mains rouges.

— Je l'ai fait. Le renfort arrive.

— Le renfort ? s'étrangla Daniela. C'est une ambulance qu'il faut joindre !

— Ah oui ? Et comment tu veux leur expliquer la fusillade, petite maligne ? Les murs sont peut-être insonorisés, mais on ne peut pas leur cacher l'état des lieux ! Et les cadavres, gronda-t-il d'un air dédaigneux. On a un médecin privé sur le coup.

Il s'agenouilla près de Reid qui luttait pour ne pas sombrer dans l'inconscience.

— Je te promets qu'ils vont le payer, mon vieux.

— Je refuse que tu meures, ajouta Nikki. Tu vas vivre. Accroche-toi juste un peu plus longtemps.

Une larme roula le long de sa joue, elle l'essuya rageusement et y laissa une trace ensanglantée au passage.

Cole n'avait pas menti. Moins d'une dizaine de minutes plus tard, un quinquagénaire était arrivé et s'était occupé de Reid. Les recrues avaient été renvoyées dans les dortoirs pendant que le médecin attitré des Blades extrayait les balles du corps de Reid. Seul Cole avait assisté à l'opération.

— Vous croyez qu'il va survivre ? les interrogea Jason.

— Bien sûr qu'il va survivre ! tonna Nikki. C'est un battant.

— Et qu'est-ce que tu en sais, d'abord ? intervint brutalement Daniela, les yeux encore gonflés. Pour qui tu te prends à agir comme ça avec lui ? *Je* suis sa copine et...

— Et tu vas la fermer avant que je te règle ton compte, l'interrompit-elle sèchement. J'aurais déjà dû le faire depuis longtemps et si Reid ne m'avait pas retenue, tu serais déjà morte. Alors tu vas bien m'écouter, espèce d'idiote : si j'entends encore ta voix, je te coupe la langue, c'est clair ?

Daniela voulut répliquer et se jeter sur elle, mais Jason l'en empêcha en l'entraînant hors de la chambre.

— Elle ignore à qui elle parle cette...

— Nikki...

— ... petite idiote, je...

— Nikki !

— ... pourrais la tuer et...

— Nikki ! Stop ! Tu trembles.

Christina lui attrapa doucement les mains et l'emmena vers le lavabo pour qu'elle puisse se débarrasser du sang sous ses ongles.

— Ne pense pas à elle et concentre-toi sur autre chose. Elle n'en vaut pas le coup.

— J'ai envie de hurler... Comment ces Shadows ont osé nous attaquer, hein ? On est des Blades !

— Comme nous, ce sont des gangsters, ils sont tout aussi dangereux. Tu crois qu'ils ont fait exprès de viser les proches de Chaos ?

La brune acquiesça sombrement.

— Tu as entendu : ils en voulaient à la liste d'endroits dont les Blades sont propriétaires, et ils l'ont eue. Ils veulent sûrement détruire nos marchandises pour nous ruiner.

— Pourquoi kidnapper deux personnes et en éliminer deux autres ?

— Pour faire le ménage, j'imagine… (Elle soupira et passa nerveusement une main dans ses cheveux.) En réalité, je suis sûre qu'ils espéraient trouver Chaos et l'abattre directement. Eux aussi ignorent son identité, alors ils ont certainement essayé d'assassiner tout le monde en espérant qu'avec un peu de chance, le leader serait dans le lot. En plus, en s'en prenant à ses proches, ils exécutaient les potentielles relèves.

— C'est-à-dire ?

— S'il arrive quelque chose au chef, c'est son bras droit qui le remplace. Et si le bras droit est supprimé, alors c'est le bras droit du bras droit… et ainsi de suite. Le Cercle est composé des cinq possibles suppléants et ils en ont fauché deux… Trois, si Reid…

Elle enfouit le visage entre ses mains et soupira :

— Je n'arrive pas à comprendre que c'est arrivé. Comment ils ont trouvé notre QG ?

Christina s'apprêta à lui répondre quand Jason revint. À peine eut-il franchi le seuil de la porte qu'il s'écria :

— Venez voir, on a de la compagnie !

— Comment ça ?

— Cole ne rigolait pas avec son « renfort ». Ils préparent déjà leur vengeance, je crois qu'ils vont partir ce soir récupérer ce qui leur appartient. Venez ! Vite !

Et il se précipita dehors.

Un nouveau rassemblement avait lieu. Reid avait été transporté au troisième étage, dans une salle spécialisée où il pouvait être soigné, et le salon avait été nettoyé. *Qu'ont-ils fait des cadavres ?* Peut-être qu'elle ne s'était pas trompée en songeant que les corps étaient jetés dans l'Harlem River… À cette pensée, elle frissonna.

Dans la cuisine, une vingtaine d'hommes discutaient bruyamment et entouraient quelqu'un, visiblement assis en bout de table. Christina imagina qu'il s'agissait de Cole avant de voir ce dernier se matérialiser à sa droite, la moue plissée.

— Qu'est-ce qu'ils font ? lui demanda-t-elle en fronçant les sourcils.

— Ils préparent un plan d'attaque. On ne va pas laisser les Shadows s'en tirer. Ce soir, on récupère Don, Al et la clef USB.

— Et on fait la peau à ces sales types ! poursuivit quelqu'un dans la foule.

Cole opina, les dents serrées :

— J'ai demandé à quelqu'un de venir nous aider, continua-t-il. Chaos a approuvé le projet.

— Chaos est en vie ?

— Évidemment ! Il en faut plus pour le tuer.

— Attends… Est-ce que ça veut dire que tu le connais ?

Le blondinet sourit fièrement, bomba le torse et chuchota :

— On vient de me mettre au parfum. Je suis désormais un membre à part entière de son Cercle ! En l'absence de Reid et des autres, je suis son représentant. C'est génial, non ?

Était-il parmi eux en ce moment même ? Christina scruta chacun des visages dans la pièce en espérant que l'un d'eux attire son attention. Malheureusement, aucun ne se baladait avec une pancarte sur laquelle on lisait : « Je suis Chaos ».

— Calmez-vous ! tonna Cole afin d'obtenir le silence. Aujourd'hui, je suis celui qui tient les rênes et comme certains l'ont constaté, j'ai demandé l'aide d'un ami…

Le groupe s'écarta pour qu'il puisse se frayer un chemin vers le mystérieux invité surprise, caché par les Blades qui l'encerclaient.

— D'ordinaire, il ne travaille pas pour nous, mais par chance, il me devait un service. Je vous présente donc le vrai, l'unique, le célèbre…

Christina manqua de s'étouffer avec sa salive.

Mais il était bien là. Assis sur un tabouret, devant un ordinateur hors de prix et entouré de criminels aussi dangereux que lui, il était là. Et il lui souriait d'un air amusé.

— ... Malcom Greese !

CHAPITRE 17

« Dans chaque homme, il y a toujours deux hommes, et le plus vrai, c'est l'autre. »
— ***Jorge Luis Borges.***

« Le QG a été attaqué à notre retour des courses. Beaucoup de morts chez les Blades, Shadows responsables. Je vais bien, ne t'inquiète pas. J'en ai appris un peu plus sur le Cercle de Chaos : ils étaient cinq, deux sont morts. Chaos visiblement en vie. Je te tiens au courant si j'obtiens d'autres informations, mais je dois rester discrète, situation de crise. Suspicion s'ils me voient scotchée au tél. T'envoie un SMS ce soir pour te montrer que tout est OK. »

Comme promis, elle tenait Stephen informé de ses avancées. Christina fixa l'écran de son smartphone quelques secondes de plus avant de presser la touche d'envoi. À peine eut-elle l'occasion de ranger son cellulaire qu'il vibra. Nouveau message, elle cliqua.

« Tu es blessée ? P.S : As-tu des noms à nous fournir pour les proches du chef ? »

Les genoux pliés sous le menton, la jeune femme observa la porte close de sa chambre et hésita. Devait-elle… ? Bien sûr. C'était son rôle. Alors pourquoi, bon sang, ressentait-elle de la culpabilité à l'idée de parler ? Elle soupira et se massa les tempes. *N'oublie pas dans quel camp tu es.*

« Non, je suis arrivée après l'assaut. Pour les identités, je n'ai pas grand-chose, que des prénoms. L'un d'eux – celui qui est entre la vie et la mort – s'appelle Reid, j'ignore son nom de famille. Les deux autres présumés encore vivants sont Don et Al. C'est peut-être que des surnoms, mais c'est comme ça qu'ils ont été présentés. Un Blade, Cole, vient de prendre les commandes pour représenter Chaos, il vient d'être recruté dans son équipe rapprochée. »

Le tic-tac incessant de l'horloge murale la hérissait. Tic, tac, tic, tac. Tic. *Tac.* Elle avait l'impression d'être au cœur d'une bombe prête à exploser. Cette journée avait été riche en rebondissements et elle n'était pas certaine d'avoir tout encaissé avec brio ; en discernant les traits de Malcom, elle s'était figée, avait souri puis s'était raidie de nouveau. La présence du trentenaire compliquait sa mission. Hormis Cole, que Greese avait réquisitionné pour lui faire passer les tests initiatiques, nul ne savait qu'ils se connaissaient. Ils devaient rester discrets pour ne pas éveiller les soupçons. De plus, outre le côté pratique, sa venue troublait particulièrement Christina : une partie d'elle brûlait de lui parler, mais l'autre restait embarrassée par la façon dont leur relation avait évolué. Elle s'indignait de la joie qui avait éclaté en elle en reconnaissant ses traits familiers.

Son téléphone bipa, c'était encore Stephen.

« Don ? Drôle de nom, ça fait très mafia. Est-ce que tu es sûre que ce n'est pas un titre ? Peut-être que c'est lui, Chaos, et que c'est une manière subtile de le dire. »

Elle n'avait jamais envisagé cette théorie. Ce n'était pas idiot, cela pouvait expliquer l'empressement du groupe à vouloir récupérer leurs camarades. Toutefois, elle imaginait mal ce séducteur être à la tête d'un gang entier. *Les apparences sont trompeuses, tu l'as pourtant appris,* songea-t-elle en se mordant nerveusement la lèvre. *Cole a dit que Chaos était encore en vie... Était-ce un piège pour m'embrouiller ? Techniquement, on sait que les deux ont seulement été kidnappés, ils ont été gardés en vie.* Elle réfléchit en se frottant le menton. *Non... Chaos n'a pas pu être enlevé, il a approuvé le projet de sauvetage. Il était sans doute même dans les alentours. Avec nous. C'est quelqu'un d'influent et d'insaisissable, qui a des yeux et des oreilles partout.* L'image de Greese s'imprima dans son esprit et elle secoua vivement la tête. Non, le trentenaire n'était décidément pas Chaos. C'était impossible. *Alors pourquoi aide-t-il les Blades ? Pourquoi Cole semble-t-il le vénérer ?* lui soufflait une petite voix. *Parce qu'il s'agit d'une légende. S'il les soutient, c'est sûrement parce qu'on lui a demandé un service. Si Malcom était réellement le leader, je serais déjà morte. N'est-ce pas ?*

Elle poursuivit la lecture du message :

« Cole ? Est-ce que tu parles de ce Cole ? Si c'est lui, ne te frotte pas à cet homme, il est dangereux. La police essaye de le coincer depuis des années, il a commis de nombreux braquages et a tué cinq otages, dont deux enfants. Il est aussi suspecté de tentative de viol. »

Dubitative, Christina ouvrit la pièce jointe et retint le cri qui naissait dans sa gorge. Sur la photo, elle ne reconnaissait pas la crinière blonde du nouvel affilié de Chaos. Le quidam sur le cliché avait de hautes pommettes et des boucles d'un noir de jais.

C'était Don.

L'attitude du concerné, dans la voiture, lui revint brutalement en mémoire. La manière dont il l'avait draguée, l'invitation dans sa chambre... Elle se décomposa, le cœur au bord des lèvres. « *Il est aussi suspecté de tentative de viol.* »

« Tu es sûr qu'il s'appelle comme ça ? »

La réponse fut immédiate. Il lui avait envoyé une deuxième image.

« Certain. Son nom complet est Cole Donovan. »

En comprenant, elle blêmit davantage. Cole Donovan. *Cole Donovan*. Il se faisait appeler par le début de son nom de famille. *Il y avait déjà un Cole dans les Blades, alors il s'est fait surnommer ainsi*, saisit-elle avec horreur.

Tout à coup, la porte de la chambre s'ouvrit à la volée. Christina fut si surprise qu'elle bondit hors du matelas et jeta son téléphone sous les coussins, affolée.

— Qu'est-ce qu'il y a, Miss Gin ? J'interromps un moment intime ? ricana Malcom en fermant doucement le battant derrière lui.

Un soupir de soulagement échappa à l'intéressée, qui écarquilla les yeux en réalisant soudainement la situation.

— Greese ? Qu'est-ce que tu fiches ici, bon sang ? Quelqu'un t'a vu entrer ?

Il secoua la tête en riant et prit place dans le lit de la jeune femme tandis qu'elle le toisait, les mains sur les hanches.

— Je suis venu rendre visite à ma protégée préférée. Détends-toi, je suis expert dans l'art de me glisser dans les chambres des demoiselles !

Son sourire narquois lui donna envie de lui jeter un oreiller à la figure. Il était beaucoup trop imprudent. Et fanfaron. En grognant, la lieutenante poussa les jambes de celui qui s'était approprié son matelas pour s'asseoir près de lui. Ses sourcils étaient froncés.

— Qu'est-ce que tu fais là ?

— Je te l'ai déjà dit, je suis venu…

— Non, qu'est-ce que tu fais *chez les Blades*, le coupa-t-elle rudement. Tu as perdu la tête ?

— Cole m'a demandé un service et tu connais ma politique…

— Contre quoi as-tu accepté de l'aider ? s'impatienta-t-elle. Et pourquoi prendre le risque de venir ici ? Tu pourrais griller ma couverture !

Elle se retenait de crier par peur que les murs soient fins.

— Justement, tu devrais être reconnaissante. Tu te souviens du carnet que tu étais censée voler ? Cole l'a fait à ta place, sourit-il malicieusement, conscient de l'incompréhension de son interlocutrice.

— Heureusement ! Ce Don, c'est un violeur, Greese. Un *violeur* ! Imagine si j'avais été dans sa chambre, seule avec lui et...

Il arqua un sourcil, étonné par cette remarque.

— Je l'ignorais, marmonna-t-il distraitement. Je ne t'aurais pas envoyée dans la gueule du loup, sinon.

— Pourquoi ?

Il paraissait véritablement déconcerté par cette interrogation.

— Je ne veux pas qu'il t'arrive quelque chose, c'est évident. Je t'apprécie.

Ce fut au tour de Christina d'être stupéfaite. Un silence s'installa, silence qu'elle brisa rapidement :

— C'est pour ça que tu as effacé ma dette ?

Le visage de Malcom s'illumina. Ses yeux brillaient malicieusement et son sourire était réapparu, plein de promesses et d'espièglerie.

— Ah, ça non ! C'est grâce à cet après-midi torride...

Oh, mon Dieu. Il éclata de rire tandis qu'elle faisait les gros yeux, le rouge aux joues. *Quel idiot !* Elle avait cependant envie de s'esclaffer autant que lui.

Malcom se redressa sur les coudes et plongea son regard dans le sien avec une intensité telle qu'elle se sentit subitement désarmée. Une gravité sourde émanait soudain de lui et la jeune femme sentit, à la façon dont il posa lentement la main sur sa cuisse, que quelque chose n'allait pas.

— Tu n'es pas simplement venu pour me dire ça, n'est-ce pas ?

Il opina sombrement et scruta l'horloge murale. Il était vingt heures deux. Il ne lui restait plus que trente minutes avant que l'équipe de sauvetage ne parte à la rescousse des leurs et ne reprenne la clef USB. Il devait se dépêcher. Après ce qu'il allait lui apprendre, Christina voudrait certainement participer au raid. Était-ce néanmoins une bonne idée ? Elle pouvait se faire tuer. À cause de lui.

Il hésita et la fixa longuement, la main toujours posée sur sa jambe. Il contempla alors ce visage qu'il avait vu évoluer avec les années, ces yeux en amande qui le scrutaient avec détermination, et il sut qu'il n'avait pas le choix. Christina n'avait jamais eu besoin de lui pour se protéger, ni par le passé, ni aujourd'hui. Il en oubliait parfois qu'elle était agente de police.

— Normalement, les Blades et les Shadows n'ont pas connaissance de l'emplacement du QG de l'autre. Toutefois, comme tu as pu le constater tout à l'heure, les Shadows ont trouvé le vôtre, donc Cole a fait appel à moi pour que je déniche le leur. J'ai dû hacker les caméras de ce bâtiment pour repérer ceux qui s'en sont pris à Reid, puis j'ai piraté celles de toute la ville pour suivre ces individus et les pister jusqu'à leur tanière. Et j'ai réussi. J'ai repéré leur siège.

— Mais ? souffla-t-elle, bien consciente qu'il lui cachait un élément crucial.

— Mais ce n'est pas tout ce que j'ai découvert. Je me suis attaqué à leurs vidéosurveillances pour savoir où ils cachaient Don, Al et la clef. Pour avoir un maximum d'informations et m'assurer qu'il ne s'agissait pas d'un piège, j'ai étudié les prises de ces dernières semaines quand je suis tombé sur un visage familier.

— Quoi ? Qu'est-ce que tu as vu ?

La tension était palpable. Avait-il distingué quelqu'un de son entourage parmi ces criminels ? La lieutenante se mordit nerveusement l'intérieur de la joue et plissa les yeux en attendant qu'il poursuive.

— Pas « quoi », Miss Gin : « qui ». J'ai aperçu James. Le jour de sa mort, lorsqu'il a été assassiné en direct.

Le monde trembla et Christina dut s'accrocher à la tête de lit pour ne pas sombrer dans l'abîme qui s'étendait sous ses pieds. Tout à coup, les murs de ses propres croyances s'effritaient et les protections érigées autour de son cœur s'embrasèrent. Les bribes de souvenirs tournoyaient autour d'elle et les images dansaient sous ses yeux horrifiés.

Elle revint à la réalité en sentant la chaleur des doigts de Malcom sur sa joue.

— Qu'est-ce que ça signifie ? Je… Je ne com-comprends pas.

Le trentenaire la dévisagea un instant et, après avoir poussé un long soupir, déclara :

— Ce que j'essaye de te dire, c'est que tu t'es trompée. Ce ne sont pas les Blades qui ont tué ton coéquipier, ce sont les Shadows.

Une fissure lézarda son crâne et des morceaux de certitude volèrent en éclats. Christina hoqueta, sous le choc. *Non.* C'était impossible. Elle n'avait pas commis d'erreur. Chaos était responsable du décès de James, c'était pour cette raison qu'elle s'était infiltrée. Si elle s'était fourvoyée, alors tout ça n'aurait servi à rien. Ces efforts, ces souffrances…

Elle tremblait.

— Je ne te crois pas.

Mais si c'était vrai ? Elle se rappelait les Post-it jaunes dans les dossiers de James. Il s'était intéressé à tous les gangs, en concentrant toutefois son obsession sur le leader sans visage qu'était Chaos. La majorité des annotations étaient des hypothèses sur son identité, c'était pour cela que Christina avait supposé que le QG qu'il avait découvert était celui des Blades. Sauf qu'il n'avait rien précisé. Et elle, elle avait tiré des conclusions hâtives. *Je ne peux pas m'être méprise à ce point*, songea-t-elle avec angoisse. Les souvenirs virevoltaient dans son esprit ; elle revoyait clairement les flèches rouges pointées sur le paragraphe de Chaos, une minute après qu'elle a lu la feuille volante qui annonçait que James avait « obtenu des indices clefs ». Elle avait instinctivement fait le lien en se disant que s'il avait déniché la cachette d'un gang, ce serait celui qui le préoccupait.

Et si elle avait eu tort ?

— Je sais. C'est pour ça que j'ai ramené la preuve avec moi. Je m'excuse d'avance pour ce que tu vas voir, Miss Gin.

Il sortit un ordinateur de sa pochette et l'ouvrit. Une vidéo était déjà affichée sur l'écran. Christina inspira profondément et remarqua, en tentant d'appuyer sur le bouton « Play », qu'elle frissonnait.

La caméra donnait sur l'arrière d'un hangar. L'allée était déserte, c'est pourquoi la silhouette qui surgit de l'ombre attira particulièrement l'attention de la lieutenante. Elle reconnut l'uniforme de sa brigade avant même de distinguer le visage de son ex-coéquipier. *James...* Son cœur se serra instantanément en le voyant avancer vers l'entrée de l'édifice, les sens aux aguets et les doigts crispés autour de son pistolet. Il regardait autour de lui comme s'il craignait d'être surpris, puis s'approcha lentement de la porte arrière. Quand deux armoires à glace en sortirent, il se plaqua violemment contre le mur et sembla remercier l'obscurité qui le camouflait. Ensuite, il attendit que les hommes disparaissent pour se faufiler dans le battant encore entrouvert. *Mais qu'est-ce que tu fous ? Reviens !* Elle voulait lui hurler de faire demi-tour de la même manière qu'elle criait aux personnages de films d'horreur de sortir des forêts hantées, mais aucun mot ne franchit ses lèvres. Elle était muette, happée par la vidéo.

Quelques minutes plus tard, James fuyait l'immense garage en courant, plusieurs hommes à ses trousses. De nombreux tatouages serpentaient sur leur corps et leurs mains étaient contractées autour de leur arme à feu. Ils tiraient ! Christina eut envie de détourner les yeux sans en être réellement capable. C'est avec désespoir qu'elle vit son partenaire battre en retraite sous une pluie de balles et sortir du champ de vision de la caméra.

— Ça ne prouve rien, marmonna-t-elle en serrant les lèvres. Ça pourrait être des Blades.

Malcom soupira, revint en arrière et zooma sur le tatouage de l'un des assaillants. Un « S » était clairement visible sur la nuque du grand baraqué. Pas de lame, juste un « S ». Le « S » des Shadows. Elle déglutit difficilement.

— Les autres ont la même marque, regarde.

— Non, gémit-elle. Non, non, non…

— Ce sont tous des Shadows. Je suis désolé.

— James a très bien pu se faire capturer par les Blades ! En fuyant, peut-être qu'ils l'ont trouvé et…

— *Christina*, souffla Malcom. J'ai visionné le reste… On voit distinctement ces hommes tirer sur ton ami à l'intérieur du hangar… Il était inconscient et il saignait. Beaucoup.

— Non…

— Je suis désolé.

— M-Montre-moi !

Elle maudit le chevrotement de sa voix. Elle nageait en plein cauchemar.

— Christina, ce n'est pas...

— J'ai dit : montre-moi ! Je veux le voir de mes propres yeux.

Alors il s'exécuta, prouvant à la jeune femme qu'il n'avait pas menti. Cette dernière paraissait sur le point de défaillir et des larmes silencieuses roulaient le long de ses joues.

C'était bien James qu'elle voyait se faire traîner. C'était son corps qui était couvert de sang. C'étaient des Shadows qui lui avaient tiré dessus.

La lieutenante ferma les yeux pour se calmer et échapper à la vision que lui renvoyait l'ordinateur. C'était trop. Elle manquait d'air. *Respire. Respire. Tu dois garder la tête froide, Chris. Pour James.*

— Est-ce que tu connais l'identité de celui qui portait cette satanée cagoule et qui a pressé la détente ?

— Oui. J'ai réussi à pirater les caméras intérieures.

— T-Tu... Tu as vu... Tu l'as v-vu se faire abattre ?

— Oui, et je refuse de te le faire revivre.

Il tourna l'écran vers lui, ouvrit une nouvelle vidéo et fit glisser la souris jusqu'au moment de l'exécution. Quand il appuya sur « Play », James avait déjà succombé ; on discernait son cadavre affaissé sur sa chaise, dans le fond. Au premier plan, le type masqué retirait sa cagoule, dévoilant le visage émacié d'un quadragénaire aux cheveux poivre et sel. Une cicatrice rose courait le long de son sourcil droit et une autre zébrait son menton. Malcom cliqua sur « Pause » à l'instant où le Shadow sourit fièrement, la tête tournée vers sa victime.

— C'est lui, déclara-t-il sombrement. C'est lui qui a tué ton partenaire.

Le monde de Christina se teinta de rouge. Les poings serrés, elle leva les yeux vers son ciel disparu, plongé dans le noir d'un cauchemar qui l'assaillait de toutes parts et dont les tentacules s'enroulaient autour de son cou et l'étouffaient, l'étouffaient...

Elle respirait laborieusement, sa poitrine était alourdie par le poids de la douleur et les mots qui tourbillonnaient dans sa gorge se muèrent en gémissements puis en cris silencieux.

Ce n'était pas Chaos. Depuis le début, c'était cet inconnu. Qu'avait-elle fait ?

— Miss Gin ?

Elle ne répondit rien, la scène lui avait volé sa voix. Les tremblements qui lui parcouraient l'échine redoublaient tandis que les larmes embuaient sa vision. Cet homme... C'était lui le coupable. Il était si banal. Ce vaurien. Ce monstre.

— Je vais saigner ce mec comme un porc, susurra-t-elle en essuyant rageusement ses joues humides. Je vais le trouver et je te jure que je vais le saigner.

Christina bondit sur ses pieds et se dirigea vers la porte d'un pas lourd. Malcom la suivit et lui attrapa le poignet, la moue plissée par l'inquiétude.

— Où est-ce que tu vas ?

— Il n'est pas trop tard pour rejoindre l'équipe de sauvetage et régler mes comptes. Je me suis peut-être trompée de gang, mais je ne me louperai pas quand j'arracherai la vie à ce fumier.

— Arrête, ce n'est pas toi. Tu n'es pas une meurtrière. Tu vas te faire tuer !

— Oh que si, c'est moi. Ce sont eux qui n'ont aucune chance. Je ne rate jamais ma cible, Greese. Jamais.

Sur ces mots, elle tourna les talons et claqua la porte sans lui laisser l'occasion de la retenir.

Finalement, elle n'avait pas menti lors de l'épreuve du sérum. C'était bel et bien les Shadows les responsables et c'était effectivement grâce aux Blades qu'elle se vengerait.

Le sang allait couler.

Le commando s'apprêtait à partir lorsque Christina les rejoignit. En distinguant les vêtements sombres, leurs équipements et leur expression concentrée, la jeune femme ne put s'empêcher de songer qu'ils ressemblaient étrangement à une escouade policière. En tête de file, Cole avait enfilé un gilet pare-balles et chargeait son Beretta, le cliquetis sec éveilla les troupes.

— Je viens avec vous, cingla Christina en s'appropriant le premier Browning qu'elle trouva.

Des ricanements s'élevèrent dans la foule. Jason pinça les lèvres, visiblement perplexe, et se pencha vers elle pour lui demander ce qu'elle fabriquait. Quand il s'avança de nouveau, elle pointa rapidement l'arme dans sa direction, le doigt posé sur la gâchette. Jason hoqueta de surprise et recula immédiatement, les bras levés au ciel en guise de reddition.

— Je viens avec vous, répéta-t-elle en se tournant vers Cole. Et ce n'est pas une question. Je sais très bien me servir de ce joli jouet et je n'hésiterais pas à m'en servir si on se place en travers de mon chemin.

— Est-ce que tu p-pourrais… cesser de me viser ? glapit le rouquin.

— Est-ce que tu pourrais arrêter de te mêler de ce qui ne te concerne pas ? rétorqua-t-elle durement.

— Eh bien, eh bien… On dirait bien que Brown a décidé de s'imposer aujourd'hui, se réjouit Cole. Que nous vaut ce revirement de situation ?

— Les Shadows ne s'en sont pas seulement pris à vous aujourd'hui, ils ont abattu l'un de mes proches. C'est pour me venger d'eux que je suis entrée ici et l'occasion ne se présentera pas deux fois. Ils se sont attaqués à Reid, ils se sont attaqués à l'homme que j'aimais… Je vais leur faire la peau.

Alertés par le bruit, Nikki et d'autres membres du gang s'attroupèrent. En voyant la position de son amie, elle sursauta.

— Et si je refuse que tu nous accompagnes ? continua Cole. Que vas-tu faire, me rouer de coups comme le type de ta première épreuve ?

Un sourire carnassier fendit les lèvres de Christina, qui changea de cible et ricana :

— Je crois que tu n'as pas compris, Cole… Si tu te dresses contre moi, je te fous une balle entre les deux yeux.

Les Blades sursautèrent et se raidirent, prêts à intervenir en cas de dérapage. Le blondinet, quant à lui, était loin d'être effrayé : amusé, il se dirigeait vers elle pour se placer devant le canon du Browning.

— Tire, alors.

Il ne la croyait pas. Il la sous-estimait. Grossière erreur.

— J'en suis capable.

— Tire !

Et c'est ce qu'elle fit : ni une ni deux, la lieutenante leva le bras vers le plafond et pressa la détente ; le coup de feu éclata violemment et arracha des tressaillements aux spectateurs. Des bouts de plâtre virevoltèrent dans les airs pour venir mourir sur les cheveux de la brune. Un silence de mort s'abattit sur l'assemblée.

— La prochaine fois, c'est ta tête, gronda-t-elle.

Cole s'esclaffa en frappant dans ses mains et fit demi-tour, laissant pantois les Blades qui les dévisageaient.

— Elle a du cran, on en aura besoin. Elle vient.

CHAPITRE 18

« On ne frappe pas un ennemi à terre. Mais alors quand ? »
— ***Lucien Guitry.***

Grâce à la vidéo de Malcom, Christina reconnut immédiatement le hangar qui servait de QG aux Shadows. En sortant de la camionnette, les cheveux balayés par la brise tiède, elle fixa amèrement l'entrée qu'avait empruntée James. Son cœur se serra et elle dut battre des cils pour chasser les larmes de colère et de chagrin qui menaçaient de la submerger. *C'est le moment.* Son souffle devenu irrégulier s'apaisa lentement tandis qu'un à un, les souvenirs partagés avec son coéquipier l'assaillaient. Le sourire de James, sa fossette au menton, ses clins d'œil le matin, les rondes ensemble, à jurer de sauver le monde…

— Eh, Brown, t'es avec nous ?

La jeune femme sursauta violemment et soutint le regard impatient de Cole. Agacé, il reprit :

— Greese a coupé toutes leurs caméras, on a l'effet de surprise de notre côté. Tout le monde suit le plan à la lettre, c'est clair ? On se divise par équipe et on cherche Don, Al et la clef USB. Pas de quartier en ce qui concerne nos rivaux, si vous en croisez, vous les tuez. Des questions ? Non ? Parfait ! En route.

Christina savait exactement ce qu'il lui restait à faire. Elle se fichait de sauver Don – après tout, c'était un violeur – ou de récupérer cette fichue clef, tout ce qui comptait, c'était retrouver le quadragénaire aux cicatrices. Elle avait pris son visage en photo et elle n'hésiterait pas à distribuer les coups jusqu'à ce qu'on lui dise où il se cachait.

Jason était venu avec eux à la demande de Cole et lors de l'attribution des rôles, le rouquin fut placé dans le groupe de Christina. *J'aurais préféré Nikki*, songea-t-elle alors que Jason se targuait de ses compétences au combat, certainement pour impressionner les deux Blades qui les accompagnaient. Depuis que le jeune homme avait été suspicieux voire menaçant, elle ne le supportait plus. Il avait trahi les Blades durant la deuxième épreuve et, même si elle l'avait sauvé, il pouvait très bien faire de même avec elle.

— Brown, c'est ça ? demanda le plus tatoué de ses équipiers. Je suis Hector, et voici Han.

Aussi grand que large, Hector avait le crâne entièrement tatoué et une barbe épaisse. Han, quant à lui, devait être d'origine coréenne. Athlétique, les cheveux noirs et raides, il dévisageait Jason d'un air irrité. En remarquant qu'il lui manquait une main, elle retint un cri de stupeur.

— Christina, le corrigea-t-elle en secouant la tête pour se reprendre. Mais Brown me va aussi.

Tour à tour, les groupes pénétrèrent en territoire ennemi. Le hangar, vide, était relié à un bâtiment de trois niveaux par une passerelle en métal. Cole avait été clair : deux groupes de quatre par étage – le leur était chargé du premier –, chacun s'occupant des zones est ou ouest. Si le rez-de-chaussée était désert, cela n'allait sûrement pas être le cas des autres parties de l'édifice, Greese avait confirmé la présence d'au moins une dizaine de Shadows. Il suffisait de les trouver avant qu'eux ne les découvrent.

— Est-ce que vous connaissez ce type ? chuchota Christina pendant qu'ils s'engageaient dans un couloir sombre.

La lieutenante sortit son téléphone et montra la photo de celui qu'elle cherchait. Han fronça les sourcils et agrandit le cliché.

— *Sven Baxter*. Tu vois cette cicatrice ? murmura-t-il en désignant la balafre qui striait le sourcil du quadragénaire. C'est moi qui la lui ai faite.

— Vraiment ?

Il acquiesça et toucha le moignon de son bras, les lèvres pincées.

— Et ça m'a coûté ma main. Ce cinglé l'a tranchée quand j'étais à terre. Quelques jours plus tard, je l'ai reçue dans une boîte. Ce type est dingue, Brown. J'ignore pourquoi tu t'intéresses à lui, mais si tu veux vivre, je te conseille de rester éloignée de ce gars. C'est un barbare, ce n'est pas pour rien qu'on l'appelle le Boucher.

— Il a l'habitude de couper les membres de ses victimes, confirma sombrement Hector. C'est un sadique et parce qu'il se réjouit de la peur et de la souffrance des autres, les Shadows l'utilisent pour le sale boulot. Ils savent qu'il est sans pitié.

Elle se souvint du sourire enjoué qu'il avait affiché en abattant James et elle frissonna, emplie d'une rage nouvelle. Elle ne pouvait pas laisser un monstre pareil s'en tirer. En le tuant, elle sauverait des vies. Elle vengerait son coéquipier.

— Je n'en aurai pas non plus, marmonna-t-elle. Je vais saigner cette ordure.

— Tu mourras avant même d'avoir le temps de dégainer ton flingue, fillette, soupira Hector.

— Vous savez où je peux le trouver ?

— Il est certainement en train de torturer Don et Al. C'est lui qui se salit les mains, tu te rappelles ?

— S'ils ne sont pas déjà morts, ajouta Han.

— Ils ne le sont pas, assura-t-elle avec aplomb. Si j'en crois votre description, ce malade se délecte de la peine d'autrui, cela signifie qu'il va prendre son temps. Vous n'aurez qu'à gérer les prisonniers pendant que je le tue.

Han ricana en la dévisageant, l'air de se demander si elle avait perdu l'esprit. Il pensait visiblement qu'elle n'était pas de taille face à un colosse tel que le Boucher, même après sa démonstration de force au QG.

Tout à coup, Jason se figea et incita ses collègues à l'imiter, le doigt posé contre les lèvres. Les sens aux aguets, il tapota son oreille, l'air de demander s'ils avaient entendu quoi que ce soit.

S'ils secouèrent négativement la tête, cela ne les empêcha pas de saisir leur arme en observant les alentours avec suspicion. Ils n'avaient croisé personne depuis leur arrivée, mais cela risquait de ne pas tarder. L'obscurité ambiante dérangeait Christina, elle avait trop côtoyé ce milieu pour ne pas s'inquiéter de ce que dissimulaient les ténèbres.

Ils s'apprêtaient à reprendre leur chemin lorsque soudain, elle l'entendit. C'était léger, comme le grésillement d'un appareil électrique à haute tension. Le quatuor avançait à pas feutrés, camouflé dans l'ombre du couloir, quand une quinte de toux résonna, suivie de lamentations étranglées.

Cela provenait de la porte cinq mètres devant eux.

— V-Vous allez le t-tuer, gémit la voix familière de Don. V-Vous… *A-Ah !*

Soudain, un bruit sec retentit et une odeur de brûlé fourmilla dans leurs narines. Christina échangea un regard horrifié avec Han en comprenant que les prisonniers étaient torturés à coups de charges électriques. À l'instant où le bourdonnement reprit, une kyrielle de geignements étouffés retentit, de plus en plus forts.

Puis ce fut le silence.

Le cœur de Christina battait sourdement à ses oreilles. Guidée par l'instinct policier, elle se plaça devant le battant, ordonna aux autres d'attendre et serra les doigts autour de son arme.

Un…

Elle commença à tourner la poignée, centimètre par centimètre.

Deux...

Grincement léger, la porte s'entrouvrit assez pour qu'elle distingue deux bras suspendus en l'air par deux grosses chaînes. Le grésillement résonnait de plus belle.

Trois.

Elle se jeta à l'intérieur et découvrit le fameux Sven Baxter. Il tournait le bouton d'une machine imposante et s'esclaffait à la vue du corps tendu de Don, plaqué à un grillage électrifié. Le Blade hurlait à pleins poumons ; ses yeux se révulsèrent et les dents serrées, il lutta pour ne pas sombrer dans l'inconscience. Son voisin, Al, n'avait pas eu cette force : sa tête pendait mollement et un mélange de sang et de transpiration luisait sur son front.

Don croisa le regard de Christina à l'instant où elle surgit dans le dos du Boucher, ce qui n'échappa pas à ce dernier. La jeune femme ne lui laissa pas l'occasion d'agir : elle lui asséna un coup de crosse, mais bien plus grand et gros, Sven ne cilla pas. Au contraire, il sourit et une lueur étrange illumina ses iris.

— Je te connais.

Il avait un accent slave et une voix grave. De près, ses traits paraissaient plus durs et ses balafres roses étaient bouffies. La lieutenante hésita. Comment pouvait-il savoir qui elle était ?

— Il avait ta photo dans son portefeuille, souffla-t-il avec excitation. Je me demandais quand est-ce que tu viendrais me chercher… *Christina.* C'est bien ça, ton nom ? J'avais un peu de mal à comprendre le nom qu'il gémissait… Il pleurait trop pour que je comprenne quoi que ce soit d'autre.

Choc. Elle se figea. Le tableau dépeint par le Boucher pénétra son esprit et une douleur incisive lui vrilla l'estomac, si intense qu'elle contint un geignement. L'image de son coéquipier, roué de coups et les yeux bouffis, la frappa de plein fouet et soudain, chacun de ses muscles sembla éclater. La colère jaillit de ses plaies invisibles, coula dans ses veines et échauffa son cerveau.

Emplie de haine, elle se jeta sur cet homme qui souriait toujours. Le coup de poing qu'elle lui asséna le fit reculer et saigner du nez sans toutefois impacter son rictus enjoué. Ce porc s'amusait.

— C'est tout ce que tu as dans le ventre ? la nargua-t-il en essuyant nonchalamment les gouttes rouges qui roulaient sur ses lèvres.

Han s'apprêta à attaquer à son tour, mais Christina lui fit signe de s'occuper des prisonniers. Sven était à elle.

— Je suis déçu.

Ni une ni deux, il s'appuya sur une table et balança son pied ; Christina sentit le coup avant même de le voir venir et lâcha son arme, qui rebondit plusieurs mètres en amont. Déséquilibrée, elle tituba en arrière, s'accrocha *in extremis* au mur dans son dos et s'élança à nouveau. Sven était rapide, mais elle l'était aussi. Encore sonnée par l'attaque, elle frappa mais il l'esquiva en se baissant. Avec un grognement de frustration, elle leva le genou assez vite pour le surprendre : le coup ne manqua pas et un craquement sourd se fit entendre. Si elle n'était pas parvenue à lui casser le nez la première fois, c'était désormais chose faite.

— Je t'interdis d'évoquer James, espèce de pourriture.

Elle était assez proche pour cogner, mais pour davantage d'impact, elle prit de l'élan et envoya son coude dans les dents de son adversaire. L'onde de choc se répercuta dans tout son avant-bras tandis que le Boucher, étourdi par les heurts, se touchait la bouche en grondant de rage. Ses doigts étaient maculés de sang. La jeune femme sourit froidement et s'empara du scalpel posé sur la table d'opération derrière elle.

— Au moins, tu l'as fermé. Tu en veux encore, papi ?

Elle fit tournoyer l'outil en s'approchant dangereusement, mais Sven n'était plus d'humeur à se gausser. La hargne rougeoyait dans ses iris abyssaux. Il voulait la tuer, elle ne l'amusait plus.

Près d'eux, Hector et Jason essayaient de débrancher le grillage électrique sur lequel Don et Al étaient suspendus. Conscient de la tension qui régnait, Han se plaça à la droite de Christina et dégaina son revolver ; le Boucher était piégé entre le mur et les Blades.

— Je sais qui tu es, Christina, finit-il par murmurer après avoir craché du sang et essuyé rageusement ses lèvres. Mais est-ce qu'*eux* le savent ?

Ses yeux lançaient des éclairs, néanmoins, il était sincère. Se pourrait-il qu'il soit au courant de son réel emploi ? *Non. C'est impo...* Puis soudain, elle se souvint.

La photo que James gardait dans son portefeuille était la même qu'elle affichait dans sa chambre. Elle datait de leur remise des diplômes et tous deux portaient leur uniforme. *Et merde.* S'il parlait, elle était fichue.

— J'ignore de quoi tu parles.

— Tu n'en as pas l'air, pourtant.

Je comptais prendre mon temps pour te tuer, mais je vais devoir te faire taire rapidement, finalement, songea-t-elle avec amertume. Les traits tendus, elle se pencha pour récupérer l'arme qu'elle avait perdue en se battant quand il y eut un bruit de fracas ; la lieutenante eut à peine l'occasion de relever le menton qu'une pluie d'instruments chirurgicaux dégringolait et qu'Han était projeté en arrière. Sven s'enfuyait.

Pas question de le laisser s'échapper : elle se lança aussitôt à sa poursuite, sourde aux appels de ses équipiers. Les semelles de ses baskets couinaient contre le parquet et elle manqua de trébucher en prenant un angle beaucoup trop vivement, mais elle ne s'arrêta pas. Sa cible détalait et le couloir sombre menaçait d'avaler sa silhouette. La langue pâteuse, elle tira et le rata. *Merde.* Nouvel essai, cette fois-ci réussi : le Boucher vacilla lorsque la balle se logea dans son épaule et il s'égosilla. La vociferation résonna en écho et permit à Christina de le suivre dans l'obscurité.

Qui chasse l'autre, maintenant, hein ? L'image de James s'imprima dans son esprit et elle accéléra, les joues rosies par l'effort. Elle allait le rattraper. Encore un peu et...

Il avait disparu.

L'intersection, seulement éclairée par les rayons lunaires, présentait deux voies. Sven n'était dans aucune d'elles. *Mais où est...* Tout à coup, elle l'entendit : le bruit sourd d'un corps qui s'écrase par terre.

Ce fumier a sauté par la fenêtre !

Elle se précipita vers le carreau entrouvert et grogna en voyant sa proie se relever en gémissant, la main plaquée sur l'épaule. Le cœur battant, l'agente de police n'attendit pas : elle enjamba le rebord et inspira profondément en scrutant l'herbe rase qui la réceptionnerait. *Ce n'est qu'un étage. S'il l'a fait, tu le peux également. Vas-y !* Sven s'était remis à courir. Elle plia les genoux et se laissa tomber en priant. L'air hurlait à ses oreilles pendant que bien trop rapidement, le sol se rapprochait, occupant tout son champ de vision. *Oh, mon Dieu. Rentre la tête !* Elle allait s'écraser et son corps était paralysé. *Rentre le menton dans ton cou et fais le dos rond !* Le ventre si noué qu'il lui faisait mal, elle ferma les yeux et percuta de plein fouet l'herbe. Par chance, sa position lui évita de s'étaler face contre terre. Des picotements parcouraient ses bras et ses jambes et la fierté faisait palpiter ses joues, mais le temps pressait, elle se réjouirait plus tard.

Où était-il ?

Autour d'elle, des grilles immenses surmontées de fils barbelés se dressaient, perpendiculaires à l'horizon. De l'autre côté, un bosquet et, entre deux troncs, quelque chose qui bougeait. *Pas quelque chose, quelqu'un.* Pas question de le perdre, elle le suivit.

Malgré sa blessure, il avançait promptement. Elle augmenta la cadence en puisant dans ses forces intérieures et en tentant d'ignorer la douleur qui irradiait de sa cuisse ; cette dernière, pas encore totalement rétablie, la lançait à chaque pas et la cascade du premier étage n'avait pas aidé. Elle serra les dents en s'obligeant à penser à James. De la transpiration suintait de son front.

Ses poumons brûlaient, des gouttes de sueur exsudaient de ses sourcils. En tendant le bras, elle parvint à effleurer son dos. *Allez, juste un peu…* Ça y est, elle le touchait : ses doigts se refermèrent sur son col et elle le tira violemment en arrière pour ralentir sa course. Sven jura et tous deux basculèrent dans un concert de grommellements. *Tu n'iras nulle part !* Elle enfonça ses ongles là où la balle s'était logée et bondit pour l'empêcher de se redresser. Toutefois, celui-ci la repoussa et lança son poing si fort qu'elle s'effondra en lâchant son arme.

— Ton copain aussi se débattait. Mais avec toi, c'est plus amusant… Tu m'as l'air plus coriace.

Il enfonça son talon sur la poitrine de Christina, juste sous sa gorge, et elle toussa. L'oxygène commençait à lui manquer ; lui riait. La vue de la jeune femme se troubla.

— Saletés de flics. Vous vous croyez plus malins que nous, hein ? En tout cas, tu l'es plus que ces abrutis de Blades. Comment ont-ils pu être bernés à ce point ? Ou alors, tu es complètement suicidaire.

Res... Respire... Respirer... Elle tâtonna l'herbe à la recherche de quelque chose, n'importe quoi pouvant l'aider. *Bingo !* Ses doigts s'accrochèrent à une pierre aussi grosse que sa paume et, sans réfléchir, elle l'abattit sur la tempe de son adversaire quand il se pencha au-dessus d'elle. L'oxygène remplit à nouveau ses poumons. *Debout, vite !* Malgré la souffrance qui parcourait ses membres et son cou, elle se releva.

— On me le dit souvent, marmonna-t-elle en fouillant les bois des yeux, à la recherche de son arme. Sauf que c'est toi qui vas mourir, ce soir.

Elle était là ! Entre deux racines. Elle s'approcha, toutefois Sven ne lui laissa pas le temps de s'en saisir : il attrapa sa cheville pour la faire trébucher. Son menton heurta violemment le sol et des morceaux de cailloux lui griffèrent le visage.

— Est-ce que c'est censé m'effrayer ? ricana-t-il. Tu es ridicule, on dirait une gamine qui menace de m'étrangler avec sa corde à sauter.

Elle geignit quand il la força à se redresser en lui tirant les cheveux ; il lui balança un uppercut. Elle tangua et quelque chose coula au creux de ses lèvres. Du sang.

Il la sous-estimait. Elle n'avait peut-être plus son pistolet, mais elle tenait toujours le scalpel. En une fraction de seconde, la lieutenante le poignarda à l'aveuglette ; elle devina qu'elle l'avait touché en l'entendant hurler. *En plein dans le genou, bien fait.* Il recula et elle passa à l'action en visant là où elle savait qu'il souffrirait : l'épaule blessée. Sven la repoussa violemment et l'instrument resta planté dans sa chair ; il le retira en poussant un cri à mi-chemin entre la plainte et le hurlement, puis il le jeta dans sa direction. Christina l'évita et regarda la lame se ficher dans l'arbre derrière elle. *De justesse !* Erreur : les secondes qu'elle utilisa pour se retourner lui coûtèrent, le Boucher en profita pour s'approcher et lui frapper la tempe, puis l'estomac. La douleur la plia en deux et lui coupa le souffle, mais elle se reprit aussitôt. Tant pis si elle trichait, il n'était pas question de mourir cette nuit ; le cœur au bord des lèvres, elle attrapa une poignée de terre et aveugla son assaillant.

— Sale petite…

— Garce ? Oui, ça aussi, on me le dit souvent.

Ni une ni deux, elle propulsa son pied dans le ventre du quadragénaire, qui entra âprement en collision avec le tronc dans son dos. La cuisse de Christina la lançait, mais elle la sentait à peine, envahie par l'adrénaline.

— Je t'ai dit que je te tuerais, gamine…

C'est là qu'elle le remarqua. Son Browning, dans les mains du Boucher.

Elle hoqueta de surprise et il lui offrit un sourire ensanglanté. Il avait les doigts fermement cramponnés autour de la crosse. Elle n'osa plus bouger.

— Et je tiens toujours mes promesses, poursuivit-il en jouant avec la gâchette. C'est une belle nuit pour mourir, n'est-ce pas ?

Elle s'était fait piéger. Blême, elle esquissa un pas en arrière.

— C'est vrai, je n'aurais pas mieux dit, déclara soudain quelqu'un. Tu as choisi l'endroit parfait pour périr.

Christina sursauta, les yeux écarquillés. Avait-elle bien reconnu ces intonations ? *Non...* Ce n'était pas possible. *Cela ne peut pas...* Elle déglutit difficilement pendant qu'une ombre se dressait à ses côtés. Non, deux. Deux ombres venaient de l'encadrer.

Malcom grinça une injure et saisit le poignet de la jeune femme pour qu'elle se positionne derrière lui. *« Ne bouge pas »*, paraissait-il lui ordonner. Elle ouvrit la bouche sans qu'aucun son n'en sorte.

— Mais qu'est-ce que..., balbutia-t-elle alors que le trentenaire pointait le canon de son revolver en direction du Boucher.

— On ne t'a jamais dit de ne pas frapper les femmes, gros lard ? siffla Nikki, elle aussi armée.

Que faisaient-ils ici ? Elle hallucinait.

— Je n'allais pas te laisser te faire tuer sans agir, souffla Malcom en réponse à l'œillade abasourdie de sa voisine. C'était suicidaire.

Elle n'en revenait pas. Il était venu. Pour elle. Greese était venu pour la sauver.

— Je n'ai pas peur de trois misérables Blades, ricana leur adversaire.

— Trois ? s'amusa Nikki. Je crois que tu t'es trompé dans les calculs. Retourne-toi.

Ils n'étaient pas seuls : sorti de nulle part, Han lui envoya un coup de poing ; ses phalanges craquèrent en rencontrant la mâchoire de Sven. Le Coréen grimaça et frappa de nouveau, un second bruit retentit et son rival s'écroula en glapissant. Nikki se précipita à la rescousse de son collègue et arracha l'arme du Boucher avant qu'il n'ait le temps de l'utiliser. Puis, quand ils s'apprêtèrent à l'abattre, Christina cria :

— Non ! Ne fais pas ça ! C'est à moi de le tuer. C'est *ma* vengeance.

— Ouais, grogna Sven. La vengeance de la fli...

La fin de sa phrase s'acheva par une vocifération. Malcom venait de lui tirer dans la deuxième épaule pour le faire taire. Christina lui rendit un regard reconnaissant que seuls eux saisirent.

— Chris a raison, finit par murmurer Nikki après une brève réflexion. C'est à elle que revient le droit de l'éliminer.

Tous semblèrent se mettre d'accord car, d'un même instinct, ils se placèrent de part et d'autre du Boucher et l'immobilisèrent. Han tenait le bras gauche, Nikki le droit et Malcom le menaçait en le visant à bout portant. Sven avait beau se débattre, il était impossible de se défaire de cette étreinte d'acier.

— Vas-y, l'encouragea Nikki. C'est ton moment, *chica*.

Christina inspira profondément et accepta le Glock que lui tendait Han. À chaque pas, le nom de James sonnait plus fort dans son esprit. « *C'est ton moment.* »

— Tu peux le faire, ajouta le Coréen sur un ton rassurant. Venge-toi. Il ne bougera pas, on le tient.

Une fois qu'elle arriva à leur hauteur, la lieutenante fit glisser le canon froid de son Browning sur la joue du Boucher.

— Tu avais tort de me sous-estimer. Tu vois, je ne suis pas seule. Je ne l'ai jamais été. Mais toi, en revanche… (Le pistolet continua sa route jusqu'à sa clavicule.) Toi, tu es complètement seul. Tu vas crever seul. Comme le chien que tu es.

Elle pointa le genou et pressa la gâchette. Le coup de feu résonna aussi fort que l'égosillement de sa victime.

— Tu m'as forcée à devenir comme ça, continua-t-elle en tirant sur son deuxième genou. À agir comme vous. *Regarde-moi !*

Il s'était effondré et n'était encore debout que grâce à ceux qui le maintenaient.

— Je veux que tu me regardes droit dans les yeux, espèce d'ordure. Qu'est-ce que ça fait de ne rien pouvoir faire, hein ? D'être impuissant ?

— Je...

— La ferme ! Je ne t'ai pas donné la permission de l'ouvrir.

Troisième détonation, il geignit tandis que le projectile se logeait dans son ventre.

Lentement, elle se pencha à son oreille et susurra assez bas pour ne pas être entendue par les autres :

— Qu'est-ce que ça fait de savoir qu'on va mourir à cause d'une flic ?

Ensuite, elle se détacha et posa le canon sur son front.

— Supplie-moi. Supplie-moi et je t'épargnerai peut-être.

— Je...

— Supplie-moi !

— D-D'accord ! J-Je... Je su-suis dé-désolé... N-Ne me tue p-pas !

Il tremblait. Elle sourit durement. *Pour James.*

— Non.

La déflagration troua le silence ouaté et un gargouillis atroce échappa à Sven. La dernière chose qu'il distingua avant que son regard ne se fige pour l'éternité fut le visage tuméfié de Christina.

— On se retrouve en Enfer.

Mais il ne l'entendit pas. Il était mort.

CHAPITRE 19

« Le masque est si charmant que j'ai peur du visage. »
— ***Alfred de Musset.***

Elle ne regrettait rien.

Après toutes ces semaines, elle avait finalement atteint son but : venger James. Christina peinait à réaliser ô combien elle s'était trompée en accusant les Blades. Elle avait non seulement infiltré le mauvais gang, mais elle avait aussi échoué dans la mission qu'elle s'était donnée au départ : découvrir l'identité de Chaos. Elle n'avait intégré son gang que depuis quelques jours et l'occasion ne s'était pas encore présentée. Quand aurait-elle pu mener de réelles investigations ? Elle n'avait terminé la dernière épreuve qu'une semaine auparavant et, lorsqu'elle avait finalement emménagé dans leur QG, celui-ci s'était fait attaquer le jour même. Bien sûr, ce n'était pas totalement un échec : elle avait appris l'identité de trois membres du Cercle du leader – deux, si Reid succombait à ses blessures – et avait mieux cerné l'organisation du gang grâce aux informations de Nikki, mais c'était tout.

À présent que James était vengé, elle se sentait plus légère. Soulagée. Elle éprouvait moins de ferveur à démasquer le mystérieux chef des Blades, toutefois, ses collègues comptaient sur elle. Elle n'ignorait pas que Stephen les avait mis au courant et il fallait qu'elle fasse honneur aux siens. La police était son équipe, sa famille. *Famille...* La jeune femme retourna plusieurs fois ce mot dans son esprit, puis coula une œillade dans le rétroviseur de la Bentley de Malcom. Sur les sièges arrière, Han et Nikki se disputaient joyeusement et se félicitaient pour le succès de leur mission : Don et Al étaient sauvés, la clef USB récupérée et Chris, elle, avait exécuté sa vendetta. En les observant à la dérobée, la lieutenante songea qu'effectivement, à leur manière, les Blades étaient une famille. Ils se soutenaient, s'entraidaient et volaient au secours les uns des autres. Ils n'avaient pas hésité une seconde avant de la laisser tuer Sven, ils l'avaient même défendue et encouragée. Ils avaient été là pour elle et, en les regardant rire aux éclats, elle comprit que les monstres qu'on lui avait dépeints étaient finalement plus humains qu'elle ne l'aurait cru.

— *Pourquoi avez-vous fait ça ?* leur avait-elle demandé alors qu'ils s'extirpaient des entrailles du bosquet.

— On n'allait tout de même pas laisser l'une de nôtres se faire tuer, surtout de la main de nos ennemis. Dès qu'on a libéré les captifs, Hector, Jason et moi sommes partis à ta recherche... Ceux des autres groupes aussi, d'ailleurs. J'ai été le premier à comprendre que tu étais dehors, avait souri Han en lui tendant un bracelet. Il est resté accroché à la fenêtre.

Il lui avait ainsi révélé qu'elle n'avait pas été la seule à avoir mis fin aux jours d'un ennemi : tous les Shadows qui avaient rencontré la route des Blades avaient péri. Ils s'étaient fait surprendre et il était trop tard pour qu'ils donnent l'alerte et s'enfuient : ils étaient déjà encerclés. Près d'une cinquantaine d'entre eux était décédés, Han et Nikki jubilaient ; vengeance avait été rendue et leurs rivaux avaient perdu beaucoup de membres.

Assise dans la Bentley, Christina se tourna vers le conducteur en se mordant nerveusement la lèvre. Greese pensait-il du mal d'elle ? Peut-être avait-elle baissé dans son estime. Sinon, pourquoi ne pas prendre la peine de lui accorder l'ombre d'un regard ? Elle semblait devenue invisible à ses yeux.

Lorsque le véhicule se gara devant le QG des Blades, ces derniers se félicitèrent mutuellement. À l'intérieur, des bouteilles circulaient déjà pour célébrer leur victoire tandis que Don et Al rejoignaient Reid en salle de soins.

Si Nikki remarqua que sa camarade tardait à retrouver les autres, elle n'en dit rien et se contenta de lui souffler qu'elles se verraient dans les dortoirs. Ce n'est qu'au moment où elle fut suffisamment éloignée que la lieutenante se planta devant Malcom :

— Que t'arrive-t-il ? Tu n'as pas pipé un mot durant le trajet.

— Je réfléchissais.

— À quoi ?

— À toi, avoua-t-il à contrecœur. Tu es une imbécile, Miss Gin. Tu aurais pu te faire tuer.

— Toi aussi, rétorqua-t-elle avec un haussement d'épaules. Tu n'aurais pas dû venir.

— Si je ne l'avais pas fait, tu serais morte.

Il semblait sur le point de poursuivre, mais Cole se joignit à eux.

— Eh, vous venez ? On se réunit tous pour fêter notre victoire et rendre un dernier hommage aux morts, déclara-t-il avant de se tourner vers Malcom. Tu es le bienvenu, Greese. Sans toi, on n'aurait pas pu y parvenir.

Sur ces paroles, le nouveau représentant de Chaos se précipita vers le bâtiment. En silence, le hackeur le talonna, obligeant la jeune femme à l'imiter. La discussion était terminée, mais elle l'avait laissée sur sa faim.

Elle soupira et scruta le dos de Malcom, raide et tendu. *Non.* Elle ne pouvait pas laisser cette conversation se terminer sur ça ; elle le rattrapa et l'entraîna dans la ruelle juxtaposant le QG.

— Quoi ? Qu'est-ce qu'il y a ? grommela-t-il en plongeant son regard dans le sien.

Elle aurait aimé trouver une réponse, mais elle l'ignorait elle-même. Enfermée dans son mutisme, Christina l'observa sans se cacher. En dépit de l'obscurité dans laquelle la venelle était plongée, elle discernait sans mal ses boucles noires et ses yeux vairons qui la scrutaient si intensément qu'elle se sentait frémir. Il était beau. Malcom était beau. *Malcom...* Depuis quand avait-elle cessé de l'apostropher par son nom de famille ?

Hésitante, la jeune femme se plaça sur la pointe des pieds pour caresser son visage sérieux, une expression qu'elle lui attribuait pourtant rarement.

— Arrête, souffla-t-il en saisissant son poignet, figeant son bras en plein mouvement.

— Tu es en colère.

— Bien sûr que je le suis ! Tu aurais pu mourir, Christina.

Voilà qu'il utilisait son prénom. C'était si inattendu qu'elle tressaillit.

Dans un soupir, Malcom la lâcha et tourna la tête pour échapper à son regard.

— Ce n'est pas contre toi que j'enrage.

— Contre qui, alors ?

— Moi. Je... Quand je t'ai vue devant ce type, un flingue à la main...

— Tu t'es dit « quelle imbécile, elle s'est fait avoir » ?

Elle avait tenté une pointe d'humour, mais il secoua la tête, les lèvres pincées.

— Pas vraiment. J'ai... J'ai eu peur. Pour toi. S'il t'avait tiré dessus...

— Mais ça n'est pas le cas, Malcom.

— Ça aurait pu l'être. Et ça m'aurait touché. Bon sang... (Il agrippa ses propres mèches et se massa l'arête du nez.) J'ai pris des risques stupides. Quand tu es partie, je suis devenu fou. J'étais persuadé que tu n'allais pas revenir vivante, donc je vous ai suivis et ton amie, Nikki, m'a surpris puis accompagné. Enfin... Ce que je veux dire... C'est que... Ce n'est pas *moi*. Je ne m'inquiète pas pour les autres, Miss Gin. Je me fiche qu'il arrive quoi que ce soit à mes clients. Pourtant... J'ai juste cessé de penser et je me suis jeté dans cette histoire... Une histoire qui ne me concerne même pas ! Tout ça parce que... Tout ça parce que j'étais terrorisé à l'idée qu'il t'arrive quoi que ce soit.

Il se tut et serra les poings. Avec précaution, Christina approcha et le força à affronter son regard. Celui de Malcom était agité par un mélange de frustration et de hargne, mais aussi d'une tendresse inattendue. Au fond d'elle, une drôle de chaleur se répandit et, sans trop savoir comment ni pourquoi, elle décida d'exprimer à travers son corps les mots qu'elle ne parvenait pas à prononcer.

Elle l'embrassa.

La chaleur prit de l'ampleur et soudain, tout disparut. Greese enroula les bras autour de sa taille, plongea la main dans ses cheveux et prolongea le baiser. Ce dernier était teinté de crainte, mais également de fougue, il criait leur besoin de se sentir toujours plus proches l'un de l'autre. Malcom l'étreignit davantage et lui embrassa lentement la bouche, le menton, le cou. Leur souffle s'accéléra. Elle sentait le vent sur sa peau et soudain, elle en voulut plus, toujours plus ; le feu qui avait pris naissance dans son estomac se propageait dans ses veines et la consumait tout entière. Malcom le perçut aussi, il semblait embrasé par la même impétuosité. Une minute plus tôt, ils avaient froid, mais ce n'était plus un problème.

Plus rien n'avait d'importance. Ni le gang, ni Chaos, ni le danger qu'ils avaient encouru. Il n'y avait qu'eux, enfoncés dans les entrailles de cette ruelle, perdus dans les flammes qui les engloutissaient et le feu d'artifice qui jaillissait de leur poitrine.

En regagnant sa chambre, Christina fut surprise de tomber sur Nikki. À l'étage, certains Blades s'étaient réunis, afin de célébrer les morts, bière en main, et racontaient les souvenirs liés à ceux qu'ils avaient perdus. Elle aurait cru qu'elle se serait jointe à eux ou qu'elle aurait retrouvé Reid, pourtant, elle l'attendait là, la tête entre les bras.

— Tout va bien ?

Question idiote. Tout n'allait certainement pas bien pour elle : son ex-petit ami était dans un état critique et elle s'était fait remplacer par une autre recrue. Christina l'invita à poursuivre leur discussion à l'abri des oreilles indiscrètes, dans sa chambre.

— Ta conversation avec Malcom Greese est terminée ? J'ignorais que tu le connaissais.

— Eh bien, je… Pas tant que ça, en fait.

Elle ferma la porte en profitant d'avoir le dos tourné pour cacher sa fébrilité. Nikki poursuivit :

— Ça m'étonne, il était bien trop inquiet pour que vous n'ayez aucun lien. Et puis, c'est lui que tu as dévisagé en premier quand on t'a secourue ; après ça, tu ne l'as d'ailleurs plus lâché des yeux. Je ne suis pas idiote, tu sais. Tu n'as pas besoin de me mentir. On est amies, non ?

Sa perspicacité était aussi impressionnante que dangereuse.

— Je ne te jugerais pas, ajouta-t-elle dans un soupir. En plus, je trouve que fréquenter cet homme n'est pas une mauvaise idée. Il pourrait mieux servir nos intérêts si celle qu'il aime est de notre côté.

« *Celle qu'il aime.* » Non. Elle fronça les sourcils, perturbée par cette formulation. Greese ne l'aimait pas. Christina repensa à leur baiser et son cœur s'emballa. Leur relation était... compliquée, trop pour qu'elle reprenne son interlocutrice. À dire vrai, elle parvenait difficilement à la qualifier elle-même, alors comment l'expliquer à une autre ?

— Là n'est pas le sujet. Ce qui me préoccupe, c'est toi. Tu as l'air...

— Épuisée ? Irritée ? Triste ?

— Un peu des trois, en fait. C'est Reid ?

Nikki acquiesça en silence et serra les poings. Visiblement, la tentative de changement de sujet avait fonctionné. La voix teintée d'appréhension et de colère refoulée, elle lui confia ô combien elle s'inquiétait pour le Blade. Daniela avait campé à son chevet et le médecin avait prié Nikki de quitter les lieux.

— Il n'a pas bien réalisé qui j'étais, maugréa-t-elle. Et cette sale garce non plus, elle souriait en me demandant d'attendre mon tour.

— Pourquoi est-ce que tu n'as pas insisté ? D'habitude, rabrouer Daniela ne te dérange pas.

— Je l'ai fait, mais... Reid s'est réveillé... Et le premier prénom qu'il a prononcé n'était pas le mien.

Christina grimaça et voulut rassurer sa voisine, cependant, cette dernière poussa un profond soupir et se massa les paupières, soudainement épuisée. Une certaine gravité avait remplacé le mécontentement sur ses traits et, sous la lumière tamisée, ses cernes étaient accentués. Pourtant, Nikki restait belle : avec son pantalon en cuir et sa longue crinière brune attachée en queue-de-cheval haute, elle éclipsait n'importe quelle concurrence. La lieutenante peinait à comprendre comment Daniela avait pu lui voler sa place dans le cœur de Reid.

La jeune femme se mordit la lèvre en cherchant comment la réconforter, puis marmonna :

— De toute façon, Chaos ne laissera certainement pas leur relation aboutir. Ce type a tendance à vouloir tout contrôler.

— C'est vrai qu'il n'est certainement pas d'accord avec ça. Mais...

Nikki s'interrompit et fronça les sourcils, subitement perplexe. Intriguée par son mutisme soudain, Christina demanda :

— Quoi ?

— Rien d'important, je me demandais juste pourquoi tout le monde présume que le chef est un homme. Je trouve ça assez sexiste, admit-elle avec une grimace. Pourquoi est-ce qu'une femme ne pourrait pas diriger un gang ?

Elle marquait un point. Cela dit, Christina imaginait peu l'une des leurs commander un groupe tel que les Blades. C'était un univers masculin, elle l'avait rapidement compris lors de la deuxième épreuve, lorsque quelqu'un avait décrété qu'elles étaient un fardeau. Elle devait cependant reconnaître que cette idée n'était pas mauvaise et avait le mérite de surprendre. *Et si elle avait raison ?* Nikki paraissait ouverte à la discussion, c'était le bon moment pour l'interroger sans que ce ne soit suspect.

— Tu penses qu'il... ou elle, d'ailleurs, est avec nous ? l'interrogea-t-elle doucement. Pour en savoir autant, il doit se fondre dans la masse.

— Ah oui ? C'est quoi, ta théorie ?

Ses yeux brillaient d'excitation et de malice. Christina chuchota à son oreille :

— Je n'y ai pas vraiment réfléchi jusque-là, mais... Avec ce que tu m'apprends et ce que je vois, j'ai l'impression que Chaos est quelqu'un qui vit ici. Quand le QG s'est fait attaquer, les ordres ont directement été lancés, comme s'il était déjà là. J'ignore si c'est une femme – ça me paraît un peu gros –, mais je suis prête à parier qu'on l'a déjà croisé dans les couloirs. Il n'y a pas de caméras alors la seule chose qui pourrait expliquer comment il est au courant de tout, c'est qu'il se cache parmi nous.

— S'il habite là, peut-être qu'il vit au troisième étage, celui qui est interdit et où Reid, Don et Al se reposent. Non ?

— Non, marmonna Chris en secouant la tête. C'est trop évident. Je suis sûre qu'il vit à notre étage. Chaos se fait certainement passer pour un Blade ordinaire, ce qui lui laisse la possibilité d'observer discrètement. Il laisse son Cercle parler en son nom pour se mêler au groupe et nous scruter. Je veux dire... On travaille pour lui et on ne sait pas de qui il s'agit, on le voit comme une sorte de dieu surpuissant et on n'imagine pas une seconde qu'il puisse se mélanger au petit peuple. Si ça se trouve, on a discuté avec lui.

Le menton enfoncé dans la paume, Nikki l'observa avec un drôle de sourire.

— Pour quelqu'un qui dit ne pas y avoir suffisamment pensé, tu as beaucoup cogité ! Je dois malgré tout avouer que ça se tient. Tu penses qu'il se fait passer pour une recrue ?

Les yeux de Christina s'écarquillèrent. Non, elle n'avait pas supposé une telle idée. Et pourquoi pas ? En faisant croire qu'il était un néophyte, Chaos pouvait facilement étudier les potentiels Blades et estimer s'ils étaient à la hauteur de son gang.

— C'est possible, oui. Si on y réfléchit, tous ceux qui étaient au QG durant l'attaque sont morts – à l'exception de Reid – ou ont été kidnappés. Puisque Chaos est encore en vie, on devine qu'il n'était pas sur place à ce moment, ce qui l'a sauvé. Au demeurant, continua la jeune femme, plongée dans ses pensées, il n'a agi qu'après notre arrivée. Cole a pris les commandes et un peu plus tard, il est subitement monté en grade, comme s'il venait de discuter avec le leader lui-même. Or, je ne l'ai pas vu sortir du QG… Ce qui signifie… Ce qui signifie qu'il s'est entretenu avec Chaos ici. Ce n'est qu'après que tous ses hommes ont rappliqué.

Plus elle y réfléchissait, plus cela semblait cohérent. Chaos était avec eux, elle le connaissait certainement. Cela lui fit froid dans le dos.

Christina releva le menton pour vérifier si sa camarade partageait sa consternation, toutefois, à sa plus grande surprise, elle releva de la malice sur son visage plutôt que du choc.

— Tu es futée, je l'ai toujours su, sourit Nikki. J'ai tout de suite compris que tu avais du potentiel et ce soir n'a fait que renforcer cette idée. Aujourd'hui, tu as prouvé ta valeur, tu as abattu le Boucher sans ciller, tu l'as fait s'agenouiller à tes pieds pour ensuite le tuer. C'était vraiment impressionnant. Honnêtement, je n'étais pas sûre que tu arriverais à éliminer quelqu'un à nouveau, mais tu as ça en toi, Chris. Tu as cette férocité et cet instinct… Durant les épreuves, tu as su te démarquer, tu as défendu ce pauvre gamin, puis tu t'es débarrassé de Don pour lui voler son pass. Tu ferais un véritable atout.

— Un atout ? répéta-t-elle en fronçant les sourcils. Un atout pour quoi, au juste ?

Christina n'était pas sûre de bien comprendre. Les informations se bousculaient dans son esprit et, loin de lui faciliter la tâche, Nikki s'approcha et prit ses mains entre les siennes, subitement enjouée. Les yeux brillants, elle souffla sur le ton de la confidence :

— Pour le Cercle de Chaos, bien sûr. Chris… Tu serais un atout conséquent. Je t'ai beaucoup observée : tu es maligne, tu brilles durant les épreuves et surtout, tu te préoccupes des autres. La preuve : tu as sauvé cet idiot de Jason alors que tu aurais pu fuir pour ta vie. Nous avons été fragilisés après l'attaque, mais avec toi, nous serons plus forts.

Non. Elle commençait à saisir, sans trop y croire. Le Cercle de Chaos. Nikki n'était pas seulement une Blade ou une nouvelle recrue… La gorge nouée, elle fixa les doigts de son amie mêlés aux siens.

Alors elle comprit et son sang se glaça dans ses veines.

« Tu penses que Chaos se fait passer pour une recrue ? »

« En faisant croire qu'il était un néophyte, Chaos pouvait facilement étudier les potentiels Blades et estimer s'ils étaient à la hauteur de son gang. »

— Je t'avais dit que mon cercle d'amis était limité. Je n'ai pas menti, il est extrêmement restreint... Mais je te fais confiance, Chris. Je veux que tu le rejoignes, je veux que tu rejoignes mon Cercle.

Nikki était Chaos.

CHAPITRE 20

« Ceux qui choisissent le moindre mal oublient très vite qu'ils ont choisi le mal. »
— **Hannah Arendt.**

Christina ne respirait plus, l'oxygène était bloqué dans sa gorge et ses poumons menaçaient d'imploser. Nikki était Chaos. Nikki, sa seule amie dans le gang, était Chaos. Nikki, qui l'avait toujours soutenue. Nikki, avec qui elle riait et se confiait.

Tout à coup, les pièces du puzzle s'emboîtaient. La réponse était devant elle depuis le début, les indices avaient été partout.

« Je n'ai pas beaucoup d'amis et, pour m'approcher, il faut le mériter », lui avait-elle dit lors de la dernière épreuve. Le cœur au bord des lèvres, assaillie par un déluge de souvenirs, la lieutenante ferma les yeux. *« Contrairement à toi, je n'ai pas de scrupule à éliminer qui que ce soit quand c'est nécessaire. Mais ça viendra, tu verras. »* Puis elle se remémora le jour des tatouages et la nausée s'accrut : *« J'ai déjà un couteau tatoué »*. Christina ne s'était pas questionnée davantage, convaincue par l'explication qu'elle lui avait donnée. Maintenant, elle comprenait. Reid était un membre du Cercle, il avait toujours su qui elle était réellement. Tous les regards qu'il lui avait adressés prenaient désormais un sens nouveau.

Elle aurait dû deviner. Les informations que détenaient Nikki ne provenaient pas de sa pseudo-relation avec Reid. Il était son meilleur ami, mais il n'avait jamais été son amant. De l'amour les liait, toutefois, il s'agissait d'un amour plus fraternel que passionnel. Lorsque Reid avait été blessé et que Nikki s'était précipitée vers lui pour le secourir, ce n'était pas parce qu'elle était amoureuse de lui, mais parce qu'elle craignait de perdre son bras droit. La haine qu'elle nourrissait à l'égard de Daniela était en réalité liée au fait que Reid n'ait pas respecté la règle de non-relation. Finalement, si Reid affichait une moue coupable, ce n'était pas parce qu'il avait remplacé Nikki, mais parce qu'il lui avait caché la vérité. « *En faisant partie de son cercle privé, ils ont de grandes responsabilités et doivent veiller sur lui. Sortir avec quelqu'un, c'est une distraction. En plus, on peut très bien se servir d'eux pour atteindre Chaos.* »

Tout s'expliquait. Elle en avait le tournis.

— Chris ?

La jeune femme émergea de sa léthargie et observa celle qui se tenait devant elle, assise sur son lit.

— J'ai conscience que ça fait beaucoup à assimiler, déclara gentiment Nikki. Je t'ai menti et je m'en excuse, mais je devais m'assurer que tu étais digne de confiance. Dis quelque chose. S'il te plaît.

Elle en était pourtant incapable. Nikki – *non, Chaos* – la contemplait d'un air bienveillant, mais embarrassé. Son sourire, bien que vacillant, n'avait pas bougé ; elle lui tenait encore les mains.

— Je…

Il fallait que Christina se reprenne, qu'elle réponde quelque chose, n'importe quoi. Le choc lui avait ôté la parole et les mots trop nombreux se bousculaient dans sa bouche sans qu'aucun n'en sorte. Elle avait beau se dire qu'elle se tenait face à Chaos, elle ne voyait que Nikki.

J'ai découvert l'identité de Chaos. Il s'est dévoilé à moi sans que je ne lutte.

— C'est un honneur, finit-elle par murmurer. Je suis… sans voix, c'est le cas de le dire.

Sa voisine poussa un soupir de soulagement et passa un bras autour de ses épaules. La gaieté de son amie lui tordait le cœur, elle était loin de s'imaginer qu'elle n'était pas la seule à cacher de sombres secrets.

— Je suis soulagée ! J'avais envie de t'en parler, mais je devais d'abord te tester. Tu vas voir, tout va être beaucoup plus facile maintenant que tu es au courant. On pourra même devenir de fausses recrues toutes les deux aux prochaines épreuves.

Sa gorge se noua. Nikki continua, pleine de confiance :

— Tu ne manqueras de rien, surtout à présent que tu es sous mon aile de manière officielle. Plus personne ne s'en prendra à ceux que tu aimes et tu n'auras plus de problèmes d'argent. On est des sœurs, maintenant.

Des sœurs... Christina repensa à celle de Chaos, abusée par un beau-père violent, puis à la sienne, morte à cause d'une rixe de gangs, et ses lèvres se pincèrent.

— Alors, tu es d'accord ? Tu acceptes de faire partie du Cercle ?

— Comment dire non ? ricana nerveusement la lieutenante.

— Génial ! J'ai tellement hâte de te présenter aux autres. Reid aussi était d'avis que tu ferais une bonne alliée, il ne va pas en revenir quand il saura que tu es des nôtres.

Sur ces mots, Nikki se releva, époussetta ses vêtements et se dirigea vers la sortie. Elle rayonnait.

— Oh, et si tu veux que Malcom te rejoigne dans ta chambre et passe la nuit ici, je n'y vois aucun inconvénient. J'étais sérieuse en disant que je ne m'y opposais pas : ce type est un atout, décréta-t-elle en marquant un temps d'arrêt. Ce fut une journée mouvementée, je vais te laisser te reposer un peu et assimiler tout ça. Si tu as besoin de quoi que ce soit, je suis toujours à quelques portes de la tienne.

Ce ne fut que lorsque le battant claqua que la jeune femme s'autorisa à respirer correctement, le cœur lourd et les pensées sombres. Elle s'était trompée, tout à l'heure : sa mission était un franc succès. Elle avait tué le meurtrier de James et elle avait découvert l'identité de Chaos.

Il faut que je prévienne Stephen. Mais le devait-elle vraiment ?

Par instinct, elle sortit le téléphone de sa poche et fixa l'écran, le doigt en suspens. Stephen allait être fou de joie en apprenant qu'elle avait réussi et qu'elle allait bientôt s'extirper des griffes des Blades. Pourtant, un poids lui oppressait la poitrine. Elle devait l'informer de ses avancées, c'était son rôle, alors pourquoi, bon sang, était-ce si dur ? Le grand sourire de Nikki imprégna sa mémoire tandis qu'une douloureuse sensation lui enserrait les côtes.

« Je te fais confiance, Chris. »

C'était le plan. S'approcher du Cercle, démasquer Chaos et l'envoyer croupir en prison pour qu'il ne fasse plus de victimes. Moins de drogue dans les rues, les enfants ne mourraient plus dans des rixes de gangs. Les Blades étaient influents, insaisissables, et voilà qu'elle détenait les clefs de leur démantèlement. C'était ce qu'elle avait toujours désiré. Bien sûr, c'était d'abord parce qu'elle les considérait responsables du décès de son coéquipier, mais c'était également bénéfique à la société.

« Plus personne ne s'en prendra à ceux que tu aimes. »

Elle avait tant perdu. Hélène, James. La souffrance sifflait encore à ses oreilles, mais la culpabilité lui perforait le cœur. Pourquoi avait-elle l'impression de trahir Nikki ? Cette dernière était devenue un pilier, ces derniers temps. Sans trop savoir comment, elle avait percé la carapace de Christina, s'y était faufilée et l'avait arrachée à la solitude.

« On est des sœurs, maintenant. »

La lieutenante n'avait pas beaucoup d'amis. Après le lycée, elle s'était enfermée dans son propre cocon et s'était jetée à corps perdu dans sa formation. Puis elle avait rencontré James, son meilleur ami ; son seul ami, en fait. Et il était mort. Alors Christina avait perdu tout repère, sombré dans les ténèbres et avait choisi la vengeance pour se sentir encore en vie. La disparition de son partenaire l'avait forcée à dépasser ses limites, elle avait balancé tous ses principes, s'était associée au criminel que son beau-père exécrait et s'était liée d'amitié avec l'ennemi en pensant naïvement qu'en livrant le gang, elle livrerait Chaos et non Nikki.

C'était une belle erreur. Elle avait promis de livrer la tête du leader sans savoir qu'elle causerait la perte de son alliée. *Si je les dénonce, il ne lui arrivera rien. Elle passera simplement quelques années en prison. Je ne lui ferai pas de mal.* Toutefois, sa gorge restait obstinément serrée. Elle savait pertinemment qu'elle lui volerait sa liberté. *Combien de vies a-t-elle ravies ?* lui souffla la voix de la raison. Durant un instant, elle craignit de voir apparaître James, mais sa conscience poursuivit. *Ces gens sont dangereux. En te pliant à leurs règles, tu acceptes leurs actes. Crois-tu sincèrement qu'ils n'élimineront personne ? Peut-être qu'à ton tour, tu devras tuer pour eux.* Était-ce l'existence qu'elle convoitait ? Des jours remplis d'action, de lutte pour sa survie. Souhaitait-elle devenir une criminelle ? *Ils m'ont aidée à venger James*, songea-t-elle amèrement. *Oui, mais s'il est mort, c'est à cause de ces gangs. En démantelant l'un d'eux, tu sauveras la vie de certains de tes collègues, celles des citoyens. C'est un sacrifice acceptable.*

Christina se laissa tomber sur le matelas. Elle aurait aimé appeler Malcom, mais il était parti régler ses propres affaires. Comme elle aurait souhaité l'accompagner et fuir ce dilemme ! Elle eut un pincement au cœur : lui aussi était un hors-la-loi.

Que faire ? Quelle position adopter ? Les yeux clos, elle se remémora les entraînements à l'école de police, les courses-poursuites aux côtés de James et instinctivement, elle imagina la photo que son coéquipier gardait dans son portefeuille. Elle n'était plus la Christina de ce cliché. Son sourire était plus grave, ses cernes plus marqués. Du sang tachait ses mains.

Mais James, lui, n'avait pas changé.

« Le meilleur choix est celui qu'on ne regrette pas », lui aurait-il dit s'il avait été là. « J'ai foi en toi. »

— Ce n'est pas si facile, murmura-t-elle.

Elle l'imaginait parfaitement devant elle, accroupi à sa hauteur. Ses grands yeux azurés brilleraient de joie et de confiance et il lui tiendrait la main.

— On nous apprend la différence entre le bien et le mal, on nous répète que le méchant est cruel et sans cœur, mais j'ai vu ces gens, James. Ils ne sont pas tous mauvais. Et si… Et si la différence venait simplement de qui raconte l'histoire ?

Elle se remémorait l'histoire de Nikki, que la vie avait endurcie. Elle ignorait toujours comment et pourquoi elle avait monté le gang, mais elle sentait que c'était une façon de se protéger.

« Ils sont humains, Chris. Ce sont leurs actions qui sont monstrueuses », aurait-il ajouté. « On a juré de protéger les autres. J'ai dédié ma vie à ça et j'en suis heureux. Et toi ? »

— Moi aussi.

Alors ce fut clair et elle rouvrit les paupières. James n'était plus là, mais une détermination sourde vibrait à ses oreilles. Ni une ni deux, elle cliqua sur le nom de Stephen et tapa le message.

« Je sais qui est Chaos. J'ai toutes les informations qu'on désire pour les coffrer, je te laisse ci-joint l'adresse. Ramène les renforts, on les tient. »

C'était le bon choix. C'était lui, sa famille. Pas les Blades. *Je suis désolée, Nikki.*

Le lendemain matin, Christina se réveilla avec la boule au ventre. Stephen ne lui avait pas répondu et, perdue dans la couverture, elle fixait le plafond en redoutant l'instant où on la sortirait du lit. La veille avait été une journée interminable et si pleine en rebondissements qu'elle peinait à comprendre qu'elle s'était réellement produite. En moins de vingt-quatre heures, elle avait été surprise par Stephen, avait échappé de justesse à une attaque, avait découvert que les Shadows étaient responsables puis avait finalement vengé James avant d'apprendre l'identité de Chaos. Une vie semblait s'être écoulée entre le moment où elle avait intégré les Blades et celui où elle attendait de les trahir.

— Bienvenue dans la bande secrète, déclara Reid quand elle vint lui rendre visite. Nikki m'a tout raconté.

— M-Merci. J'ai appris que tu allais t'en sortir, tu te sens comment ?

— Honnêtement ? J'ai l'impression d'avoir été écrasé par dix bus, mais ça va. Je suis plutôt heureux d'être vivant. Il paraît que vous avez mené une vendetta ?

Elle acquiesça mollement. Il reprit après une quinte de toux :

— Félicitations pour Sven. Tout le monde ne tarit pas d'éloges, la nouvelle s'est répandue comme une traînée de poudre.

— Ah oui ?

— Oui. Tu es plus solide que t'en as l'air, Brown.

Elle sourit à son tour, plus gênée que fière.

— Je vais te laisser te reposer un peu.

— Pas de souci. Toi aussi tu vas avoir besoin de forces, tu vas officiellement être présentée aux autres.

— Quoi ? s'étrangla-t-elle.

— Nikki ne te l'a pas dit ? D'ici une trentaine de minutes, ils seront tous au courant et Cole et toi obtiendrez votre tatouage à l'encre invisible après qu'on vous aura retiré celui du couteau. Je ne pourrai malheureusement pas y assister vu mon état, mais je te souhaite bonne chance !

S'il la vit défaillir, il n'en montra rien. Elle le salua brièvement et s'enfuit hors de la pièce, le souffle court. Présentation officielle. Tatouage invisible. Cela prenait une tournure bien trop réelle. Bon sang, où était Stephen ?

— Les gars, voici Chris. Certains la connaissent déjà, d'autres moins, mais désormais, c'est l'une des nôtres.

Assis en cercle, Al et Cole l'applaudirent. Don, quant à lui, lui adressa un clin d'œil qu'elle ne lui rendit pas. Christina passa le reste de la réunion dans une brume confuse ; installée parmi les membres du Cercle, elle observait plus qu'elle n'écoutait. Ils parlaient affaires et réussite, se réjouissaient d'avoir une nouvelle recrue dans leurs rangs. Des noms et des dates de rendez-vous étaient dévoilés et à plusieurs moments, ils évoquèrent leurs relations avec les gangs voisins. De temps à autre, elle participait à la conversation, notait dans un coin de sa tête les éléments importants. Ce n'est que lorsqu'une alarme stridente retentit qu'elle s'arracha à sa bulle et écarquilla les yeux.

— Qu'est-ce qu'il se passe ? glapit-elle.
— Intrus ! pesta Don en bondissant sur ses pieds.

Séance tenante, Nikki donna les ordres. Elle somma Cole de sortir les armes pendant qu'Al et Don allaient vérifier de quoi il retournait.

— Shadows ? questionna Christina.

— Je l'ignore. Tu as un flingue ? l'interrogea Chaos. Prends ça. N'hésite pas à tirer, si c'est encore ces satanés Shadows, on va les décimer. Deux attaques en deux jours, ils sont morts.

La lieutenante n'eut pas l'occasion de rétorquer quoi que ce soit : Nikki se précipitait hors de la salle de réunion pour se mêler au combat.

Hésitante, Christina dégaina son téléphone et s'aperçut que Stephen lui avait répondu. Le message est clair et concis : « *On arrive* ». Elle se mordit la lèvre pour que la douleur fasse office de distraction.

Ils étaient là.

À l'étage inférieur, des détonations explosaient, des vociférations retentissaient. Ils étaient là, partout. En se ruant hors de la pièce, Christina entendit quelqu'un s'égosiller : le bâtiment était pris d'assaut, totalement encerclé. Autour d'elle, les Blades avaient empoigné leur pistolet et tiraient dans le tas ; face à eux, les policiers dégainaient leur bouclier et se penchaient pour éviter les pluies de balles. Un poing vola à sa droite, elle l'évita de justesse et vit Al s'écraser par terre. Deux officiers sautèrent sur lui pour l'immobiliser et lui passer les menottes. Il criait.

Paralysée au centre du couloir, le temps semblait s'écouler au ralenti. C'était l'anarchie.

Dans la foule, elle reconnut le collègue qu'elle avait rabroué alors qu'elle désirait obtenir une entrevue avec Stephen. *Stephen...* Où était-il ? Elle plissa les yeux pour scruter les alentours quand un officier se jeta sur elle et l'envoya valser contre un mur. Sa tête heurta âprement une étagère et les livres dégringolèrent sur elle. Le policier profita de cet instant de confusion pour fondre sur elle et la maîtriser. Dans un grognement de frustration, elle frappa à son tour et s'exclama :

— Je suis avec vous, abruti ! C'est moi la lanceuse d'alerte.

Il lanterna et, alors que la lieutenante se croyait sortie d'affaire, il chargea à nouveau, un taser en main. L'appareil émit un bourdonnement et des étincelles bleues en jaillirent. *Quel imbécile !* Ce devait être un nouveau car elle n'avait jamais croisé ce visage.

— Brown, baisse-toi !

Christina obéit instinctivement avant de se rappeler dans quel camp elle était. À quelques pas, Han pointait son Browning dans la direction du policier novice ; elle s'époumona et poussa violemment le bleu, le projectile siffla à son oreille et se ficha dans le mur.

« *Mais qu'est-ce que tu fous ?* », criait l'expression du Coréen.

Dans le dos du brun, un énième policier surgit. Elle ouvrit la bouche pour le mettre en garde, mais se ravisa, donnant à son collègue l'occasion d'immobiliser le Blade. *Je suis désolée.* La jeune femme détourna le regard, à la recherche de Nikki et de son beau-père. *Là !* Son cœur rata un battement, puis deux.

Stephen était pris au piège entre Don et Nikki. Il gisait au sol, les mains plaquées sur le ventre. Du sang s'en échappait, il attendait le coup de grâce.

Le monde vacilla sous ses pieds. En une fraction de seconde, tout se passa vite, beaucoup trop vite.

Elle ne pouvait pas rester là sans agir et les laisser le tuer.

Dans le chaos des pétarades, elle hurla le nom de Stephen. À l'instant où celui-ci se tourna vers elle, la lieutenante se jeta sur Don pour lui saisir le poignet et intercepter son mouvement.

— Chris ? s'étonna le Blade.

Elle profita de sa stupéfaction pour lui envoyer un coup dans les côtes et lui tordre les doigts si fort qu'il dût lâcher l'arme. Ensuite, elle l'attrapa par les cheveux et lui cogna la tête contre le mur de la même façon qu'elle avait procédé à *El Cielo*. Il s'effondra aussitôt.

Le souffle court, la jeune femme pointa son pistolet vers Nikki.

— Merde, Chris, qu'est-ce que tu fous ?

— Je ne peux pas te laisser faire ça. Je suis désolée.

Chaos visait Stephen tandis que Christina l'avait dans sa ligne de mire. Ses yeux brillaient de larmes.

— Qu'est-ce qui te prend, bon sang ? C'est un flic !

— C'est aussi mon beau-père. Lâche ton flingue, Nikki. Je t'en prie...

Les doigts de la lieutenante tremblaient, elle dut user de toute sa concentration pour ne pas regarder Stephen et continuer de viser son amie. *S'il te plaît, laisse-le. Je ne veux pas choisir entre vous deux, ne me force pas à choisir, s'il te plaît.*

— T-Ton beau-père est un flic ?

— En fait, c'est plutôt un truc de famille, décréta l'intéressé, arrachant un râle de stupeur à Chaos.

Nikki la dévisageait avec ébahissement. Elle ne saisissait pas l'ampleur de cette révélation, ses yeux allaient du commissaire à sa belle-fille.

— Tu es...

— Oui. Je suis des leurs. Je suis désolée.

La colère avait remplacé l'ahurissement de la brune. Elle sembla soudain comprendre et se décomposa.

— C'est toi ! C'est toi qui les as appelés ! Tu nous as vendus !

Je suis tellement désolée. Cette fois-ci, Chaos changea de victime et pointa le canon vers Christina, qui se tétanisa.

— Nikki, je refuse de te blesser. S'il te plaît, coopère.

— Pourquoi ? fit-elle avec un reniflement dédaigneux. Pour finir ma vie en prison ? Pour que tu puisses te moquer de moi à nouveau ? (Elle se mit à hurler.) Je te faisais confiance !

Les jambes écartées, les bras tendus et les traits déformés par la rage, Chaos grogna et enfonça le talon dans la blessure de

Stephen, qui gémit de douleur. Elle appuya durement jusqu'à ce que ses semelles se teintent de rouge et changea une seconde fois de cible. La voix durcie par le sentiment de trahison qui la submergeait, elle secoua la tête et déclara :

— Je ne peux peut-être pas te tuer toi, mais je peux l'éliminer lui.

En une fraction de seconde, Chris remarqua son doigt sur la détente, le déclic de la balle qui menaçait de partir. *Non !*

Le coup de feu explosa.

Le cœur de Christina aussi. Elle ferma les yeux.

Impossible de respirer. De parler.

Devant elle, Nikki s'écroula. Christina n'eut pas besoin d'ouvrir les paupières pour savoir que la balle l'avait atteinte à la tête. C'était là qu'elle avait visé.

La vision troublée par les larmes, elle finit par s'effondrer à son tour. Par terre, Stephen l'enserra et lui caressa les cheveux. Mais elle n'entendait plus rien. Dans le brouillard de son esprit, Christina eut la vague impression qu'il y avait plus d'individus en uniforme debout que de gangsters. Les Blades se faisaient peu à peu maîtriser.

Tout ce qu'elle percevait était les bruits de lutte et les détonations.

Tout ce qu'elle voyait était le corps de Nikki, les yeux grands ouverts, un trou béant dans le front, le visage figé en une expression de stupeur.

Elle l'avait tuée.

ÉPILOGUE

« La vie n'est pas ce que l'on a vécu, mais ce dont on se souvient. »
— **Gabriel García Márquez.**

Au commissariat, tout le monde accueillit le chef et sa belle-fille dans un tonnerre d'applaudissements. Les jeunes policiers observaient le duo avec un mélange d'admiration et d'ahurissement, frappaient bruyamment dans leurs mains et sifflaient celle qui, à elle seule, avait démantelé un gang et éliminé son leader masqué. Les journaux ne parlaient que de ça et, si la situation avait été différente, Christina aurait apprécié d'être au centre de l'attention.

Mais ce n'était plus le cas.

Le cœur serré, elle passa devant le bureau désormais vide de James et détourna le regard. Conscient de sa douleur, Stephen enroula un bras autour de ses épaules et l'emmena à l'abri des oreilles indiscrètes. La blessure à son abdomen le faisait toujours souffrir, mais grâce à la lieutenante, il avait survécu. Les pertes avaient été plus nombreuses chez les Blades que dans leur camp.

— Ça va ? lui demanda-t-il doucement.

Elle acquiesça en silence tandis qu'il refermait la porte derrière eux. Deux semaines s'étaient écoulées depuis le raid et jusqu'ici, elle avait refusé de revenir au poste. Les souvenirs étaient trop brûlants, la peine trop vive.

— Tu es sûre que c'est ce que tu veux ?

— Certaine, assura-t-elle avec un sourire plus courageux que triste. C'est la bonne décision.

— Chris… Ma puce…

— Non. S'il te plaît. Je… Je n'ai pas besoin que tu insistes, j'ai pris ma décision.

Elle y avait longuement réfléchi. Ce qu'il s'était passé à Harlem l'avait bouleversée. En l'espace de quelques semaines, son existence avait basculé. Elle avait d'abord perdu James, puis sombré dans les ténèbres. Elle s'était battue pour sa vie et en avait arraché d'autres. Trois personnes, dont Nikki.

Le cœur serré, elle baissa la tête et lui rendit son insigne et son arme de fonction.

— J'ai besoin de m'éloigner d'ici, marmonna-t-elle doucement. Pour me retrouver.

— Pour de vrai, cette fois ?

— Pour de vrai, rit-elle en essuyant la larme qui menaçait de rouler sur sa propre joue.

— Tu ne vas pas disparaître, pas vrai ?

— Je te promets que non. Je veux simplement… être ailleurs. La police, ce n'est plus pour moi. Les choses m'ont échappé, Stephen. Je n'ai jamais voulu… Je…

Je n'ai jamais voulu qu'elle meure.

333

— Je sais, souffla-t-il en la prenant dans ses bras. Je sais.

Elle renifla et sourit derechef. C'était fini. Pour de bon.

— Va-t'en avant que je ne change d'avis.

— Ce n'est qu'un au revoir. Tu restes ma famille, ce n'est pas comme si on se disait adieu.

— Tu as raison. File.

Le ventre noué, elle lui embrassa la joue, jeta une dernière œillade à son insigne et s'enfuit hors du commissariat. Ses anciens collègues l'acclamaient, mais elle s'en fichait, elle n'avait pas besoin d'ovation pour ce qu'elle avait fait.

Dehors, la brise fraîche l'accueillit. Le menton vers le ciel, la jeune femme savoura la pureté de l'air qu'elle inspirait, cet air qui n'était ni chargé de poudre ni d'odeur de sang. Là n'était plus sa place.

— Bon, tu viens ? s'exclama quelqu'un. Tu ne m'as toujours pas dit où on allait, Miss Gin !

Un sourire fleurit aussitôt sur ses lèvres en distinguant la silhouette du criminel adossé à sa Bentley. Vêtu de son éternel costume noir et de ses lunettes de soleil, Malcom l'attendait les bras croisés et le visage narquois, comme si se trouver en face d'un poste de police alors qu'il était recherché n'avait rien d'arrogant.

— Tu es irrécupérable, se moqua-t-elle en grimpant sur le siège passager.

— C'est ce qui fait mon charme, sourit-il malicieusement.

En riant, il s'installa derrière le volant et fit vrombir le moteur.

— Du coup, où est-ce qu'on va ?

Christina sortit deux billets d'avion pour Malte et les lui agita sous le nez.

— On va se prélasser sous le soleil, Greese.

REMERCIEMENTS

Ce roman n'aurait pas été le même sans le soutien de certaines personnes, j'aimerais donc chaleureusement les remercier :

À Jo, qui a une place particulière dans mon cœur et que j'aime énormément. Sans toi, cette aventure n'aurait pas du tout été la même ; tu as passé des heures à m'écouter parler de l'histoire, m'a aidée, conseillée… Merci d'avoir supporté mes radotages et de m'avoir soutenue coûte que coûte. Sans toi, Chaos ne serait pas Chaos. Ce roman t'est tout particulièrement dédicacé !

À Aminata, l'une de mes plus grandes amies à Sciences Po et ma plus fidèle lectrice. Sans tes avis et tes encouragements, je n'aurais pas été aussi motivée. Tu me donnes envie d'écrire et ton soutien me fait chaud au cœur. J'ai hâte de te faire découvrir mes nouvelles histoires et d'imaginer avec toi comment rendraient mes livres en adaptation cinématographique ! Merci pour ton amitié et tes commentaires hilarants.

À ma meilleure amie Elodie, qui n'aime pas lire mais qui pourtant n'hésite pas à me donner des conseils avisés et qui, surtout, m'a donné envie d'écrire sur les gangs. Tu me soutiens depuis toujours et je t'en remercie !

Pour finir, à ma famille, à ma mère et mon frère, que j'ai harcelé avec mes bandes annonces faites maisons, mes milliers de résumés et mes milliards de questions. De même, à mon père qui n'est pas fan de lecture mais qui a toujours été fier de mon parcours. Vous avez encouragé toutes mes histoires, je vous aime !

Vous avez aimé Chaos ?

♥

Laissez 5 étoiles et un joli commentaire pour motiver d'autres lecteurs !

Vous n'avez pas aimé ?

♠

Écrivez-nous pour nous proposer le scénario que vous rêveriez de lire !

https://cherry-publishing.com/contact

Pour recevoir gratuitement le premier tome de Sculpt Me, la saga phénomène de Koko Nhan, inscrivez-vous à notre Newsletter !

https://mailchi.mp/cherry-publishing/newsletter

Printed in France by Amazon
Brétigny-sur-Orge, FR